Eric Le Nabour

LES OMBRES DE KERVADEC

ÉDITIONS FRANCE LOISIRS

Édition du Club France Loisirs,
avec l'autorisation des Éditions Presses de la Cité

Éditions France Loisirs,
123, boulevard de Grenelle, Paris.
www.franceloisirs.com

ISBN : 978-2-298-02779-2

Pour Mariola Boudin,
petit bout de Pologne
qui ne figure sur aucune carte,
à part la Carte du Tendre…

1

13 avril 1913

Un vent frais dispersait les nuages, dévoilant un ciel pâle, un ciel de marbre gris.

Martin Le Braz aida Elise à descendre de voiture, puis alla chercher sa valise à l'arrière, sous la bâche humide de pluie.

La bâtisse était tout en longueur, et dans ses murs entrelardés de lierre s'ouvraient trois portes et trois fenêtres toutes semblables.

Le Braz poussa l'une des portes et déposa la valise sur le seuil de la chambre.

— Voilà, c'est ici, dit-il en ôtant son chapeau de feutre rond.

Il y eut un moment de silence.

Le regard d'Elise fit lentement le tour de la pièce. Quelques mètres carrés, une odeur de renfermé, des murs blanchis à la chaux, une cheminée, une petite table en bois clair, un meuble sur lequel étaient posés un broc et une cuvette ébréchée, un coffre, un lit de fer flanqué d'une tablette, et de petits rideaux en dentelle grisâtre voilant l'unique fenêtre.

Elise s'avança. Au-delà des carreaux poussiéreux s'étendait, rectangulaire et triste sous la pluie, la cour intérieure du château de Kervadec.

— Bon, ben, je vous laisse, dit la voix de Le Braz derrière elle. Si vous avez besoin, je dors juste à côté... Au fait, on pourrait se dire « tu »... maintenant que tu vas travailler avec nous autres au château.

Elise ne répondit pas. A ses pieds, une petite flaque d'eau s'élargissait. Ses cheveux blonds et ses vêtements étaient trempés.

La porte basse se referma en grinçant.

Le regard bleu d'Elise glissa de nouveau sur les objets sans s'y arrêter.

Elle s'approcha du lit et posa la main sur la table en bois blanc, hésita à retourner vers la fenêtre. Comme naufragée au beau milieu d'un espace nu et glacé.

Selon Le Braz, la domestique qui l'avait précédée était morte ici quelques mois plus tôt. Elle s'appelait Marie Leguenec, elle avait dix-huit ans à peine. Elle avait servi deux années durant au château. Pourtant ces murs donnaient l'impression d'être inhabités depuis longtemps.

Elise s'assit sur le rebord du lit. Tout autour d'elle était silencieux et vide. Les murs épais la protégeaient du dehors mais c'étaient ceux d'une prison plutôt que d'une chambre. Une odeur de mort vaguement douceâtre, telle celle d'un dispensaire, y flottait encore.

Soudain, une chape de solitude fondit sur elle. La poitrine gonflée de larmes, elle éclata en sanglots au creux de ses mains. Cela dura un long moment, mais ce moment lui parut hors du temps, semblable à cette pièce, pareil à ce château perdu au fond de la campagne bretonne.

Quand elle eut séché sa dernière larme, que ses lèvres eurent fini de trembler, elle ouvrit enfin sa valise et rangea avec soin à l'intérieur du coffre les quelques vêtements dont elle disposait.

Un crucifix était accroché au mur, juste à la tête du lit. La petite étrangère qui avait vécu là était sans doute morte sous le regard de ce christ noir au visage ravagé par la souffrance. Elise le décrocha et lui substitua une simple croix de bois clair. Elle sortit ensuite ses affaires de toilette, un réveille-matin, une bible, et quelques livres qu'elle empila sur le dessus de la cheminée. Puis, elle glissa dans le tiroir de la table un cahier, du papier bleuté et une bouteille d'encre.

C'était là toutes ses possessions. Il ne lui restait que quelques vêtements confiés à la garde d'une amie à Paris, et qu'elle ferait peut-être venir plus tard.

Le rythme de son cœur ralentissait peu à peu. La honte qu'elle avait ressentie en cédant au chagrin s'atténuait elle aussi. Durant toute son enfance, sa mère n'avait cessé de lui répéter qu'il ne fallait pas pleurer. Pourtant, tout valait mieux que de conserver cette boue au fond de soi.

Il ne lui restait plus qu'à préparer son lit pour la nuit, à dérouler le matelas, les draps, les couvertures.

Il ne lui restait plus surtout qu'à espérer que le sommeil vienne sans tarder.

2

Le soir tombait déjà sur le pays d'Audierne lorsqu'elle était arrivée au château de Kervadec.

C'était une longue bâtisse en granit aux toits pentus couverts d'ardoises, embusquée au fond d'un parc planté de chênes et d'ormes et flanquée de deux grosses tours. Un château austère, massif, dont la partie la plus ancienne remontait au quinzième siècle mais que des travaux plus récents avaient agrémenté de hautes fenêtres. Rien d'aussi lugubre cependant qu'elle se l'était imaginé en songeant aux pages de Chateaubriand sur son enfance à Combourg. Sur la gauche, Elise avait aperçu un autre bâtiment : celui des domestiques ? Puis, un autre, plus long et presque aveugle, d'où elle avait vu jaillir un gros homme tirant un cheval par son licol, ainsi qu'un pigeonnier.

Entre le château et ce qui semblait être une grange ou des écuries, elle avait entrevu une pelouse, un massif d'arbres et au bas une rivière qui coulait sans bruit.

Martin Le Braz, un petit brun moustachu au

visage anguleux et au corps sec, l'avait aidée à mettre pied à terre. Puis, il avait désigné le perron d'un mouvement du menton.

— L'entrée des domestiques est sur le côté, par les cuisines. Mais passez par là pour cette fois, madame de Kervadec va vouloir vous voir tout de suite. Je vous attendrai là-bas, devant la p'tite porte.

Il avait indiqué cette fois le bâtiment qu'Elise avait supposé être celui des domestiques.

— La p'tite porte avec la niche au-dessus et la statue de la Sainte Vierge.

Il s'était signé tout en ôtant son chapeau de feutre noir.

Quelques minutes plus tard, Elise avait été reçue par la comtesse de Kervadec dans le grand salon du château, tout en boiseries, peuplé de livres et de tableaux de famille, et où flambait un feu violent. Une femme vêtue d'une longue jupe noire et d'un chemisier blanc strictement boutonné, sans le moindre ornement, l'avait interrogée d'une voix égale.

— Votre nom est bien...

— Elise Jouvet.

— Votre âge ?

— Vingt-sept ans bientôt.

— Vous avez déjà été mariée ?

— Non !

— Vous n'avez donc pas d'enfants ?

— Non, Madame.

Soulagement. Visible.

— Je suppose que vous n'avez pas fait d'études ?

— J'ai mon certificat.

Sourire tendu.

— Vos parents ?

— Mon père était palefrenier, ma mère lingère.

— Ils vivent près de Compiègne, c'est bien ça ?

— Ils sont morts tous les deux.

La longue main blanche de Jocelyne de Kervadec s'était crispée sur l'accoudoir du fauteuil. Les lèvres pincées, elle avait détourné la tête vers les flammes qui dansaient dans l'âtre monumental. Et pendant quelques instants, elle avait gardé un silence farouche.

A trente-huit ans, la comtesse de Kervadec était une femme d'une pâleur excessive, à l'ossature fine sous la peau sèche du visage, au maintien d'une dignité effrayante. Ni belle ni laide. Une statue plutôt qu'une femme. Un moule de cire vierge. Une raideur de gisant.

On la disait plus âgée de quelques années que son mari, Lucien de Kervadec. Les mauvaises langues parlaient de mariage d'intérêt. D'autres défendaient avec la même âpreté une histoire d'amour contrariée par d'obscures tractations financières.

Tout cela, Elise l'avait appris par Martin Le

Braz dans la carriole qui l'avait emmenée au pas du cheval depuis la gare de Douarnenez jusqu'au château.

Elle était arrivée de Paris l'après-midi même de ce 13 avril 1913. Par le chemin de fer, après de longues heures de voyage. Heureusement, elle s'était endormie une demi-heure à peine avant l'arrêt de Quimper. Car ensuite, une fois qu'elle était descendue du train, Martin, l'homme à tout faire du comte de Kervadec, ne lui avait laissé aucun répit.

Le tempérament taciturne que l'on prêtait aux habitants du Finistère et aux Bretons en général n'était-il qu'une légende ?

Elise s'en moquait bien. Déjà chez son ancienne patronne, madame de Margonne, à Saint-Cloud, elle se défendait d'écouter les ragots. Voilà pourquoi les autres domestiques la disaient « hautaine et fière ». « Le genre à pas lever souvent sa chemise », avait commenté en ricanant l'une d'entre elles.

A Paris comme ailleurs, elle avait dû souvent faire face à ce genre de réflexions. Quelque chose en elle dérangeait.

Connaîtrait-elle le même sort à Kervadec ?

— Je ne veux pas de coucheries, avait dit froidement Jocelyne de Kervadec. Pas la moindre visite dans votre chambre, excepté bien sûr s'il s'agit d'un membre de votre famille et pour une courte durée. La dernière fille qui a été engrossée parmi nos domestiques a immédiatement été renvoyée. Sachez que, si cela devait vous arriver, je ferais de même et ne vous aiderais en rien...

Elise avait acquiescé d'un signe de tête. La soupçonnait-elle d'être une fille facile ?

— J'ai lu vos lettres de recommandation, je vois que vous avez beaucoup voyagé en sept ans Poitiers, Colmar, Limoges, Toulouse... Y a-t-il une raison ?

— Seulement l'envie de changer.

— Et maintenant ?

— J'aimerais pouvoir rester dans une bonne maison.

— Vos employeurs étaient satisfaits de vous, c'est donc vous qui n'étiez pas satisfaite d'eux ?

— Non, Madame.

Une expression incrédule s'était peinte sur le visage de Jocelyne de Kervadec.

— Je relève seulement une légère réticence sous la plume de madame de Margonne. Vous pourriez m'en donner la raison ?

— Je ne préférerais pas, Madame.

Silence.

— Je n'insisterai donc pas... Notez bien que je pourrais me renseigner, mais j'ai pour habitude de me fier à ma propre opinion. Vous êtes catholique ?

— Oui, Madame.

— Bonne catholique ?

Elle n'attendit pas la réponse.

— Toute votre famille est également catholique, je suppose ?

— Oui, Madame.

— Très bien, je n'aurais guère aimé que vous soyez huguenote. Ce sont des hypocrites. D'ailleurs, la fille que nous avons été obligés de renvoyer l'était. Une mijaurée qui se signait vingt fois par jour mais n'a pas hésité un instant à se faire engrosser comme la dernière des catins par l'un de nos métayers, et qui plus est, un homme déjà marié !

Le mot « catin » avait laissé un écho désagréable à travers le salon.

— Chaque dimanche, nous allons à la messe à Audierne, avait poursuivi la comtesse. Vous nous y accompagnerez. Vous êtes honnête et bonne chrétienne, n'est-ce pas ? Vous communierez donc et vous ferez entendre chaque mois en confession par notre recteur, l'abbé Meunier... J'y tiens beaucoup. Nous devons donner l'exemple. Je tiens par ailleurs à ce que vous soyez d'une propreté irréprochable. Et surtout, pas d'alcool. J'ai connu plus d'une de ces pauvres filles qui s'est perdue à cause d'un homme dont elle était éprise et qui buvait. Ici, vous l'apprendrez bien assez tôt, l'ivresse fait davantage de ravages qu'à Paris. D'ailleurs, avec quelques amies et Monseigneur de Fallois, évêque de Quimper, nous participons plusieurs fois par an à des réunions d'information sur ce fléau. Seule la religion, soyez-en sûre, peut nous préserver de ces comportements qui font le malheur des familles les plus honnêtes. J'espère que nous nous comprenons ?

Nouveau hochement de tête.

— Oui, Madame.

Depuis combien de temps n'avait-elle pas assisté à un office religieux ?

A vrai dire, depuis la mort de ses parents, Eglise et religion l'indifféraient. Les prêtres la dégoûtaient, leurs sermons la laissaient de marbre. L'un des curés de Saint-Sulpice, à Paris, n'avait-il pas profité de la pénombre de la sacristie pour glisser une main sous ses jupes lorsqu'elle avait douze ans ?

Les accents de Jocelyne de Kervadec, en revanche, ne laissaient aucun doute sur la sincérité de ses convictions. Et Elise, lui trouvant l'air d'une pietà, s'était dit qu'elle devrait faire contre mauvaise fortune bon cœur si elle voulait s'adapter à sa nouvelle vie.

— Voilà, je crois que je vous ai dit l'essentiel, avait conclu Jocelyne de Kervadec. Comme nous en sommes déjà convenues, vous recevrez cent quinze francs par mois, nourrie et logée. Vous disposerez de deux dimanches libres par mois, après votre service du midi naturellement. Pour le reste, les autres domestiques se chargeront de vous informer des détails. Vous pouvez disposer. Soyez à l'heure demain matin...

— Oui, Madame.

Elise s'était inclinée devant le masque de cire et s'était retirée. Elle avait retrouvé Martin Le Braz en train de fumer à deux pas de la Sainte Vierge dans la fraîcheur parfumée du printemps bigouden.

Elle était heureuse que la comtesse, contrairement à madame de Margonne, n'ait pas employé l'expression « ma fille » en la désignant.

Restait maintenant à s'acclimater à ce pays d'Audierne dont elle ne savait rien. D'ordinaire c'étaient plutôt de jeunes Bretonnes qui montaient à Paris pour trouver du travail. Elise, elle, avait suivi le chemin inverse et peut-être cette singularité à elle seule justifiait-elle la méfiance de madame de Kervadec.

La nuit tombait à présent.

Jocelyne de Kervadec lui avait bien proposé de se rendre à l'office pour y manger un morceau, mais elle était trop fatiguée pour avaler quoi que ce soit. Elle avait hâte de se coucher. Sa journée commençait à cinq heures trente. Il serait toujours temps de faire connaissance avec les autres domestiques et les usages de la maison le lendemain matin.

Comme elle n'avait pas trouvé de lampe à pétrole mais seulement deux chandelles neuves, elle les alluma et en disposa une sur le meuble de toilette, l'autre sur le chevet. Puis, elle entreprit de faire son lit.

Lorsqu'elle eut terminé, elle se lava rapidement à l'eau froide et enfila une chemise de nuit sans s'apercevoir qu'elle avait oublié de fermer le contrevent.

Elle s'apprêtait à y remédier lorsqu'elle s'arrêta brusquement devant le petit miroir suspendu au-dessus de la toilette. A la lueur vacillante de la bougie, elle contempla l'image qu'il lui renvoyait : celle d'une jeune femme au visage pur malgré les longues nuits de veille, aux cheveux d'un blond roux ramenés en chignon sur la nuque, au menton volontaire, aux yeux d'un bleu pâle et que soulignaient des cernes un peu gonflés. Elle allait avoir vingt-sept ans d'ici à trois semaines, et elle se fit la réflexion que sa vie avait coulé comme dans un sablier, s'accélérant à mesure que passaient les années.

Troublée, elle détourna son regard du miroir, et ouvrit la fenêtre pour respirer l'air du soir.

L'éclat de deux grosses pupilles jaunes troua subitement la nuit. Une voiture entrait dans la cour du château, déchirant le silence de ses halètements mécaniques.

Un instant plus tard, un homme de haute taille en complet, une casquette de cuir vissée sur la tête et portant d'épaisses lunettes, sauta au bas de la voiture avant de gravir précipitamment le perron du château.

Le comte de Kervadec ?

Au moment de se fondre dans le halo lumineux de la porte d'entrée, l'homme eut cependant un instant d'hésitation et pivota sur lui-même, comme s'il s'apprêtait à redescendre vers la voiture. Puis, il se figea durant quelques secondes, et Elise eut le sentiment qu'il regardait dans sa direction.

Elle referma la fenêtre.

De là où il se trouvait, l'homme à la casquette ne pouvait de toute façon apercevoir qu'une silhouette immobile derrière les carreaux, mais Elise eut tout de même un bref instant l'impression désagréable d'être dévisagée.

Enfin, l'homme disparut, avalé par la lumière du vestibule.

Elise sortit du cadre de la fenêtre et revint vers le lit.

Elle ne s'était toujours pas décidée à fermer le contrevent.

C'est alors qu'elle prit conscience d'avoir oublié un détail important. Fébrilement, elle fouilla dans sa valise et en souleva le fond pour y prendre ses papiers d'identité. Puis, après avoir vainement cherché un endroit où les dissimuler, elle se contenta de les glisser à l'intérieur d'un livre de messe, qu'elle enferma dans le tiroir de la table-bureau avant de ranger la clé du tiroir dans sa valise. En attendant de leur trouver une place plus sûre.

Lorsqu'elle se décida enfin à fermer son contrevent quelques minutes plus tard, elle crut distinguer une silhouette qui s'enfuyait en rasant le mur du bâtiment où était sa chambre. Mais la nuit était trop sombre, malgré le croissant de lune, pour qu'elle pût dire s'il s'agissait d'un homme ou d'une femme. Un rôdeur ?

La gorge serrée, elle souffla les deux chandelles et se coucha avec soulagement. Elle ferma les yeux. Les images de son voyage depuis Paris se pressaient sous ses paupières. A peine avait-elle quitté Quimper qu'elle avait eu la sensation de franchir le seuil d'un autre monde. Elle ignorait encore pourquoi. Elle n'avait pas eu cette impression en arrivant à Colmar ou à Toulouse, pourtant si éloignées de son Paris natal. Peut-être parce que c'étaient encore des villes, des endroits où il y avait du bruit, de la vie, de la chaleur, une sorte de fluidité qui, comme le sang dans les artères, se répandait partout, donnait envie de se lever chaque matin avec le sentiment d'avoir quelque chose à accomplir, communiquait une sorte d'allégresse. Ici, au contraire, elle n'avait rien ressenti de tel. Plus elle s'était éloignée de Quimper, plus elle avait éprouvé un étrange sentiment d'abattement. Tout lui avait paru figé, hors du temps. Des maisons basses aux toits de chaume, des champs bordés de chemins creux, des routes parsemées d'ornières, des villages trop calmes. Une impression de pauvreté se dégageait de ce paysage qu'elle découvrait pour la première fois. Mais peut-être était-ce la fatigue, ou la pluie, ou l'appréhension.

Elle se retourna entre les draps froids et rêches, qui crissèrent sur sa peau. Le sommeil la gagnait. Elle n'avait plus que quelques heures avant d'entamer sa première journée. Elle sombra tout doucement en pensant à Martin Le Braz et à sa moustache qu'il lui arrivait de tripoter tout en parlant avec des airs de sergent de ville.

Ce qui la réveilla en sursaut quelques minutes plus tard ne fut ni l'aboiement d'un chien ni le claquement d'une porte, mais quelque chose qu'elle n'avait jamais entendu jusque-là. Un long cri déchirant et lugubre, si terrible qu'il lui vrilla les tympans.

Elle se redressa, et ignorant la froidure du sol se précipita vers la fenêtre pour entrouvrir le contrevent. De la lumière brillait au premier étage du château. A l'une des fenêtres, une silhouette, puis deux vinrent donner quelques instants un spectacle muet sur un théâtre d'ombres. Un second cri jaillit dans la nuit, mais beaucoup plus faible, presque une plainte d'animal blessé et qui peine à accepter sa souffrance.

Cela provenait bien du château. Un long frisson parcourut la jeune femme. La pluie avait cessé, mais un vent d'ouest s'était mis à souffler, secouant les grands ormes du parc. Enfin, les deux silhouettes s'effacèrent, puis la lumière se mit à baisser progressivement, et le silence retomba.

Elise retourna se coucher. Troublée, et persuadée qu'elle ne parviendrait pas à trouver le sommeil, elle ralluma une chandelle et ouvrit le roman d'Anatole France qu'elle avait acheté à son départ de Paris.

Quelqu'un devait être malade au château... Ou victime d'un cauchemar... Non, ce cri-là était trop déchirant pour être le fruit d'un simple cauchemar.

Anatole France ne lui donna pas la réponse.

Cette nuit-là, elle mit longtemps à s'endormir, à cause des draps rugueux et du silence accablant que rompait seulement de loin en loin le hululement des chouettes.

3

« La face est noire... la face est noire... Mon Dieu !... Mon Dieu !... Non !... »

Le cri l'avait clouée au chevet de sa mère. La folie la guettait à présent. Elle voyait les ombres de disparus autour d'elle, des spectres hantaient sa chambre.

— Eh, la Parigote, tu fais du lard ?...

Elise s'éveilla en nage, avant de se mettre à grelotter. Etait-ce le cri entendu la veille, son cauchemar était revenu sur le matin, toujours le même.

On tambourinait à la porte. Péniblement, Elise leva les yeux vers le réveil. Il était cinq heures et quart. Le réveil n'avait pas sonné ou elle s'était rendormie, elle ne savait plus très bien. Ce qu'elle savait en revanche, c'est qu'elle était en retard pour sa première journée de travail.

D'un bond, elle fut sur pied. Elle frissonna. On était au mois d'avril, et les nuits étaient encore fraîches.

— Alors, la Parigote, c'est quand que tu te

lèves ? protesta à nouveau la voix derrière la porte. On n'est pas à l'hôtel ici !

Elise alla ouvrir, et se trouva face à une sorte de gnome au visage renfrogné.

— Ah quand même !

— Je suis désolée, balbutia Elise.

— Moi, c'est Marion, enchaîna le gnome en lui tendant la main. Mais ici, on m'appelle le Trognon. Pas la peine que je t'explique pourquoi. Alors, tu pensais peut-être que t'allais te la couler douce dans des draps de satin, ma belle.

Elle ne devait pas mesurer plus d'un mètre cinquante-cinq. Une souris trotte-menu, mais au corps bien proportionné, au visage malicieux avec de grands yeux délurés. De sa coiffe blanche s'échappaient deux mèches noires comme de la suie.

— Je suis désolée, répéta Elise, je crois que...

Le gnome la détaillait en toute impudeur.

— Ça, pour sûr, tu vas faire tourner la tête à plus d'un au bal de la Saint-Jean, surtout dans cette tenue !

— Je vais m'habiller, dit Elise, je me dépêche !

Le gnome l'observait toujours.

— Rejoins-nous aux cuisines ; tu peux pas te tromper, c'est la seule pièce où il y a de la lumière à c't' heure !

Elle se fondait déjà dans l'obscurité.

Elise entendit le bruit de ses sabots qui

claquaient sur la terre durcie, et referma la porte. Comment avait-elle pu dormir six heures d'une seule traite ? D'ordinaire, elle se réveillait toujours au beau milieu de la nuit à cause de son cauchemar et veillait jusqu'à l'aube.

Taraudée par sa mauvaise conscience, elle revêtit une longue jupe noire, un chemisier impeccablement repassé, enfila une paire de bottines à lacets et, son tablier sous le bras, elle se hâta en frissonnant vers les cuisines.

Lorsqu'elle en poussa la porte, une délicieuse odeur de café au lait et de pain chaud l'assaillit. Mais, presque aussitôt, une impression de tristesse s'abattit sur elle.

C'était une grande salle aux poutres mal équarries, noircies par la fumée, et qui, même à la lumière du jour, devait rester plongée dans la pénombre. Une salle tout en longueur avec une cheminée de granit assez vaste pour y faire rôtir un mouton et dans laquelle commençaient de brûler des fagots, une impressionnante batterie de cuisine en cuivre, une huche à pain, de grosses cuisinières à charbon aussi noires que les murs. Des odeurs de graillon empestaient l'atmosphère, supplantant le parfum du café. N'ouvrait-on donc jamais la fenêtre ni la porte ?

Sous le manteau de la cheminée, Elise aperçut quelques salaisons qui pendaient et, sur le côté, des chapelets d'oignons. Deux petits bancs de pierre permettaient l'hiver, lors des veillées, de se chauffer près de l'âtre sans se brûler à la flamme.

Au milieu de la pièce, trois femmes étaient assises autour d'une longue table devant de grands bols fumants. Seules deux lampes à pétrole posées au centre éclairaient leurs visages.

Marion, à qui Elise donnait dix-neuf ou vingt ans tout au plus, était assise en bout de table. Les deux autres tournaient le dos à la cheminée si bien qu'elles faisaient face à Elise. La plus maigre, âgée sans doute d'une trentaine d'années, l'observait à la dérobée de ses yeux perçants. Elle avait un visage émacié, chiffonné de rides, et un long nez qu'elle plongeait régulièrement dans son bol de café. L'autre, une femme d'âge mûr au visage de madone vieillissante et aux rondeurs aimables, la regardait franchement de ses gros yeux bleus avec un sourire doux suspendu à ses lèvres.

— Eh ben, ma fille, tu vas rester plantée là longtemps ? dit cette dernière.

— Bonjour, dit Elise.

Pas de réponse. Embarrassée, elle songea aussitôt qu'elle aurait du mal à se faire pardonner son retard.

— Assieds-toi, poursuivit la madone, et prends quelque chose. Qu'est-ce que tu veux ? C'est peut-être pas Paris, mais il y a tout ce qu'il faut ici, et tout est fait maison. Monsieur de Kervadec tient à ce que ses gens soient bien nourris. Un saint homme...

— Amen ! fit Marion.

— Tais-toi donc, dit la grosse femme.

Elle s'était levée et s'approchait d'Elise.

— Je m'appelle Louise Marek, mais ici on m'appelle le Chaudron.

— Tout le monde a donc un surnom ici ? demanda Elise en lui rendant son sourire.

— Tout le monde. Tu auras le tien, ne te fais pas d'illusions. Tu connais déjà le Trognon. Elle, c'est Noémie, mais entre nous on l'appelle la Fileuse.

La jeune femme maigre esquissa un vague signe de tête.

Louise Marek avait l'air d'une femme d'expérience, à qui Elise assigna d'emblée un rôle central dans la hiérarchie domestique.

— Allez, mange donc, la journée sera plus longue qu'à Paris, tu t'en rendras compte bien assez tôt ! ajouta-t-elle en lui tendant un bol.

Elise prit place de l'autre côté de la table, se servit du café noir auquel elle ajouta du lait crémeux, et piocha dans une corbeille d'épaisses tartines qu'elle nappa de beurre salé. Elle ne toucha pas en revanche aux galettes de sarrasin empilées dans une assiette.

— Le dimanche, dit Louise, on a aussi droit aux confitures.

— L'année dernière, à Noël, on a même eu

du chocolat, renchérit Marion avec gourmandise.

— C'est Noémie qui va te déniaiser, poursuivit Louise. Tu feras le même travail qu'elle. Pas vrai, la Fileuse ?

La jeune femme trop maigre regarda pour la première fois Elise dans les yeux.

— Faudra d'abord qu'elle comprenne qu'on est pas à Paris ici.

— A Paris aussi, on travaille, dit Elise.

Noémie haussa les épaules.

— Les filles là-bas, il paraît que ça passe plus de temps à fricoter avec les cochers qu'à pousser l'aiguille ou à tordre le linge.

— Je n'ai pas travaillé qu'à Paris !

— Et où que c'est que t'as travaillé encore ?

— A Colmar, en Alsace, à Limoges, dans le Midi...

Noémie fit la moue.

— Connais pas. Je suis jamais allée plus loin que Quimper. Et encore, c'était pour enterrer une vieille de ma famille qu'a même pas laissé trois sous. Montre-moi tes mains...

Elise eut un mouvement de recul, mais Noémie s'empara de son poignet, qu'elle tira sèchement vers elle.

— C'est pas vraiment des mains de boniche, ça... T'as pas dû trop te fatiguer chez tes anciens patrons.

— J'en prends soin, c'est tout.

— Elle en prend soin, ricana la Fileuse, voyez-vous ça. J'te donne pas trois mois ici, ma belle, avant que tes mains blanches ressemblent aux miennes, toutes rouges et crevassées comme un chemin de labour.

— Arrête de faire ta mariolle, et fiche-lui la paix, gronda Louise Marek.

— Laissez-la, dit Elise, je viens d'arriver, elle a bien le droit de poser des questions, après tout.

— Pour sûr que j'ai le droit... Chez nous, en pays bigouden, on pose des questions aux étrangers, mais on n'aime pas trop répondre aux leurs, je t'aurai prévenue.

Les trois femmes se mirent à ricaner.

— Allez, finissez de manger, reprit Louise, il y a bien assez d'ouvrage pour vous faire tenir la langue.

Puis se tournant vers Elise et presque en aparté :

— C'est ta première journée, petite, alors tu écoutes la Fileuse. Et puis, sois gentille, ne lui en veux pas, c'est pas une mauvaise fille mais la mort de la gamine l'a rendue aussi nerveuse qu'une puce.

— La gamine ?

— Marie la Chineuse, celle que tu remplaces.

— Personne remplacera Marie, éructa Noémie.

Louise Marek fit semblant de ne pas avoir entendu et tendit son bol de café au lait à la rencontre de celui d'Elise.

— Bienvenue à Kervadec, Elise...

— Jouvet.

Puis, abaissant son regard vers le sol, le Chaudron poursuivit :

— Elles sont bien jolies, tes bottines. Pour sûr, ça doit être pratique à Paris... Mais ici, il faudra te trouver d'autres chaussures et une paire de sabots pour le dehors... On arrangera ça.

Elise hocha la tête avec un sourire.

Il y eut alors un moment de silence durant lequel on n'entendit plus que le tic-tac lointain d'une horloge. Puis, Elise, reposant son bol, demanda d'une voix hésitante :

— J'ai entendu un cri cette nuit... Quelqu'un était malade au château ?

Le visage de Noémie se figea. Puis, comme par mimétisme ceux de Louise Marek et de Marion se durcirent à leur tour. Leurs regards, déjà, fuyaient sous les poutres noircies. Seule Noémie continuait de fixer Elise, l'œil plus glacial qu'un granit de calvaire balayé par la tempête.

— J'ai rien entendu... pas vrai, vous autres ?

4

Cette première journée lui sembla passer à vive allure. Contrairement à ce qu'elle avait redouté, si Noémie Legoulvic – elle avait fini par lui dire son nom – avait le caractère abrupt et ne savait guère sourire, elle s'était montrée plutôt bavarde en lui expliquant les usages de la maison. Son surnom de Fileuse ne lui venait d'ailleurs pas d'une aptitude particulière à filer au rouet, mais de la rapidité avec laquelle elle exécutait ses tâches quotidiennes.

Longuement, elle lui avait expliqué l'emploi du temps des Kervadec. Monsieur se levait le premier. Vers six heures du matin, il descendait aux cuisines et préparait lui-même son petit déjeuner. C'était donc sa chambre qu'il faudrait faire en premier.

Celle de Madame, en revanche, pouvait attendre. Jocelyne de Kervadec déjeunait vers neuf heures, et dans son lit. Ensuite, il lui arrivait de rester couchée jusqu'à dix heures et demie. Elle ne se rendormait pas. Elle lisait. Des romans que lui envoyait sa belle-sœur de Paris, madame de Limoelan. Celle-ci était mariée à un industriel qui avait fait fortune dans la papeterie. Et comme toutes les Parisiennes qui « vont dans le monde », elle s'ennuyait. Alors, elle lisait, elle lisait à s'en « crever les mirettes », selon l'expression de Noémie, et s'efforçait de faire partager sa passion des nouveautés à Jocelyne de Kervadec. A part cela, la comtesse était autoritaire, excepté lorsqu'elle avait ses migraines. Elle était exigeante, mais équitable et même généreuse à ses heures, c'est-à-dire à Noël, à Pâques et à la Saint-Jean.

Monsieur, lui, était d'un caractère plus flegmatique. Il lisait les journaux, *Le Figaro* et le *Journal des débats*. Il aimait les chevaux, les voitures, et peut-être même son épouse. D'autres femmes du pays d'ailleurs le trouvaient séduisant avec son visage mince et régulier, sa taille élancée, son regard gris perçant, sa voix douce et virile à la fois.

Il avait six ans de moins que Madame, mais personne n'avait jamais pu prouver qu'il avait la moindre liaison, dans la région en tout cas. Il lui arrivait de séjourner à Paris pour ses affaires ou à Nantes pour on ne savait trop quelles raisons. Jamais plus de huit jours. A Paris, il descendait chez sa sœur, à Nantes au Grand Hôtel de Bretagne, où il avait ses habitudes. Le reste du temps, Lucien de Kervadec s'occupait de ses terres, de gérer la fortune familiale et de suivre les cours de la Bourse. Il montait à cheval, se passionnait pour l'automobile et écrivait un livre sur l'histoire de sa famille. Il possédait également un petit yacht amarré dans la baie d'Audierne et sortait en mer en compagnie du baron de Kerlleano, lequel habitait Pont-l'Abbé.

Les Kervadec, avait conclu Noémie, n'avaient pas d'enfants. S'aimaient-ils ? Certains l'affirmaient, d'autres – sur la foi de rumeurs – prétendaient le contraire. Faisaient-ils réellement chambre à part ? Marion avait confié avoir relevé des signes dans les draps de Madame, mais sans pouvoir en tirer de conclusions. Les Kervadec recevaient deux fois par mois au château. Les Kervadec allaient chaque dimanche à la messe et chaque année au grand pardon de l'évêque de Quimper, qui était un vague cousin. Ils exigeaient que leurs domestiques fassent de même. Lucien de Kervadec était un royaliste modéré, mais s'était battu farouchement en 1905 contre la séparation de l'Eglise et de l'Etat. Monsieur, arrêté par la police, avait même fait trois jours de prison à Nantes. Les Kervadec avaient des convictions et se montraient capables de les défendre. Voilà l'essentiel de ce qu'Elise devait savoir. Le reste, elle l'apprendrait par elle-même à mesure qu'elle vivrait au château.

Pour l'emploi du temps, il ne fallait pas compter « traînasser », sauf en hiver où la vie se ralentissait un peu et promettait certains jours une heure de sommeil réparateur en plus. Dès cinq heures et demie, il fallait être « sur le pont », comme disait Marion, dont le frère était pêcheur à Concarneau. Ensuite, la même liste de tâches à accomplir se déroulerait tout au long de l'année : allumer le feu dans la cheminée, ouvrir fenêtres et volets, faire les lits, préparer le bain, s'occuper du ménage, brosser les tapis, cirer les chaussures, remplir les lampes à pétrole, mettre la table pour le déjeuner et le dîner, servir les repas, faire la vaisselle, repriser le linge... La liste n'était jamais vraiment close.

La journée ne s'achevait guère avant vingt-deux ou vingt-trois heures. Après seulement, on pouvait s'occuper de soi ou s'écrouler dans son lit comme une bête de somme.

Noémie Legoulvic n'avait pas menti.

Une quinzaine de jours après son arrivée à Kervadec, Elise était déjà épuisée. Le rythme de travail y était plus soutenu qu'à Paris, et elles n'étaient que deux pour s'occuper du château proprement dit. Marion prenait bien en charge une partie du linge en plus de son travail d'aide à la cuisine, mais cela ne suffisait pas. Or, même si le château était de dimensions relativement modestes, les exigences de Jocelyne de Kervadec leur compliquaient singulièrement l'existence. D'une propreté qui confinait à la maniaquerie, elle leur faisait recommencer indéfiniment les mêmes tâches, passant et repassant derrière elles pour vérifier, d'un œil soupçonneux, d'un doigt inquisiteur, parfois même d'un coup de chiffon nerveux, le travail qu'elles venaient à peine d'achever.

Quand Elise en avait demandé la raison à Noémie, celle-ci avait expliqué que cette manie lui était venue depuis quelques mois seulement.

— Pour quelle raison ?

Le regard de Noémie avait fui.

— Je ne sais pas. L'âge peut-être.

Elise n'avait pas insisté.

Hormis Lucien de Kervadec, les hommes du château étaient au nombre de deux : Martin Le Braz, qui lui servait de chauffeur et l'accompagnait partout comme une ombre sans qu'on sût toujours de quelle aide effective il pouvait bien être ; et René Kémeneur, qui s'occupait du jardin, du potager, et des cinq chevaux de l'écurie, quand il ne travaillait pas sur sa ferme, une petite exploitation située à deux kilomètres à vol d'oiseau du château. Martin avait sa chambre à deux pas de celle d'Elise, et le gros René, lorsqu'il demeurait sur place, dormait la plupart du temps dans les écuries.

Presque chaque soir, sa journée terminée, Martin passait aux cuisines et s'asseyait un long moment devant un bol de café. Silencieux et attentif, il contemplait Elise ou Noémie en train de s'user les yeux à repriser draps et vêtements, à cirer les chaussures ou à faire briller les cuivres.

La plupart du temps, il ne prononçait pas dix mots, puis s'en allait.

Louise Marek le suivait parfois à quelques minutes d'intervalle, et Elise avait très vite compris que le chauffeur et la cuisinière entretenaient une liaison discrète. La chambre de Martin jouxtant la sienne, elle eut bientôt l'occasion de s'en rendre compte par elle-même. En dépit de son âge, Louise Marek sacrifiait encore à des jeux que l'abbé Meunier, le recteur d'Audierne, eût sans doute réprouvés. Mais cet appétit de vivre avait quelque chose de rassurant. Kervadec n'était pas seulement un lieu austère et perdu dans le bocage breton, on pouvait s'y aimer et y jouir de la vie. On pouvait même bafouer la morale stricte des Kervadec sous leur propre toit.

— Ils ne font rien de mal, avait cru bon d'observer Noémie. La solitude… Tu verras.

Elise s'était demandé alors s'il fallait tenir cette remarque pour innocente ou au contraire pour une mise en garde.

Mais, au sourire de Noémie, elle en avait déduit que la Fileuse lui entrouvrait une porte et qu'il lui appartiendrait de la franchir le moment venu.

5

Le printemps s'installa brusquement à la mi-mai, changeant l'atmosphère du château. D'austère demeure perdue en pays bigouden, Kervadec se transforma en une sorte de villégiature où il faisait bon vivre. Elise le ressentit plus encore que les autres domestiques, habitués à cette mutation saisonnière. Tous affichaient cependant des visages plus détendus. Les rires avaient remplacé le pesant silence de la fin d'hiver, et chacun accomplissait sa tâche avec entrain. Jocelyne de Kervadec elle-même se montrait moins tatillonne, et Lucien plus enclin à échanger quelques mots avec le personnel.

Le troisième dimanche de mai, un soleil éclatant se leva sur Kervadec, apportant les premières vraies chaleurs d'un été trop précoce. Sitôt achevé le déjeuner qui suivait la messe, Elise et les autres domestiques – à l'exception de Louise Marek – décidèrent d'aller passer l'après-midi à Audierne.

Martin Le Braz se proposa pour les emmener. Mais, une fois arrivé à destination, le chauffeur les abandonna près de la gare, prétextant une visite de politesse à rendre à une cousine.

— Il a donc de la famille à Audierne ? s'enquit Elise.

Aux rires de Noémie et Marion, Elise devina qu'elle avait commis une bévue.

— Tu parles d'une cousine, railla Noémie, ce serait plutôt une marie-couche-toi-là !

— Sois pas méchante, la Fileuse, dit Marion, ce n'est qu'un homme après tout.

Audierne, avec ses cinq mille habitants, était un petit port solidement bâti sur la rive droite du Goyen, et dont l'estuaire avait plus d'une fois servi de refuge aux navires en difficulté. La plupart des maisons du village surplombaient les quais, où régnait en ce dimanche de mai une franche animation. Des dizaines de bateaux de pêche étaient amarrés dans le port, et l'on pouvait voir traîner partout casiers et filets d'où se dégageaient de fortes odeurs de poissons éviscérés, d'iode et de goémon.

Bien que les beaux jours d'Audierne ne fussent plus qu'un souvenir et que la pêche eût vécu ses grandes heures, les sardiniers poursuivaient leurs activités avec la même ferveur qu'à la belle époque.

Pendant un long moment, les trois jeunes femmes se mêlèrent à la foule qui flânait sur les quais. Puis, Marion proposa de faire faire le tour de la ville à Elise. Outre les hôtels et les ruelles en escalier dont l'une menait à l'église du quinzième siècle perchée au sommet d'un coteau, Elise découvrit ainsi le port d'Audierne et sur la rive gauche le château de Loquéran, la jetée en granit qui se prolongeait jusqu'à la pointe de Raoulic d'où l'on pouvait voir la baie, et le phare. Une fois au sémaphore, une plage de sable fin parsemée de petits rochers s'offrait aux regards. Des cabines y avaient été installées pour la baignade.

Plus loin vers l'ouest se profilaient la pointe du Raz et ses falaises, la baie des Trépassés, l'île de Sein.

Le visage fouetté par le vent d'ouest, Elise savourait, émerveillée, un avant-goût de la beauté sauvage des paysages des Cornouailles.

— La prochaine fois, on ira se tremper les pieds dans l'eau, dit Marion.

— Et pourquoi pas les fesses ? demanda Noémie.

— D'accord pour les fesses, s'exclama Marion, mais tu montreras l'exemple, la Fileuse !

Prise d'une inspiration subite, le Trognon s'était mise à courir sur la plage en décrivant des figures libres, imitée dans le ciel pâle par les mouettes et les goélands, dont les piaillements vrillaient l'air trop pur.

La pudeur retint Elise de s'élancer à son tour. Etait-ce l'air du large, elle se sentait envahie par une drôle d'énergie.

L'après-midi passa comme un rêve, un rêve de liberté doux-amer qu'entachait la perspective de regagner Kervadec en soirée.

Lorsque le ciel s'assombrit vers l'ouest, Noémie suggéra qu'il était l'heure de rentrer.

— Martin va nous attendre, dit-elle.

Martin Le Braz les attendait, en effet, près de la gare. Jovial, l'œil pétillant, la moustache frétillante, il proposa d'aller « boire une bolée » avant de reprendre le chemin de Kervadec.

— Alors, comment va ta cousine ? demanda Noémie.

Martin haussa les épaules et grommela entre ses dents que ce n'était pas une affaire de femmes et qu'elles avaient intérêt à bien se tenir jusqu'à leur arrivée au café situé près du port, sans quoi il rebrousserait chemin.

— Parce que tu crois qu'on a besoin de toi pour boire une bolée ! ironisa Noémie en poussant la porte de la Maison du Bateau.

Martin Le Braz laissa passer Marion et Elise, puis s'engouffra derrière elles.

C'était une vieille auberge, avec une longue salle très sombre aux fenêtres grillées et aux solives noirâtres. Les sardiniers l'appelaient la Maison du Bateau parce que, de retour à terre, ils pouvaient y boire du cidre ou un mauvais tafia, y avaler une soupe à l'oignon et au lard avec un gros morceau de pain d'orge. Le tout bien souvent à crédit, car leurs revenus depuis les années 1905-1906 n'avaient cessé de baisser, au contraire des manufacturiers, qui continuaient à acheter les sardines à bas prix avant de les mettre en boîte et de les revendre avec un bon bénéfice.

A l'intérieur, l'atmosphère houleuse du café ressemblait à celle d'un bouge oriental. Un brouhaha régnait dans la grande salle et les conversations animées se mêlaient à la fumée des pipes, à des odeurs fortes de tabac épicé, de cidre et de vin rouge à bon marché. Aux murs étaient accrochés des demi-coques de voiliers, un filet de pêche, de grosses poulies entre lesquelles apparaissaient des bouquets de fleurs séchées. Plusieurs portraits de marins s'alignaient discrètement dans un recoin plus obscur de la salle : disparus au large. Tout, ici, rappelait le monde de la mer, ses joies et ses drames.

Mais, ce qui dominait, c'était encore cette odeur entêtante de poisson qu'on rencontrait partout sur les quais et à laquelle venaient s'ajouter d'autres effluves indéfinissables qui n'avaient rien de iodés.

Tous les regards s'étaient tournés d'emblée vers les trois jeunes femmes, et surtout vers celle dont le visage leur était inconnu.

— C'est pas les parfums des belles dames des boulevards, hein, la Fiérote ! lança Marion. Mais tu verras, on s'y habitue vite.

Elles s'installèrent à une table au fond de la salle.

La présence de Martin Le Braz dissipa vite les curiosités malsaines, et le tumulte, un court instant apaisé, se remit à enfler.

Quand Martin en demanda la raison, le patron expliqua qu'un sauveteur de la société de Douarnenez venait de gagner trois mille francs à la loterie et offrait une tournée générale.

Martin commanda un gros pichet de cidre et quatre bols en terre cuite.

Ils trinquaient à la santé de l'heureux gagnant quand un éphèbe blond en vareuse se leva subitement, ôta son chapeau de feutre et entonna une chanson d'une voix étonnamment grave :

Kaset-ni d'er prison, ranjennet mar karet ;
Ranjennet mar karet ;
Er péh e oemp agent, maluron, maluret !
Er péh oemp agent é vemb ataù berpet.

Elise demanda qu'on lui traduise les paroles.

— C'est une vieille complainte qui parle de deux filles, expliqua Noémie en forçant la voix, deux malheureuses entreprises par un brigadier et qui, pour échapper à ses avances, ont dû le tuer. Et on les conduit en prison. Ça dit à peu près :

« Emmenez nous en prison, entravées si vous voulez ;
Entravées, si vous voulez ;
Ce que nous étions avant, maluron, malurette !
Ce que nous étions avant nous le serons toujours
A jamais ! »

Une bonne moitié de la salle se leva pour reprendre le refrain.

D'un coup de coude, Marion invita Elise à se joindre au chœur des voix assombries par l'alcool. La tête lourde, elle ne chercha pas à se dérober. Le cidre et l'excitation générale empourpraient son visage, mais c'était une sensation heureuse, apaisante.

Une deuxième, puis une troisième chanson furent entonnées. Noyée dans une vapeur grisâtre, la salle semblait osciller doucement entre les murs, bateau ivre livré aux caprices de la marée. Puis, tout rentra peu à peu dans l'ordre après un dernier ban et un concert de verres entrechoqués.

Quand le récital prit fin, Marion avait tellement malmené ses cordes vocales qu'elle demeura quelques instants sans voix, le visage congestionné.

— C'est la première fois que je te vois comme ça, la Fiérote ! articula-t-elle enfin en se resservant une bolée de cidre. Tiens, approche ton verre.

— Ici au moins, dit Noémie, on peut boire autre chose que de l'eau sans risquer de s'attirer les foudres de Madame...

— Et pourtant, certains soirs, on boirait bien un petit verre pour se remettre les jambes d'aplomb, renchérit Marion.

— L'alcool, c'est pas bon pour les femmes, observa Martin Le Braz.

— Tu parles, dit Noémie. On croirait entendre le gros René ! Pourtant, vous crachez pas sur la goutte tous les deux. Et vous n'êtes pas non plus les derniers *à la clef*[1] !

Martin Le Braz, rabroué, regarda ailleurs.

— Pourquoi la comtesse, commença Elise...

Elle n'eut pas le temps d'achever sa phrase.

— Madame avait un frère qui buvait, répondit Martin. Il était journaliste à Paris. Un jour, en traversant le boulevard des Capucines, il était si saoul qu'il n'a pas vu arriver une voiture. Il s'est fait renverser. Il est mort trois jours plus tard. C'était en 1905, non 1906. Depuis, c'est devenu son dada à la comtesse.

— Tiens, voilà Pierrot ! s'exclama Noémie.

Elle agitait déjà un bras maigre en direction de la porte. Elise tourna la tête.

Un marin pêcheur en vareuse, casquette vissée

1. Le jeu de la clef consistait à vider d'un trait un tonnelet de cidre ou de vin.

sur la tête, sabots aux pieds, s'approchait d'une démarche souple entre les tables.

Il était grand et fort, les épaules larges, le visage carré, une fine moustache surplombant une lèvre supérieure épaisse et sensuelle. Mais ce qui retenait surtout l'attention était son sourire, un sourire rayonnant d'une confiance absolue dans la vie qui habitait ce corps puissant.

Le colosse se nommait Pierre Loustal. Les traits burinés, il paraissait légèrement plus âgé que ses trente-trois ans. Patron d'une petite flottille de sardiniers à Douarnenez, il était de passage à Audierne. Noémie et Martin Le Braz semblaient bien le connaître. Noémie, d'ordinaire peu démonstrative, l'embrassa avec chaleur.

— Pierre est un cousin du côté de mon père, annonça-t-elle. On se connaît depuis l'enfance. On allait tous les deux à la pêche aux équilles.

Pierre Loustal s'installa à côté de Martin Le Braz et laissa Noémie faire les présentations.

— Pierrot est célibataire. Avis à vous, mesdames, c'est un cœur à prendre. Mais j'aime autant vous prévenir, plus d'une s'y est cassé les dents !

Marion gloussa discrètement.

Elise nota que la jeune femme était incapable de détacher son regard du marin pêcheur, comme irrésistiblement attirée par Loustal. Minuscule, elle devait se sentir écrasée par cette stature de colosse et ses yeux émerveillés semblaient réclamer sa protection.

Loustal, en revanche, paraissait ne rien remarquer. Fasciné, il observait Elise avec un mélange de respect et de curiosité. Au point que la jeune femme en éprouva une certaine gêne.

Loustal but en silence, et remit une nouvelle tournée. Sans quitter Elise des yeux, il demanda à Noémie des nouvelles de sa famille.

Elise regardait droit devant elle.

Et cependant, depuis qu'il était entré, il n'avait pas eu un geste, une parole, une attitude qu'elle eût été en droit de juger déplacés. Loustal, en vérité, se contentait de la dévisager. Et pourtant, la rumeur prétendait que les sardiniers n'hésitaient pas à faire une cour pressante aux jolies filles. Peut-être était-elle déjà trop vieille pour lui. Ou alors la présence des autres l'embarrassait-elle.

Marion, qui avait remarqué le manège du sardinier, finit par manifester son agacement.

— Il est tard, observa-t-elle, on devrait rentrer maintenant. Sinon, Madame va se mettre dans tous ses états.

Mus par un même ressort, tous se levèrent.

L'air du dehors ne dégrisa personne.

On se sépara devant la gare, où attendait la voiture.

Quand la grande main de Pierre Loustal emprisonna celle d'Elise, celle-ci éprouva avec une intensité presque inquiétante le sentiment de sa propre faiblesse.

— J'espère que nous nous reverrons, dit le sardinier.

Puis, il s'éloigna sans un regard en arrière dans la tiédeur du soir qui tombait.

Le retour à Kervadec fut silencieux. Cet après-midi de liberté avait passé si vite que la perspective de retrouver le château et ses servitudes provoquait une sorte d'abattement général.

Marion, les jambes ballantes à l'arrière de la carriole, n'avait pas desserré les dents depuis le départ d'Audierne, et Elise interpréta son mutisme comme une manifestation évidente d'hostilité. Le Trognon lui en voulait d'avoir attiré l'attention de Pierre Loustal.

Elise ne parvenait pas à se le reprocher. Elle n'avait rien fait pour séduire le sardinier, et si Marion était amoureuse de lui, elle n'entendait pas lutter avec elle sur ce terrain.

Ce soir-là, dans la solitude de sa petite chambre, elle eut néanmoins du mal à s'endormir. La présence de Pierre Loustal avait réveillé chez elle un désir depuis longtemps en sommeil. Incapable de fermer les yeux comme de se concentrer sur sa lecture, elle se débattit contre la fièvre qui envahissait son corps et aiguisait ses sens. Depuis combien de temps ne s'était-elle pas abandonnée entre les bras d'un homme ? Un an, un an et demi peut-être. Le dernier visage qui traversa sa mémoire lui parut flou, comme nimbé d'un brouillard hivernal. Elle ne se souvenait même plus de son nom, seulement d'un prénom : Antoine. Il devait être relieur. Elle le revoyait vaguement dans son atelier, au fond d'une impasse du faubourg Saint-Antoine. Mais, de leur histoire, elle eût été incapable de retracer les étapes, ou d'expliquer pourquoi ils s'étaient quittés. Quelques semaines seulement passées à Kervadec avaient transformé son passé en un paysage sans relief. En venant s'installer au cœur du pays bigouden, Elise avait voulu mettre de la distance entre elle et ses souvenirs, et elle s'étonnait d'y être si rapidement parvenue. L'existence à Kervadec reléguait ce qu'elle avait connu dans une sorte de monde parallèle, une vie antérieure où elle avait désormais du mal à se mouvoir.

Lorsqu'elle parvint enfin à trouver le sommeil, ce fut d'ailleurs la dernière image de Pierre Loustal qui l'accompagna dans l'oubli.

6

Assises autour de la table, leur service terminé, Elise et Noémie avaient fini de dîner en compagnie des deux autres domestiques lorsque le hennissement d'un cheval tout proche interrompit les conversations. Des parfums de roses et de chèvrefeuille entraient par la fenêtre ouverte, combattant les lourdes odeurs de graillon.

— Ça, soupira Louise avec lassitude, ce serait bien le gros René qu'aurait traînaillé avec monsieur le comte et qui voudrait encore manger un morceau.

— Il n'a qu'à rentrer chez lui, dit Marion. Qu'est-ce qu'il vient nous embêter à c't' heure !

— C'est pas le gros René qu'on aurait dû l'appeler, ajouta Noémie, mais la Gangrène !

Sitôt qu'il avait passé la porte et posé son chapeau sur une chaise au coin de l'âtre, les voix pourtant s'étaient tues. Il avait sorti son couteau, s'était assis en bout de table et avait taillé une épaisse tranche dans la miche de pain gris. Elise avait considéré avec méfiance cette face rougeaude que couronnait une chevelure grisonnante et rare, le nez fort, la bouche humide qui s'entrouvrait sur une dentition médiocre.

C'était donc lui, le gros René. Depuis qu'elle était à Kervadec, elle n'avait jamais eu l'occasion de le voir de si près, encore moins de lui adresser la parole. Un homme taillé dans un bloc de granit, au cou fripé de taureau, aux mains larges, aux yeux étrangement petits et mobiles.

Il avait commencé à étaler du pâté sur sa tranche de pain, avait porté celle-ci à sa bouche, avait mastiqué en silence. Puis, sans relever la tête, il avait laissé tomber avec dégoût :

— C'est donc toi la nouvelle...

Elise, devinant qu'il s'adressait à elle, se rembrunit.

— Je m'appelle Elise.

— Si tu le dis, grommela le palefrenier... C'est d'où que tu viens ?

— De Paris...

Elle répondait docilement.

— La grande ville, hein ?

Il replia son couteau. Puis, ses yeux se fixèrent enfin sur elle.

Elise soutint le regard noir, insondable.

— T'as pourtant pas l'air d'une boniche, dit le gros René. T'as même l'air d'avoir des manières. Qu'est-ce que tu fais donc chez nous... C'est pas un endroit pour une fille comme toi. A moins que...

Elise sentit une douleur aiguë lui vriller l'estomac.

— A moins que quoi ?

— René, vas-tu donc la laisser tranquille ! protesta Louise.

Le regard que lui lança le palefrenier la fit taire aussitôt.

— A moins que la ville..., poursuivit-il. On fait parfois bien des bêtises dans les grandes villes.

— Je ne vois pas ce que vous voulez dire.

René Kémeneur, dit le gros René, hocha la tête, dévoilant une cicatrice épaisse et rosée qui lui barrait la carotide.

— Je me comprends...

Elise sentait le rouge lui monter aux joues.

— C'est votre manière d'accueillir les étrangers ? demanda-t-elle.

Kémeneur ne répondit pas. Durant quelques secondes, seuls le battement de la grosse horloge posée sur le linteau de la cheminée et les frémissements d'une casserole sur la cuisinière à charbon emplirent la pièce.

— P'têt bien que t'as fait des bêtises, lâcha le palefrenier en baissant les yeux.

Puis, d'une voix basse et tendue :

— En tout cas, que je te voie pas rôder autour des écuries !

Il se leva en faisant racler sa chaise sur le carrelage, et sortit sans rien ajouter, indifférent au silence accablant qu'il laissait derrière lui.

Le silence se prolongea encore un long moment, puis Noémie se leva à son tour, bientôt imitée par Marion, et toutes deux quittèrent la cuisine, la tête basse.

— Je vais me coucher, dit la Fileuse.

La porte se referma sur elle. Puis, tandis que le bruit de ses pas se perdait dans la nuit, Elise demanda enfin :

— Qu'est-ce qu'il voulait dire, Louise ?

Délivrée de la présence des autres domestiques, Louise Marek parut retrouver instantanément son sourire et sa bonne humeur.

— Oh rien, t'inquiète pas, il est comme ça à chaque fois, il prend des airs mystérieux, surtout avec les nouvelles, ça lui donne de l'importance.

— Je ne l'aime pas, avoua Elise.

— Oh, il est pas bien méchant, plutôt rustaud et même un peu bête. Ne fais pas attention.

— J'ai déjà connu un homme comme ça. A Colmar. Il était marchand de vins. Il a fini en prison après avoir défiguré sa femme à coups de tesson de bouteille. On ne se méfie jamais assez de ces hommes-là.

Louise se tut à nouveau, un peu plus pâle. Puis, elle alla retirer la casserole qui grésillait sur la cuisinière et la recouvrit d'une assiette. Elle avait l'air épuisée tout à coup. Elle retira son tablier et le posa sur une chaise.

— T'aurais pas quelque chose à faire avant

d'aller dormir ? dit-elle. Parce que moi, je vais me coucher, je suis rompue.

Elise s'était levée. Elle tituba vers la porte qui donnait sur le couloir menant au vestibule du château. Elle aussi tombait de sommeil.

— J'ai oublié de débarrasser le guéridon au petit salon...

Au moment où Elise franchissait la porte, la recommandation de Louise Marek résonna d'autant plus péniblement à ses oreilles :

— T'as raison, la Fiérote, méfie-toi du gros René !... Evite de te retrouver dans ses pattes !

7

Lucien de Kervadec marchait à pas lents dans l'allée bordée d'ormes. Appuyée sur son bras, sa femme avançait avec peine, le visage défait.

— Donnez-moi votre ombrelle, proposa-t-il en tendant la main.

— Merci, mais je préfère la garder.

— Vous ne voulez pas rentrer ?

— Non, marcher me fait du bien.

Durant un long moment, ils gardèrent le silence.

L'air était doux et d'une transparence absolue. Sur le bord des talus, jonquilles et fleurs sauvages s'épanouissaient dans une herbe grasse de rosée. Des oiseaux voletaient dans les arbres avant de se perdre au creux des ajoncs et des haies. Des voix de paysans et des grognements porcins parvenaient d'une ferme toute proche. « Une tuerie de cochons », songea Lucien de Kervadec.

On était à la fin du mois de mai et le spectacle de la nature en éveil le mettait toujours d'excellente humeur. Ces jours-là, il se sentait plus enraciné encore dans cette rude terre bretonne où vivait sa famille depuis quatre siècles. Il se prenait même à rêver pour son pays d'une autonomie qui, au sein de la nation France, eût assuré la pérennité de traditions auxquelles il tenait plus que tout et que menaçait désormais le modernisme.

Une voiture les croisa en lançant un coup d'avertisseur. Lucien adressa un signe de la main au chauffeur, maître Audrieux, notaire à Douarnenez.

— Tiens, s'étonna Jocelyne de Kervadec, que peut-il bien faire par là un dimanche après-midi ?

— Je l'ignore, murmura Lucien. Il aura sans doute été voir un client important.

Il le savait très bien au contraire. Robert Audrieux venait de rendre visite à sa maîtresse, une veuve de Fouesnant, et regagnait son domicile en toute hâte. Là-bas l'attendait sa femme, paralysée depuis deux ans par une maladie nerveuse dont les médecins cherchaient vainement la cause.

Lucien de Kervadec était l'un des seuls au pays à avoir connaissance de cette liaison, et, bien qu'animé d'une foi profonde, il se refusait à juger l'homme dont il se targuait d'être le confident, sinon l'ami.

— Pourquoi n'iriez-vous pas quelque temps à Paris chez ma sœur ? demanda-t-il à brûle-pourpoint à sa femme en lui pressant l'avant-bras. J'aimerais que vous consultiez un médecin. Il y a d'excellents spécialistes à Paris, bien meilleurs qu'à Nantes. Ces migraines constantes m'inquiètent. Vous avez de plus en plus de mal à vous réveiller le matin, tout effort prolongé vous épuise... Et puis, ces crises...

— Auriez-vous des reproches à me faire sur la tenue du château ?

— Ce n'est pas de cela qu'il s'agit et vous le savez bien. Le docteur Clouet, que j'ai vu l'autre jour à Quimper, m'a donné l'adresse d'un grand professeur à l'Hôtel-Dieu.

— J'en ai déjà vu quatre.

— Des médecins de province, des ânes qui ne savent que distribuer de l'aspirine comme d'autres des bonbons. Regardez où cela a conduit cette pauvre Berthe Audrieux. Voulez-vous finir comme elle ?

— Il faut bien finir un jour, remarqua Jocelyne d'une voix désabusée.

— A trente-huit ans ?

— Dieu fait de nous ce qu'il veut.

Lucien de Kervadec serra les poings.

— Si Dieu décide de tout, alors c'est lui qui est également responsable des progrès de la médecine.

Jocelyne de Kervadec ne répondit pas. Un voile de lumière l'enveloppait qui lui faisait plisser les yeux malgré la protection de son ombrelle.

— Rentrons à présent, proposa-t-elle.

Lucien de Kervadec obtempéra. Ils firent demi-tour.

— Une fois de plus, vous fuyez la réalité, ne put-il s'empêcher de commenter. Avez-vous tant envie que cela de vous laisser mourir ?

— C'est ridicule !

— Depuis six ans ! Et nous savons très bien pourquoi, vous et moi.

Jocelyne de Kervadec s'arrêta brusquement.

— Je ne veux plus que nous parlions de cela, dit-elle d'une voix tremblante, plus jamais... vous entendez. Si cela peut vous rassurer, j'irai chez votre sœur à Paris et je consulterai votre satané médecin, mais ce sera la dernière fois.

Lucien baissa les yeux, l'âme en berne.

Il aurait tant aimé vider cet abcès qui pourrissait au fond de leurs cœurs. Mais sa femme tenait par-dessus tout à ce pesant silence, à ce secret qui, tel un lent venin, empoisonnait leur couple, mettait leurs sentiments à mal, éloignait jusqu'à l'intimité des corps quand venait la nuit.

— Dites-moi plutôt ce que vous pensez de notre nouvelle domestique ? demanda Jocelyne de Kervadec d'une voix plus enjouée.

— Je n'en sais rien, bredouilla Lucien. Je ne lui ai parlé qu'à une ou deux reprises. L'important n'est-il pas que vous en soyez contente ?

— Vous ne la trouvez pas jolie ?

— Je n'y ai pas prêté attention.

Un sourire affleura sur le visage blême.

— Ne dites pas ça, je vous connais trop bien…

Il marchait les yeux baissés, ne sachant que répondre. C'était pourtant vrai qu'il lui avait à peine adressé la parole. Une seule fois à table pendant le service, il avait croisé son regard bleu pâle, si pâle qu'il en avait été un court instant désarçonné, mais rien de plus. Il aurait été incapable de la décrire avec précision.

— Moi, je la trouve jolie, reprit Jocelyne. Mais je ne sais pas… Quelque chose en elle…

Son expression s'était faite rêveuse.

— Vous la croyez malhonnête ?

— Je n'ai pas dit cela. J'ai peur qu'elle ne s'adapte pas ici. Après tout, c'est une fille des villes.

— Nous en avons déjà eu plusieurs…

— Qu'il nous a fallu renvoyer !

Ils franchissaient à nouveau les grilles du domaine. Au loin, le château se nimbait d'une lumière d'eau. Dans l'encadrement du porche donnant sur la cour, ils aperçurent René Kémeneur qui tirait une jument par son licol.

— Vous vous faites des idées, dit Lucien.

— Peut-être. En tout cas, je sais déjà par Noémie quel surnom lui ont trouvé Louise et Marion : la Fiérote !

Lucien de Kervadec eut un haussement d'épaules.

La main de Jocelyne se crispa sur son avant-bras.

— Vous ne vous sentez pas bien ?

Jocelyne de Kervadec laissa échapper un sourire craintif.

— Mais si... Je crois que c'est le grand air. Je devrais sortir plus souvent.

— Et voir du monde, ajouta Lucien avec emportement. Vous ne recevez plus personne, vous vous enfermez dans votre chambre, ce n'est pas bon dans votre état. Il vous faut du mouvement au contraire, des rires, des conversations... Il y a un mois au moins que nous n'avons pas organisé un dîner au château.

Son exaltation fut de courte durée. Jocelyne le regardait avec une tendresse mêlée d'une insupportable pitié. Ce n'était pas envers elle qu'il fallait témoigner de la compassion, semblait-elle vouloir dire. C'était lui qui avait peur de la mort, ou pire encore, de la déchéance. Lui qui redoutait l'issue fatale. Lui qui ne supportait plus ses cris la nuit. Lui qui, sans cesse, était sur le qui-vive, guettant les moindres signes d'un abattement ou au contraire d'une résurrection.

— Calmez-vous, coupa-t-elle, qu'est-ce qu'un tout petit mois ?... Le temps passe si vite.

Puis, devant la mine sombre de Lucien :

— Mais si vous y tenez tant, organisez donc un souper !... Vous aussi avez besoin de distractions, il me semble.

8

Huit jours plus tard, les Kervadec donnèrent une réception au château. Par une chaude soirée de ce début juin dont la moiteur éprouvante procurait le sentiment que le pays tout entier venait de basculer brutalement au cœur de l'été.

Dès le milieu de l'après-midi, les cuisines furent sur le pied de guerre. A huit heures et demie, tout ce que la région d'Audierne comptait comme notabilités était réuni au grand salon.

A l'exception de l'abbé Meunier venu de son presbytère à bicyclette, les invités arrivèrent en voiture et se garèrent à deux pas du perron sous l'œil vigilant de Martin Le Braz.

Ce va-et-vient, Elise l'observa à la dérobée, occupée qu'elle était à seconder Louise Marek dans ses préparatifs. Plusieurs tables avaient été dressées à l'office pour accueillir les premiers plats du service, les vins, le champagne, les apéritifs. Tout un amoncellement de victuailles comme Elise n'en avait jamais vu, même dans les riches familles chez qui il lui avait été donné de servir. De gros pains frais et croustillants à souhait attendaient eux aussi, alignés comme à la parade.

Noémie et Louise s'affairaient avec énergie tandis que Marion mettait la dernière main pour dresser la table. Elise, sans tâche précise, aidait de son mieux selon la demande. Martin Le Braz s'occupait de déboucher les bouteilles.

Tout cela donnait le sentiment d'une ruche en pleine activité.

— Ça me rappelle les grandes soirées d'autrefois, dit Louise Marek, avant que Madame...

Elle s'interrompit brusquement, s'essuya les mains à son tablier, puis se décida à ouvrir le fourneau à l'intérieur duquel cuisait une épaule de veau.

— Pour sûr, ça va être une belle soirée, commenta Noémie.

Elise se mordit les lèvres pour ne pas enchaîner sur la réflexion de la cuisinière. Le sujet semblait tabou. Cette retenue avait-elle un rapport avec les cris qu'elle avait entendus lors de sa première nuit au château ? La santé de Jocelyne de Kervadec paraissait bien chancelante. Mais pour quelles raisons les domestiques refusaient-elles d'en parler ?

— Tiens, la Fiérote, va donc servir le champagne avec Noémie, ordonna Louise Marek. Et n'oubliez pas les petits-fours !

Elise, emboîtant le pas à Noémie Legoulvic, s'empara d'un lourd plateau en argent et gagna le grand salon.

Le bourdonnement des conversations les happa aussitôt dans un tourbillon chaleureux.

Tous ces hommes et ces femmes disséminés par petites grappes près de la cheminée ou autour de minuscules guéridons rappelèrent à Elise les soirées qu'organisait madame de Margonne dans sa propriété de Saint-Cloud. Excepté que cette réception à Kervadec avait un petit air provincial qui ne trompait pas.

Cela se devinait à mille et un détails : aux vêtements en retard d'une mode, aux bijoux désuets, à la façon de tenir son verre, de fumer le cigare, aux timbres de voix, à la teneur des conversations. A Paris, le dernier spectacle à la mode ou le dernier roman d'André Gide, ici, la solidité du franc et l'alcoolisme des campagnes bretonnes ; là-bas la composition du dernier ministère Poincaré et les avantages qu'on pouvait attendre de la politique du nouveau président du Conseil, ici l'évolution de l'industrie sardinière et la construction du nouveau pont métallique en amont d'Audierne.

Debout près d'une fenêtre donnant sur le parc, Lucien de Kervadec discutait avec un homme à la chevelure clairsemée et aux favoris démodés, tandis que deux autres invités les écoutaient avec intérêt. Elise s'arrêta près du petit groupe.

Chacun tendit la main vers le plateau pour s'emparer d'une coupe de champagne sans plus lui prêter attention.

Bien que la cheminée ne fût pas allumée par cette chaleur, Jocelyne de Kervadec était assise près de l'âtre vide – Elise avait remarqué qu'elle avait toujours froid – en compagnie d'une grosse femme au visage mou vêtue d'une robe en dentelle et d'une vieille dame très digne dont le face-à-main rappelait le charme désuet des duchesses du siècle passé.

Les hommes d'un côté, les femmes de l'autre : la règle, cette fois, était respectée en province comme à Paris.

Elise circula un moment entre les groupes jusqu'à ce qu'il ne reste plus qu'une ou deux coupes de champagne sur le plateau.

Elle s'apprêtait à regagner les cuisines lorsque Lucien de Kervadec lui fit un signe discret du menton. Croyant à une maladresse de sa part, Elise s'approcha avec inquiétude. Mais Kervadec se contenta de demander :

— Vous apporterez du champagne, je gage que ces messieurs en reprendront bien encore un peu.

Il avait dit cela d'une voix si calme qu'Elise sentit un frisson lui parcourir la nuque. Pour la première fois alors, elle croisa son regard gris pâle aux nuances bleutées.

L'échange ne dura que quelques secondes,

mais Elise crut percevoir un trouble égal au sien dans les yeux du comte de Kervadec.

Lorsqu'elle revint aux cuisines, Marion la fixa bizarrement :

— Eh, la Fiérote, ça va pas ?... T'es blanche comme un suaire ! T'as vu l'Ankou ?

Elise se troubla. Elle ignorait ce qu'était l'Ankou.

— L'ange de la mort ! expliqua Marion.

Elise secoua la tête.

— La chaleur... J'ai perdu l'habitude.

Elle se laissa tomber sur le banc. Ses jambes ne la portaient plus. La poitrine oppressée, elle revit dans un flash le visage de Jacques de Margonne. Fallait-il que partout où elle passait...

Elle chassa cette image de son esprit. Ce n'était pas le moment de s'abandonner à d'inutiles spéculations.

Le service lui parut néanmoins interminable. Entre les entrées et la somptueuse île flottante préparée par Louise, poissons – brochet, lotte – et volailles – pigeon et pintade – s'étaient succédé comme pour un repas de fête.

Tous dînaient de bon appétit, et paraissaient si absorbés dans leurs conversations qu'Elise eut le sentiment d'être à leurs yeux aussi transparente qu'une porcelaine. Seul Lucien de Kervadec avait paru prêter attention au service. A deux reprises, leurs regards s'étaient de nouveau croisés, et leurs mains s'étaient même effleurées involontairement lors d'un changement de service.

L'avait-il fait exprès ? Jocelyne de Kervadec avait paru ne rien remarquer. Pour la première fois depuis qu'elle était au château, Elise l'avait vue sourire à plusieurs reprises, et même rire lorsque le docteur Clouet avait évoqué une patiente atteinte de troubles mentaux rencontrée à l'hôpital Sainte-Anne. La description humoristique qu'il en avait donnée avait d'ailleurs déclenché l'hilarité générale. Pour ajouter encore plus de poids à ses propos, il avait mimé ses gestes et imité son timbre de voix.

— Il faut avoir vu ça au moins une fois dans sa vie, conclut-il avec gourmandise. Ça vaut tous les guignols du monde !

Le dîner touchait à sa fin. On servait le café et les liqueurs. Les hommes s'étaient retirés dans la salle de billard pour y déguster un cigare tout en buvant leur cognac. Seules les femmes étaient restées au grand salon.

En tendant à Jocelyne de Kervadec sa tasse de café, Elise lui trouva cependant l'air absent. Autant elle avait paru gaie et enjouée durant le repas, autant elle se confinait maintenant dans un mutisme pénible. Autour d'elle, ses invitées s'exprimaient à voix basse, conscientes de son exil intérieur. Loin de tout, Jocelyne de Kervadec semblait perdue dans une contrée imaginaire à laquelle elle était seule à avoir accès. Par deux fois, Elise surprit un sourire sur ses lèvres, puis le sourire disparut et son visage retrouva une gravité étrange et pathétique.

Les invitées qui l'entouraient paraissaient embarrassées par son silence, mais n'osaient réagir. En passant auprès d'elles, Elise entendit la baronne de Kerlleano murmurer :

— J'espère qu'elle ne va pas nous refaire une de ses crises...

Puis, se penchant vers la femme du docteur Clouet :

— Je me demande si elle ne souffre pas du même mal que cette malheureuse Berthe.

9

Elise, éreintée, allait s'asseoir en cuisine lorsque des gémissements suivis d'un cri terrible la firent tressaillir. Avant même que les autres domestiques n'aient eu le temps de réagir, elle s'était déjà précipitée au salon.

Jocelyne de Kervadec était toujours à la même place, blême et l'œil injecté de sang. Le docteur Clouet était debout à ses côtés.

Le visage de la comtesse avait pris une teinte grisâtre.

Lucien de Kervadec fit irruption presque au même moment, un cigare à la main, l'inquiétude au front.

— Il faudrait la porter dans sa chambre, conseilla le docteur Clouet. Je vais aller chercher ma sacoche dans la voiture.

Lucien souleva sa femme dans ses bras et l'emporta, dolente, à l'étage. Elise et Noémie le suivirent dans l'escalier tandis que le bruissement des voix s'enflait au salon.

A peine Jocelyne de Kervadec fut-elle étendue sur son lit, la tête surélevée par deux oreillers et le corps enfoui jusqu'à la ceinture sous la courtepointe, que le docteur Clouet revenait déjà, sa sacoche à la main.

— Laissez-nous, cher ami, dit-il.

Lucien obtempéra à contrecœur. Debout près du lit, Elise et Noémie ne savaient quelle contenance adopter.

— L'une de vous deux suffira, ordonna Clouet. Vous, venez m'aider.

Il avait désigné Elise, et celle-ci s'avança, prête à obéir, tandis que Noémie s'éloignait, les lèvres tremblantes, le visage presque aussi pâle que celui de la comtesse.

Quelques minutes plus tard, Elise et Anselme Clouet redescendirent au salon. Le visage grave du médecin disait à lui seul toute son inquiétude.

— Je crois vraiment, Lucien, qu'elle devrait voir un spécialiste des maladies nerveuses à Paris, dit-il au comte de Kervadec. C'est indispensable. Ce n'est pas la première fois qu'elle fait ce genre de crise, et j'ai bien peur que ce ne soit pas la dernière.

— Vous croyez qu'elle pourra guérir ?

Clouet eut un léger haussement d'épaules.

— Les affections nerveuses nous sont encore mal connues. Ce qui m'inquiète, c'est que ses attaques se rapprochent. Elle n'a jamais fait de crise d'épilepsie ?

— Une seule fois peut-être, il y a quelques

mois. Mais je n'ai pas cru bon de vous faire prévenir... J'ignorais si vraiment...

Hommes et femmes réunis conversaient à voix basse. Se tenant à distance, Elise n'avait pas perdu un mot de l'échange entre Lucien de Kervadec et Anselme Clouet.

— Elise, l'apostropha soudain Kervadec, voulez-vous bien monter auprès de Madame.

C'était moins une prière qu'un ordre.

Elise, en dépit de la surprise de Noémie qui s'attendait à ce qu'on lui confiât ce soin, regagna la chambre à l'étage.

Etendue les bras le long du corps, Jocelyne de Kervadec paraissait plus pâle encore qu'au moment de son évanouissement. Elle gémissait doucement, mais sans manifester d'agitation. Elle respirait même plus régulièrement. Et pourtant, son visage de cire vierge inspirait une sorte d'effroi, comme si une main calme en avait exprimé tout le sang.

Elise posa une paume sur son front et murmura quelques mots.

Jocelyne de Kervadec ouvrit les yeux.

— Que faites-vous ? demanda-t-elle d'une voix plaintive.

— Restez tranquille, Madame, dit Elise.

— Vous avez murmuré quelque chose, qu'avez-vous dit ?

— Une prière.

— Une prière ?

— Restez calme, je vous en prie. Ne dites rien.

S'écoulèrent quatre à cinq minutes d'un silence écrasant. Elise avait gardé la main posée sur le front de la comtesse et Jocelyne de Kervadec ne lui avait pas demandé de la retirer. Au contraire, elle semblait en éprouver du soulagement. Son visage avait repris des couleurs.

Bientôt, elle exprima le désir de se redresser. Elle se souleva sur un coude. Elise remonta ses oreillers.

— Qu'avez-vous fait ? s'enquit la comtesse.

— Rien, Madame.

— Ne mentez pas, Elise.

— Je vous l'ai dit, une prière.

— Je me sens mieux, et ce n'est pas le remède que m'a donné le docteur Clouet qui a pu agir si rapidement, d'ailleurs les médicaments ne me font plus rien depuis longtemps. Je n'ai plus du tout mal à la tête ni à la nuque.

Elle la dévisageait d'un air incrédule mais sans le moindre reproche. Elise, embarrassée, ne lui avait jamais vu tant de douceur dans le regard.

— Tout à l'heure, je ne savais plus... enfin, j'ai eu l'impression de perdre connaissance. Est-ce que j'ai crié ?... Qu'est-ce qu'on va penser de moi ? J'ai parfois l'impression de devenir folle. J'ai honte, ajouta la comtesse. Je ne voudrais pas finir comme Berthe Audrieux... Mais, grâce à vous... Qu'avez-vous fait ?

La gorge nouée, Elise finit par avouer :

— Dans ma famille, on disait que j'avais un don pour soigner les migraines.

— Les migraines ?... Ce ne sont pas des migraines. Je sais que c'est beaucoup plus grave. Parfois, la nuit, je ne me souviens même plus de l'endroit où je suis, alors je crie. Comme une enfant perdue dans le noir... C'est terrible, si vous saviez.

— C'est fini maintenant, la rassura Elise.

Jocelyne de Kervadec lui avait pris la main et l'observait à présent sans rien dire.

« Comme une enfant perdue dans le noir... » Le mot résonna en elle comme un écho ancien. Elle ferma les yeux. L'image de sa mère se substitua un court instant à celle de la comtesse. Les yeux fixes, les traits défigurés, et ce cri qui la poursuivait jusque dans son sommeil : « La face est noire !... Oh, mon Dieu !... » Elle aussi, sur la fin de sa vie, avait cru devenir folle. Elise avait quatorze ans. Pour la première fois, elle avait alors posé la main sur le front maternel, et sa mère s'était calmée sur-le-champ. La deuxième fois que cela s'était produit, elle était morte avec un sourire étrange sur les lèvres. Et quelques minutes plus tard, son visage avait pris une teinte sombre, bleuâtre, cyanosée, ses lèvres avaient noirci. Aucun médecin n'avait pu dire à quoi exactement elle avait succombé.

Avait-elle un don ?

La chose s'était reproduite chez madame de Margonne lorsque son fils avait eu la coqueluche. Et à Colmar encore, pour apaiser une femme sur le point d'accoucher.

Dans le pays d'Audierne, s'il fallait en croire Noémie, les plus pauvres n'allaient guère qu'en dernière extrémité chez le docteur Clouet, lui préférant le père Guillevic, un rebouteux qui vivait ses derniers jours dans la petite ferme de son fils. Beaucoup, parmi les « esprits forts », le tenaient pour un charlatan, mais la plupart des notables de la région lui avaient confié un jour ou l'autre leurs enfants en bas âge pour qu'il les guérisse des vers ou du carreau. Son magnétisme faisait également des miracles contre les rhumatismes, la goutte, le zona et les maladies d'estomac, mais à l'exception du docteur Clouet qui n'hésitait pas à lui adresser certains malades, aucun de ses patients n'eût admis en public qu'il avait eu recours à ses talents de guérisseur.

— Un don, murmura Jocelyne de Kervadec. Un don de Dieu...

Elise eut un sourire forcé.

— Promettez-moi de ne pas en parler, Madame.

La comtesse ne répondit rien.

— Promettez-le-moi !

— Je vous le promets, murmura Jocelyne de Kervadec. Mais à une condition...

— Laquelle ?

— Si j'étais... enfin, si j'étais victime d'une autre crise, vous viendriez me soulager ?

Elise mit un temps avant de répondre :

— Je viendrai.

Lorsqu'elle redescendit au salon, les invités s'étaient à nouveau dispersés. Dès qu'il l'aperçut, Lucien de Kervadec se porta au-devant d'elle d'un pas nerveux.

— Comment va ma femme... Elise ?

Il avait hésité à prononcer son nom. Il la suppliait du regard, et en cet instant Elise ne douta pas qu'il aimait sa femme.

— Bien, Monsieur. La chaleur a dû l'indisposer. Je pense qu'elle va s'endormir maintenant. Madame vous prie de l'excuser auprès de ses invités.

Lucien de Kervadec parut soulagé. Le docteur Clouet s'était approché.

— Ce nouveau médicament fait des miracles. Je l'ai reçu il y a trois jours à peine.

Puis, se tournant vers Kervadec :

— Je vous en prescrirai dès demain. Mais il faudra le faire venir de Nantes.

Lucien approuva d'un signe de tête. Il avait déboutonné son col de chemise comme s'il avait du mal à respirer. Etait-ce l'émotion ou la chaleur, la sueur perlait à son front. A nouveau, il leva les yeux vers Elise, et son regard exprima autant de désarroi que de gratitude :

— Merci, dit-il.

10

Ni Elise ni Jocelyne de Kervadec ne reparlèrent de « l'incident ». Et aucun détail n'en transpira parmi la domesticité.

Comme Elise l'avait prévu, le médicament miracle du docteur Clouet n'eut qu'un effet limité et temporaire sur les crises de la comtesse. A deux reprises, en pleine nuit, Elise l'entendit encore pousser des hurlements du fond de sa chambre, mais elle n'osa pas intervenir de peur de devoir répondre à la curiosité de Lucien de Kervadec ou des autres domestiques.

Depuis le fameux dîner, Noémie d'ailleurs lui battait froid. Jusqu'à l'arrivée d'Elise, elle semblait avoir été l'unique confidente de Jocelyne de Kervadec, et sa mise à l'écart par le docteur Clouet ce soir-là lui avait semblé un désaveu insupportable.

Elise eut beau tenter de la rassurer en lui disant qu'elle n'avait fait qu'obéir au médecin, Noémie persistait à lui garder rancune. L'attitude du Trognon, de Louise Marek et Martin Le Braz elle aussi avait changé. L'atmosphère autour d'Elise s'était subitement assombrie. Elle était arrivée depuis peu, mais on l'accusait déjà de semer le trouble et de rompre le pacte tacite qui unissait le personnel du château.

Autour d'elle, le silence s'épaississait. On la tenait à l'écart, n'échangeant avec elle que les consignes indispensables au service.

Blessée, Elise croyait revivre des situations qu'elle eût aimé chasser à tout jamais de sa mémoire. Car la même chose s'était déjà produite à Paris, à Colmar, à Limoges, à Toulouse. Chaque fois là aussi, un incident malheureux était venu briser les liens qu'elle était parvenue à nouer avec les autres employés de maison.

Un moment, elle fut tentée de s'en ouvrir à Jocelyne de Kervadec, mais elle y renonça de peur que les autres ne l'accusent de délation. Elle les entendait d'ici : « La Fiérote est allée pleurnicher dans le giron de Madame... Je vous l'avais bien dit c'est une fille des villes, elle a rien à faire avec nous autres... Elle va nous en faire baver... Mieux vaudrait qu'elle s'en aille. »

Elle avait pourtant connu pire. Un jour à Colmar, la cuisinière des Rimberger, chez qui elle était employée, l'avait violemment apostrophée parce qu'elle s'était mis en tête qu'Elise voulait lui « prendre son homme ». Les dénégations d'Elise n'avaient pas suffi. Un soir, la fille était venue dans sa chambre la menacer d'un couteau. Elles s'étaient battues. Leurs cris avaient dû s'entendre dans toute la propriété. La cuisinière avait été renvoyée, mais les domestiques l'avaient aussitôt mise en quarantaine. Au point que, quelques mois plus tard, Elise avait dû quitter Colmar.

Comment aurait-elle pu expliquer à Jocelyne de Kervadec les raisons pour lesquelles elle avait si souvent changé d'emploi au cours des dernières années ?

Certains soirs, dans la solitude de sa chambre, elle se demandait si elle était à jamais condamnée à l'errance, si quelque fatalité pesait sur elle au point de faire de sa vie une quête dénuée de sens.

A Kervadec, elle s'était sentie durant quelque temps à l'abri de cette fatalité, mais voici qu'elle se représentait sous les traits d'une jalousie féminine, d'une rivalité absurde.

Noémie pouvait bien lui en vouloir cependant, son hostilité tout comme les malaises de la comtesse la préoccupaient infiniment moins que le trouble qu'elle avait ressenti à la faveur de cette soirée pour Lucien de Kervadec.

Pendant plusieurs semaines, elle s'efforça d'ailleurs de repousser l'idée que les émotions que sa présence faisait naître en elle pouvaient être autre chose que le fruit de sa solitude et de son découragement.

Ce fut peine perdue.

Lucien de Kervadec ne pouvait désormais

détacher son regard de ses yeux pâles lorsqu'elle servait à dîner. Elle l'avait même surpris en train de l'observer par une fenêtre du salon tandis qu'elle traversait la cour du château. Est-ce qu'il l'épiait ?

Jacques de Margonne s'était révélé un amoureux transi, et elle n'avait eu aucune difficulté à quitter sa place pour éviter une liaison sans lendemain mais non sans conséquence.

Mais Lucien de Kervadec n'était pas Jacques de Margonne.

11

L'été s'annonça par des chaleurs de plus en plus fortes. Bientôt viendrait le temps des moissons et des réjouissances. Dans les fermes alentour, chacun se préparait au grand labeur estival.

A force de patience et de psychologie, Elise regagna peu à peu la confiance de Louise Marek et de Martin Le Braz. Mais Marion et Noémie se tenaient toujours à distance. Chuchotant dans son dos, évitant de croiser son regard, elles ne s'adressaient à elle qu'avec la plus grande économie de mots ou de gestes.

Elise s'efforçait de ne rien laisser paraître de son exaspération. Livrée à elle-même, elle redoublait au contraire d'ardeur dans ses tâches quotidiennes.

— Ça passera, ne cessait de lui répéter Louise Marek. Noémie est une bonne fille, elle finira par comprendre qu'elle n'avait pas de raisons de te faire sa tête de carême !

Elise ne répondait rien. Elle ne croyait pas davantage à la générosité de Noémie qu'à la candeur du Trognon ou à la solidarité de Martin Le Braz. Ceux-là avaient des années de complicité derrière eux, et Elise n'était qu'une « pièce rapportée ». Ils la sacrifieraient sans hésiter si l'occasion se présentait. Entre eux, des liens obscurs, des souvenirs, peut-être des drames, tissaient une toile dont elle était exclue.

A la fin du mois de juin, Lucien de Kervadec partit quelques jours pour Nantes, et Elise en éprouva une sorte de soulagement.

Il fut de courte durée.

Le malaise vint d'ailleurs.

Jocelyne de Kervadec la fit appeler à deux reprises, et lui demanda de lui faire la lecture dans sa chambre, ce qui ne fit qu'exacerber la jalousie de Noémie. Une fois de plus, Elise devina qu'elle craignait qu'elle ne prît sa place auprès de « Madame ». Mais cette fois elle ne mit rien en œuvre pour l'en dissuader. Les raisons qui la poussaient à une telle rivalité lui échappaient, et elle attendit que Noémie lui en donnât elle-même l'explication. En vain.

Un soir, en regagnant sa chambre, elle la croisa en compagnie de Marion. Elle n'avait pas fait deux pas qu'elle entendit la Fileuse prononcer dans son dos :

— Ces filles des villes, toutes des putains...

Blessée, l'estomac noué par la rage, elle fut tentée d'avoir avec elle une explication. Mais elle y renonça et poursuivit son chemin sans paraître avoir entendu l'insulte.

Seule Jocelyne de Kervadec lui témoignait une sympathie grandissante. Lorsque Elise lui avait avoué lire volontiers Anatole France, Paul Bourget ou encore Pierre Loti, la comtesse n'avait pas manifesté la moindre contrariété. Elle ne lui avait pas reproché d'avoir omis ce « détail » lors de leur premier entretien. Elle s'était montrée enthousiasmée au contraire. Hormis son mari, elle avait enfin trouvé quelqu'un dans son entourage avec qui partager sa passion des livres.

— Ce n'est pas toujours drôle pour moi, vous savez, avait-elle déclaré. La maladie m'isole chaque jour un peu plus. Mon mari est trop occupé par ses affaires, Noémie et Marion savent à peine lire, et Louise n'a guère de temps à elle.

Elise avait souri. A sa manière, Jocelyne de Kervadec connaissait une solitude comparable à la sienne, et cette solitude contribuait à les rapprocher.

— Et vous, avait-elle ajouté, vous ne vous sentez pas trop perdue ici ? Vous êtes bien loin des grandes villes que vous avez connues. Et puis Kervadec a une histoire si... particulière... Ici, on a l'impression que l'air qu'on respire n'est pas le même qu'ailleurs. Nulle part dans tout le pays d'Audierne, vous ne trouverez une telle...

Elle avait hésité et s'était tue. Son regard s'était

perdu dans le vague, lumineux puis sombre tout à coup.

Elise, étrangement émue, s'était mordu les lèvres, et avait renoncé alors à évoquer l'hostilité dont elle était l'objet. Elle avait expliqué que, au contraire, elle se sentait bien à Kervadec. Elle avait besoin de calme et de stabilité. Et si la nostalgie des villes lui prenait parfois, elle finirait par s'habituer.

Jocelyne de Kervadec avait souri. Sans croire un traître mot de ses explications.

Lorsque Lucien de Kervadec revint de son séjour à Nantes, il fut heureux de voir qu'une même complicité les unissait. La présence d'Elise était une bénédiction. Elle le soulageait. Jocelyne disposait désormais d'une confidente et il ne serait plus le seul à être en mesure de briser son enfermement.

Au fil des jours, Elise observa cependant que la maladie de sa femme lui pesait de plus en plus. Cela se manifestait par des sautes d'humeur ou quelques remarques ironiques en sa présence. Il ne lui arrivait plus que rarement de faire part à son épouse des dernières nouvelles lues le matin dans *Le Figaro*.

— Cela vous attristerait ou vous mettrait de mauvaise humeur, disait-il, et vous n'avez pas besoin de cela en ce moment.

Jocelyne de Kervadec ne répondait pas. Elle

baissait les yeux et poursuivait sa lecture ou sa broderie en silence. Mais Elise voyait bien se dessiner une souffrance nouvelle derrière cette apparente soumission.

Parfois même, il ne supportait guère de partager la même pièce plus de quelques minutes et s'inventait des raisons de sortir. Ou encore, il passait la journée tout entière on ne savait où en compagnie de Martin Le Braz, lequel ne disait jamais mot de leurs occupations.

Pourquoi avait-il si radicalement changé d'attitude en si peu de temps ?

Elise avait beau lui chercher des excuses, inventer des raisons, elle ne pouvait s'empêcher de relier ce soudain « agacement » à sa propre présence auprès de Jocelyne de Kervadec. Face à une réalité qu'ils ne parvenaient pas à admettre, les hommes réagissaient souvent par l'exaspération. Mais que lui inspirait-elle ? Un simple désir ou quelque chose de plus profond ? Chaque fois qu'elle y pensait, elle était prise d'une sorte de vertige. Et puis elle aussi finissait par rejeter ce trouble insupportable, par se retrancher derrière l'amitié qu'elle portait désormais à la comtesse. Comme elle avait eu l'occasion de le dire à madame de Margonne avant son départ de Paris, « elle n'avait pas la trahison dans le sang ».

12

Le tourment d'Elise reprit pourtant comme le vent reprend ses tours.

Cela commença par un livre dont Lucien lui fit cadeau un soir.

— La comtesse m'a dit que vous aimiez les livres. Je lui en ai rapporté quelques-uns de Nantes. Celui-ci est pour vous... Vous pourrez toujours le lire à ma femme si vous le souhaitez... La comtesse m'a assuré que votre présence lui faisait du bien.

Il lui avait tendu l'ouvrage : une édition reliée de *La Chartreuse de Parme*. Ils étaient seuls alors dans le grand salon et elle avait hésité à le prendre. Elle avait fini par accepter, confuse, puis elle avait dissimulé le livre sous son tablier pour éviter qu'on ne la voie l'emporter dans sa chambre.

Et cela recommença le lendemain et les jours qui suivirent. Chaque fois qu'ils se trouvaient en présence l'un de l'autre, c'était la même gêne, la gorge nouée, les mains moites, et cette sensation d'avoir la poitrine serrée dans un étau. Plus elle s'efforçait de demeurer lucide, plus le contrôle de ses émotions lui échappait.

A plusieurs reprises, Elise crut que Lucien de Kervadec allait rompre ce silence étouffant. Mais rien. L'amitié que lui témoignait la comtesse de Kervadec lui servait de garde-fou.

Pour combien de temps ?

Le dimanche suivant, l'ayant appelée au salon, il s'était contenté de lui demander de lui apporter un peu de café et le journal de la veille qu'il n'avait pas encore eu le temps de consulter. Puis il s'était absorbé dans sa lecture.

En quittant la pièce, elle avait cependant senti son regard s'attarder sur sa démarche, ses hanches peut-être, jauger la tournure de sa taille et la finesse de ses chevilles.

Elle en avait éprouvé un frisson à la fois délicieux et insupportable, délicieux parce qu'elle se sentait à nouveau désirée, insupportable parce que la situation exigeait de sa part une retenue qu'elle s'évertuait à conserver en toutes circonstances.

Mais tout, depuis son arrivée à Kervadec, lui semblait de plus en plus étrange. La maladie de la comtesse, l'histoire de Marie Leguenec, le comportement de Noémie ou de René Kémeneur, et ces secrets qui semblaient enfouis dans le cœur de chacun comme dans un tabernacle. Bien sûr, dans chacune des maisons où elle était passée, il existait des secrets d'alcôve, ce qu'elle appelait des « cancans ». Mais ici, tout prenait de l'épaisseur, une densité telle que l'atmosphère, pour qui était laissé à l'écart, en devenait pesante, parfois même intolérable.

Le lendemain, ils se croisèrent dans le couloir du deuxième étage où Lucien avait son cabinet de travail. Leurs corps se frôlèrent. Elise en laissa tomber la pile de draps qu'elle tenait serrée contre sa poitrine. Il ne se baissa pas pour l'aider à les ramasser. Il continua son chemin sans paraître y prêter attention.

Le dimanche suivant, ce fut pire encore. A la messe, Lucien de Kervadec se tourna légèrement à plusieurs reprises dans sa direction comme s'il cherchait son regard. Elise l'évita chaque fois, mais au moment de la communion elle eut le sentiment qu'il lui lançait un appel. Elle baissa les yeux et s'abîma dans la prière : « Notre Père qui êtes aux cieux, que votre nom soit sanctifié... et délivrez-nous du mal... Notre Père qui êtes aux cieux... délivrez-nous du mal... »

Quel mal ?... Quel mal y avait-il à aimer ? Parce que Lucien était marié ? Chacun était persuadé désormais que sa femme et lui faisaient chambre à part depuis plusieurs mois. Entre Jocelyne de Kervadec et Lucien subsistait une immense tendresse, mais la comtesse elle-même était bien consciente que cela ne suffisait pas. Cela se voyait à la tristesse de son regard, à ses lèvres pincées quand elle devait répondre à ses sourires. Elle n'était pas dupe de ses propres carences en matière amoureuse, et la maladie n'arrangeait rien. Le bruit avait même couru qu'elle s'en était ouverte à l'abbé Meunier en confession.

Jour après jour, Elise sentait monter en elle une sorte d'allégresse mâtinée d'inquiétude qu'elle s'efforçait tant bien que mal de dissimuler. Les autres domestiques l'avaient remarqué, elle en était convaincue. Après s'être rapprochée d'eux, elle s'éloignait à nouveau. Elle s'isolait. Malgré le soleil de l'été, malgré l'humeur joyeuse qui donnait au Chaudron, au Trognon et à la Fileuse l'envie de danser la gavotte avec les gars du pays, elle ne quittait plus sa chambre lors de ses dimanches de liberté. Un jeune saisonnier originaire de Plogoff, qui venait de rentrer du service militaire, avait eu beau l'entreprendre, Louise essayer de la faire retourner à Audierne, elle avait chaque fois décliné l'offre. Lorsque Noémie avait évoqué devant elle le nom de Pierre Loustal, Elise avait même eu du mal à se souvenir du visage du sardinier, de sa carrure impressionnante, du timbre de sa voix. Toute son énergie était occupée à lutter contre sa passion naissante et irraisonnée pour Lucien. En vain. Pourtant, elle lui avait à peine adressé la parole, elle ignorait tout de lui. Elle ne savait même pas avec certitude à quoi attribuer le soudain intérêt qu'il semblait lui manifester. Peut-être n'éprouvait-il qu'un vague désir. Peut-être, à l'instar de Jacques de Margonne, préférait-il la séduction au passage à l'acte. Peut-être au fond la méprisait-il pour ce sentiment qu'il lui inspirait.

L'énergie qui l'animait lui donnait du cœur à l'ouvrage dans la journée, mais l'empêchait de trouver le sommeil la nuit. Pâle au cœur de l'été, les yeux cernés, elle se concentrait sur son travail, indifférente aux « Fiérote » qu'on lui lançait lorsqu'elle refusait de se mêler aux fêtes qui ponctuaient les récoltes.

Le cœur renversé, l'âme taraudée par le doute, Elise s'enfonçait dans cette solitude qu'elle connaissait si bien et qu'elle avait baptisée « la solitude des hautes larmes ». Parce qu'elle était seule, dans ces moments-là, à s'interroger sur le sens à donner à sa vie, sur les actes à mettre en œuvre, sur les choix qui seraient les siens et qui, peut-être, la porteraient une fois de plus à reprendre sa vie errante. Allait-elle à nouveau quitter son emploi ? Elle en avait assez de vagabonder à la recherche d'une place, d'un lieu de quiétude où enfin s'abandonner à une vie paisible et sans crainte. Une sorte de fatalité la poursuivait depuis huit années, presque une malédiction. « C'est moi la face noire… ne cessait-elle de répéter en son for intérieur, ce ne peut être que moi… » Et elle se frappait la poitrine comme pour expier une faute imaginaire.

Jocelyne de Kervadec avait perçu ce trouble dont elle ignorait la nature, et Elise, lors des séances de lecture qu'elle partageait avec elle, redoutait qu'elle ne la découvrît. Un après-midi, cependant, qu'elles étaient dans sa chambre, la comtesse la fit asseoir auprès d'elle.

Son visage était presque exsangue, et c'est d'une voix faible qu'elle demanda :

— Elise... Dites-moi... Quelque chose ne va pas, vous n'êtes plus la même depuis quelque temps. Même Louise s'en est inquiétée auprès de moi. Vous vous mettez à part. Que se passe-t-il ? Mon époux vous aurait-il dit quelque chose ?

Le cœur d'Elise se serra. Mais la comtesse ajouta :

— Vous aurait-il fait quelque remontrance ?

Elise sentit son angoisse retomber.

— Non, Madame.

— Alors ?

— Je suis simplement fatiguée, rien de bien grave.

— Mais pourquoi ne vous mêlez-vous jamais aux autres ? Vous êtes encore jeune, vous pourriez...

Jocelyne de Kervadec s'était interrompue sur un pauvre sourire. Elise avait repris sa lecture, s'efforçant de donner à sa voix un timbre plus allègre, mais certaines de ses inflexions trahissaient son malaise.

Lorsqu'elle eut terminé le chapitre en cours de

La Chartreuse de Parme, la comtesse de Kervadec lui parut somnoler. Elise se leva sans bruit et, après avoir déposé le livre sur la table de chevet, se dirigea vers la porte.

La voix de Jocelyne de Kervadec la rattrapa sur le seuil.

— Vous êtes une drôle de fille, Elise, mais je vous aime bien.

Elise se retourna vers le visage émacié.

— Merci, Madame.

— Je n'ai pas fini...

Puis, après un bref silence :

— Vous êtes à l'image de ce domaine : secrète, silencieuse et pleine de force comme remplie de souffrances. Mais ce sont ces souffrances qui, justement, vous confèrent une beauté singulière. Vous n'avez pas ce visage rugueux qu'on voit parfois aux filles du pays ni ce visage lisse des filles de famille à qui tout a été donné. En fait, vous ne ressemblez à personne. Ou alors, pour je ne sais quelles obscures raisons, peut-être nous ressemblons-nous un peu.

— Peut-être, Madame.

— J'aimerais savoir pourquoi... Peut-être me l'apprendrez-vous un jour.

Elise ne répondit rien. Mais, en s'inclinant légèrement avant de quitter la chambre, elle dit simplement d'une voix déroutante :

— Vous parlez comme un livre, Madame.

13

C'est en rentrant du lavoir, sa brouette lourdement chargée de linge propre, qu'Elise avait entendu la voix. Elle sortait de l'intérieur du pigeonnier. C'était la voix de René Kémeneur.

— Depuis qu'elle est là, rien n'est plus comme avant. Tu verras, elle va nous pourrir la vie.

— T'as bien raison, le gros René, avait répondu une autre voix dans l'ombre moite, cette garce n'en aura jamais assez... La comtesse ne lui suffira pas. Bientôt, il lui faudra aussi le Lucien, et qui sait... pourquoi pas le château ? Cette fille, c'est une faiseuse d'ennuis. On sait pas d'où elle vient, mais pour sûr ça doit pas être du bien propre.

Elise avait identifié la seconde voix presque aussitôt : celle de Noémie. Au moment où elle dépassait le pigeonnier, le gros René en sortait en remontant son pantalon et il avait blêmi en l'apercevant. Puis il s'était mis à ricaner. Noémie, elle, était demeurée dans l'ombre. Elise avait filé sans demander son reste vers la buanderie à côté des cuisines.

Ensuite, pendant plusieurs jours, elle n'avait entrevu René Kémeneur que de loin, clopinant vers les écuries ou à travers le potager situé assez loin en retrait du château. Une chute de cheval, disait-on, lui avait laissé une vilaine blessure que réveillaient les chaleurs de l'été comme les grands froids de l'hiver.

Elle se surprit ainsi à le surveiller chaque fois qu'elle l'apercevait. Comme si, même à distance, il lui semblait représenter une menace.

C'était ridicule, cette sensation, mais elle avait beau lutter, elle l'envahissait à la manière d'un froid glacial qui vous saisit par une nuit de grande frayeur.

A plusieurs reprises, elle avait d'ailleurs cru le voir passer très tard sous ses fenêtres.

Est-ce qu'il l'épiait ? Chaque fois, elle avait eu du mal à s'endormir. Le gros René avec sa grosse voix railleuse avait traversé plusieurs de ses songes de son pas claudicant. Son image avait même pris la place de Lucien, telle une ombre maléfique pesant sur son sommeil et la détournant de ses rêves les plus secrets. Noémie et lui formaient ainsi une sorte de couple infernal tout prêt à exercer sa tyrannie jusque dans les recoins les plus intimes de son âme.

Ridicule… Le mot lui revenait sans cesse à l'esprit. L'hostilité qu'elle ressentait pour eux finissait par l'égarer. Ils la haïssaient, certes, mais que pouvaient-ils contre elle ? Des rivalités entre domestiques, elle en avait déjà tant affronté...

Cela tournait pourtant à l'obsession. Louise elle-même lui avait conseillé de se méfier du gros René, et Jocelyne de Kervadec ne semblait guère l'apprécier. La comtesse ne lui adressait d'ailleurs presque jamais la parole alors qu'elle entretenait avec Martin Le Braz des relations cordiales du fait de l'amitié que lui portait son mari.

Le duo que formait René Kémeneur avec Noémie empoisonnait cependant ses relations avec les autres domestiques. La confiance que lui avaient témoignée Louise et Marion n'avait jamais retrouvé la spontanéité des premiers jours et Elise imaginait un patient travail de sape dont elle devrait subir encore longtemps les conséquences.

Peut-être même l'attirance qu'elle éprouvait pour Lucien de Kervadec, en dépit de la mauvaise conscience qu'elle en retirait, n'était-elle rien à côté de la haine qu'ils lui vouaient.

Une fois encore, elle fut tentée de s'en ouvrir à la comtesse de Kervadec, mais une fois encore elle y renonça.

Le remède pouvait se révéler pire que le mal. C'était à elle et à elle seule de faire face à cette opposition concertée.

14

Elle avait longuement hésité, puis elle s'était mise en marche vers les écuries, les nerfs aussi tendus que des cordes de piano.

Le cœur serré, elle entra dans une pénombre hostile. Explora les formes, les couleurs, les sons.

La journée s'était annoncée particulièrement chaude dès le lever du jour. Etouffante même. Un essaim de moustiques hargneux vibrionnait entre les stalles. On les voyait escalader le chanfrein des juments, s'agglutiner aux naseaux, et leurs folles girations rendaient plus épaisse encore la moiteur de l'air, irritaient les chevaux qui secouaient leur crinière et frappaient agressivement du sabot sur le sol.

Le passage de la lumière éclatante à l'ombre l'aveugla encore quelques instants avant qu'elle n'identifie la silhouette.

Vêtu d'une grosse blouse de drap qui enserrait ses épaules massives, le gros René était courbé sur le manche de son râteau. Il achevait de nettoyer l'une des huit stalles dont cinq seulement étaient occupées. Avec régularité, il raclait la paille collée au sol. Chacun de ses gestes soulevait des odeurs âcres d'urine et de crottin. Ses avant-bras saillaient, laissant voir sous la peau rougie par l'effort de longs muscles noueux. Ainsi plié en deux, il ressemblait à la plupart des paysans bretons ou des métayers du pays qu'Elise avait pu apercevoir à Kervadec, durs au travail et peu loquaces. Il se concentrait juste sur la tâche à accomplir, regardant droit devant lui, comme s'il avait porté ces œillères qu'on voit aux chevaux de trait.

Elle demeura quelques instants à l'observer. Mais très vite, le palefrenier, devinant une présence, se retourna dans sa direction.

— Qu'est-ce que tu fais par là, j'aime pas qu'on vienne fourrer son nez dans mes affaires...

Elise serra les poings.

— Moi aussi j'aime les chevaux...

Les mots restèrent suspendus à ses lèvres, attirant sur elle un regard soupçonneux du paysan.

— C'est pas une raison. D'ailleurs, m'sieur le comte non plus n'aime pas que les boniches viennent traîner par ici. Les chevaux, c'est pas une affaire de femmes.

Silence.

— Pourquoi vous ne m'aimez pas ? demanda Elise.

— Qu'est-ce que tu dis ?

— Je vous ai demandé pourquoi vous ne m'aimiez pas.

— Qu'est-ce que ça peut te faire ? répondit-il d'une voix bourrue.

— Vous ne me connaissez pas.

— T'es de Paris, ça me suffit.

— Et alors ?

— T'es pas d'ici, c'est tout.

Il avait repris son travail. Il finit par abandonner son râteau et passa dans une stalle où une jument était couchée sur sa litière.

— Elle est malade, dit-il, faut que je m'en occupe.

Il s'était baissé pour flatter le flanc de l'animal à petites tapes et Elise s'étonna de la relative douceur de ses gestes.

— Je ne sais pas combien de temps je resterai ici, dit-elle, mais si vous avez quelque chose d'autre à me reprocher, autant me le dire tout de suite plutôt que de me traiter de… de garce dans mon dos avec Noémie.

Kémeneur émit un rire grinçant.

— Ici, les femmes la ramènent pas et baissent la tête quand un homme ouvre la bouche, tu ferais bien de pas l'oublier et de te tenir à ta place.

— Sinon ?

Elle le défiait du regard, mais il ne relevait pas la tête, ses grosses mains occupées à vérifier les sabots de la jument et l'état de ses fers.

— Tu ne vois pas que je suis occupé ?

— Sinon ? insista Elise.

Le gros René s'était redressé d'un bond, et lui faisait face à présent de toute sa corpulence. Son visage était gonflé, ses yeux injectés de sang. Etait-il ivre ? Le Braz lui avait confié qu'il lui arrivait fréquemment de boire et de se montrer violent au point de provoquer des gars venus de Douarnenez à la fête annuelle d'Audierne.

Il s'avança vers elle.

— Qu'est-ce que tu sais de Kervadec, espèce de pisseuse ?... Tu sais rien, rien ! Ici, c'est mon domaine, tu viens d'arriver et déjà tu bourres la tête des autres avec tes questions. Tu n'as qu'à faire ton travail de boniche et la fermer, c'est tout. Allez, fiche-moi le camp !

Il avait adopté une attitude menaçante dans le but de la faire fuir. Mais Elise ne bougeait pas. Elle se contentait de fixer ses grosses mains qui pendaient le long de son corps et de se demander de quoi étaient capables ces mains-là. Certainement pas de caresser autre chose que l'encolure d'un cheval. De brutaliser, de tuer peut-être...

— T'es sourde ou quoi ? Je t'ai dit de foutre le camp... Va plutôt lécher les pieds de la comtesse.

Cette fois, Elise ne se maîtrisa plus et lui flanqua une gifle dont le claquement retentit à travers toute l'écurie. Kémeneur bougea à peine, bien planté sur ses jambes épaisses, les poings sur les hanches. Puis, il éclata d'un rire sonore :

— Eh ben, ma garce !... Si je m'attendais à ça. Qu'est-ce que tu cherches ?

Il s'avança vers elle, puis du plat de la main la repoussa violemment. Déséquilibrée, Elise tomba en arrière sur la paille fraîche d'un box. Sa tête heurta le manche d'une fourche.

Un peu étourdie, elle n'eut pas le temps de crier. Derrière un léger voile, elle entrevit Kémeneur qui défaisait la ceinture de son pantalon de gros drap.

— Ah, tu veux jouer la fiérote... alors on va jouer.

Déjà, il sortait de ses culottes un sexe brun et turgescent. Puis, il se laissa tomber à genoux, lui releva sa robe et lui bâillonna la bouche d'une main calleuse.

Elise essaya de hurler, mais la poigne du paysan était trop forte. Elle tenta de se débattre, de lancer un genou entre ses cuisses, mais il tenait bon. Bientôt, il pesa de tout son poids sur elle et Elise ne vit plus que ses yeux, petits, rapprochés et rendus vitreux par le désir sale qui l'animait.

Il allait la violer et personne ne lui viendrait en aide. Personne, surtout, ne lui pardonnerait. On dirait qu'elle l'avait bien cherché, qu'elle l'avait aguiché, et les autres en profiteraient pour déverser toute leur rancœur sur elle, tout un tas de saletés qu'ils gardaient en réserve comme une moisson qu'on engrange pour l'hiver. On la renverrait. Même Jocelyne de Kervadec ne prendrait pas sa défense.

D'ailleurs, tous devaient être au château ou aux champs alentour. Louise et Marion avaient été chargées d'aller porter du cidre, du lard et de l'andouille aux paysans en train de récolter le seigle et l'orge sur les terres du comte de Kervadec. Qui pouvait l'entendre ?

L'image de Lucien s'imposa à elle, si douce tout à coup, si belle sous ses paupières.

Dodelinant de la tête, les yeux révulsés, Elise essaya de mordre la paume de la main qui l'étouffait. Crier, enfin, appeler à l'aide. En vain. La sueur qui ruisselait de son front lui noyait les yeux.

René Kémeneur s'efforçait maintenant de plaquer ses grosses lèvres sur les siennes. Son haleine sentait le mauvais vin et le tabac à chiquer. Pourtant, malgré sa force, il se montrait aussi maladroit qu'un adolescent trop empressé. Un court instant, elle parvint à se dégager et en profita pour lui mordre la main.

Le gros René poussa un cri bref, puis sa main valide s'abattit sur le visage d'Elise, presque un coup de poing. Il lui sembla que sa tête explosait. Des larmes se mêlèrent à la sueur. Il réussit cette fois à l'embrasser à pleine bouche. Il n'essayait même pas de la dénuder, d'arracher son corsage, de libérer ses seins. Ce qu'il voulait, c'était de toute évidence un plaisir bref, brutal, une simple secousse des reins, animale.

Elise sentait ses forces l'abandonner. Il allait parvenir à ses fins : l'humilier, l'avilir, transformer la Fiérote en quelque chose d'impur dont ne voudrait même plus un soldat de garnison.

Comme il allait entrer en elle cependant, elle ressentit comme une brusque libération. Elle eut alors tout juste le temps de voir le corps du gros René comme aspiré en arrière et projeté en l'air. Hébété, il poussa un cri rauque et sa tête alla heurter le sol, ridiculement empêtré qu'il était dans son pantalon rivé au bas des chevilles. Puis, elle perdit conscience.

15

Lorsqu'elle reprit ses esprits quelques instants plus tard, ses yeux étaient remplis de larmes, et sa poitrine secouée de spasmes.

Lentement, Elise se redressa pour apercevoir une paire de bottes à la tête du gros René, dont le sexe était redevenu limace sur son ventre blanc et gonflé.

Debout, jambes écartées, Lucien de Kervadec se tenait très droit derrière lui, une cravache à la main. Pas un nerf ne tremblait sur son visage, mais ses yeux exprimaient une dureté minérale impitoyable.

Un court instant, Elise crut que ce regard s'adressait à elle. Mais il ne lui fallut pas longtemps pour comprendre que Lucien ne fixait que le palefrenier.

— Relève-toi ! dit-il d'une voix calme.

Puis, comme Kémeneur mettait du temps à obéir, il l'empoigna sous une aisselle et le força à se redresser. Piteusement, le gros René remonta son pantalon et boucla sa ceinture. Il n'en menait pas large.

Tandis qu'Elise remettait de l'ordre dans ses vêtements, le comte de Kervadec avait entraîné Kémeneur un peu à l'écart. Mais, en prêtant l'oreille, elle parvint tout de même à saisir quelques bribes de leur dialogue.

— Je ne voulais pas, monsieur le comte… Je vous jure, c'est elle. Elle nous déteste tous… Le malheur est sur elle…

Lucien l'observait avec un mélange de mépris et de déception.

— Et Marie ? murmura-t-il… Elle aussi portait malheur ?

Kémeneur ne répondit rien, apeuré. Sa grosse carcasse tremblait, et sa silhouette épaisse avait comme rapetissé face à celle, plus élancée, de Lucien de Kervadec.

Sans que rien ne puisse laisser présager son geste, ce dernier éleva alors le bras et lui assena un coup de cravache en travers du visage. Le palefrenier poussa un hurlement terrible et vacilla sur ses jambes.

Un second coup le projeta au sol.

Le gros René avait porté la main à son visage et gémissait à présent, à demi étendu sur le sol. Deux zébrures rouges marquaient ses joues, et un sang noirâtre ruisselait sur son cou en deux longues rigoles.

Elise n'avait pas bougé, ni proféré un son. Elle contemplait son agresseur avec indifférence, tandis que celui-ci évitait soigneusement son regard.

— Tu as beaucoup de chance, dit Lucien, je devrais te remettre entre les mains des gendarmes… Au lieu de cela, tu vas prendre tes affaires et rentrer chez toi. Mais ne reviens jamais, et souviens-toi… Il n'y aura pas de seconde chance… alors fais-toi oublier, parce que moi je ne t'oublierai pas. J'aurais déjà dû te tuer il y a longtemps…

Le gros René capitula d'un signe de tête, puis se releva avec peine avant de quitter l'écurie en titubant. Au dernier moment toutefois, il jeta un regard vers Elise, qui en disait long sur la haine qui l'habitait. Il aurait pu la tuer qu'il n'aurait pas hésité un instant. Ce n'était pas un homme, mais un animal nuisible, une bête assoiffée de vengeance, une bête blessée.

Il disparut enfin, la laissant seule face à Lucien qui, sa cravache à la main, s'était retourné vers elle.

Elle tremblait à présent de tous ses membres. Lucien de Kervadec fit un pas dans sa direction. D'un mouvement lent, il s'agenouilla et dit d'une voix étonnamment douce :

— C'est fini, vous ne risquez plus rien à présent.

Puis, avec hésitation :

— Il… enfin… il vous a…

— Il n'a pas eu le temps, dit Elise en frissonnant d'horreur à la vision qui lui traversa l'esprit.

Lucien parut soulagé. Il l'aida avec précaution à se redresser.

Lorsqu'elle fut debout, cependant, son pied glissa sur la paille fraîche et elle perdit l'équilibre. Lucien la rattrapa de justesse et l'attira contre lui. Puis, très lentement, il lâcha sa cravache et se mit à lui caresser les cheveux.

Elise, tremblante, s'abandonna contre sa poitrine et ferma les yeux.

— Elise…, murmura-t-il.

Elle releva la tête. Des yeux gris d'une intensité presque dérangeante la dominaient avec tendresse. Leurs visages se rapprochèrent. Un bref instant, elle crut sentir la douceur de ses lèvres glisser sur les siennes. Une chaleur, un souffle plus rapide.

Puis, tout à coup, il la repoussa gentiment.

Charme rompu.

Ses traits étaient à nouveau tendus, comme s'il luttait contre lui-même. La poitrine gonflée, Elise eut alors envie de crier, mais cette fois de dépit. Qu'attendait-il ? Pourquoi n'allait-il pas jusqu'au bout ? Pourquoi jouait-il avec ses nerfs ? Aimait-il vraiment sa femme ou n'était-il qu'un séducteur incapable d'assumer ses envies ? Elle aurait voulu en avoir le cœur net, mais l'image de Jocelyne de Kervadec s'interposa alors entre eux et Elise préféra abandonner. Mieux valait sans doute en effet oublier ce « moment d'égarement », comme on le décrivait dans les romans d'amour qu'elle lisait autrefois en cachette.

Pour se donner une contenance, elle défroissa sa robe.

— Il faut vous reposer à présent, dit Lucien d'une voix redevenue froide. Je vais donner des ordres pour qu'on vous dispense de service aujourd'hui.

Elise ne put s'empêcher toutefois de le regarder droit dans les yeux.

— Merci, Monsieur, dit-elle. Je peux me retirer ?

Lucien de Kervadec esquissa un sourire, vite effacé par la question suivante qu'Elise posa d'une voix encore tremblante d'émotion :

— Vous avez parlé de Marie tout à l'heure... Etait-ce de Marie Leguenec... Que lui est-il arrivé ?

— Reposez-vous, Elise, répéta Lucien. Et oubliez cet incident...

Un incident ?... Ce simple mot lui parut si déplacé tout à coup dans sa bouche qu'elle eut envie de fuir loin, très loin. De lui, de Kervadec, de ce pays d'Audierne où il lui semblait devoir affronter de nouveaux malheurs.

Elle s'éloigna dans la pénombre.

A la porte des écuries, Louise Marek la regarda passer de ses gros yeux bleus devenus inexpressifs sans prononcer un mot, comme changée en statue de sel.

Quelques instants plus tard, Noémie Legoulvic vit le Chaudron pousser la porte des cuisines et se laisser tomber sur le banc avec une lourdeur inhabituelle.

— Sers-moi du café, dit-elle, et bien chaud.

La Fileuse la regarda avec étonnement.

— Par tous les démons de l'enfer, qu'est-ce qui t'arrive, la Louise ?

Elle lui tendit un bol de café noir fumant.

— Lagad, a dalv teod[1] ! déclara enfin Louise Marek. Puis, après un long silence :

— T'avais raison, la Fileuse, elle veut tout...

1. Proverbe breton signifiant « Regard vaut discours ».

16

La lune était haute et pleine dans un ciel chargé d'étoiles. Aussi Elise aperçut-elle immédiatement la silhouette qui se découpait sur le mur, tout près de la porte. Un instant, elle eut peur que ce fût René Kémeneur. Mais la voix de Marion Leroch s'éleva de l'obscurité.

— C'est moi, la Fiérote…

— Marion ?…

Le gnome apparut dans l'entrebâillement du volet.

Elise lui ouvrit la porte, étonnée. Depuis combien de temps Marion la tenait-elle à distance ?

— Tu m'as fait peur… Tu voulais me parler ?

Le regard du gnome fit le tour de la chambre.

— Oui, balbutia-t-elle… enfin… J'venais aux nouvelles.

Elle paraissait embarrassée.

— Tout le monde est déjà au courant… à part Madame. Mais elle le saura demain, pour sûr.

— C'est Louise qui a parlé ?

Marion Leroch hocha la tête.

— Elle t'a même vue embrasser Monsieur.

— Je ne l'ai pas embrassé, se défendit Elise. J'ai glissé, c'est tout. Il m'a rattrapée. Qu'est-ce que tu vas chercher ?

Marion s'assit au bout du lit avec circonspection.

Elise se dirigea vers le petit meuble de toilette, versa de l'eau dans la cuvette en émail et s'aspergea le visage.

— Toutes ces odeurs de crottin, et cette chaleur… j'ai l'impression d'être sale à faire peur !

— Pour sûr, il fait une chaleur…

Le Trognon ôta son bonnet et laissa jaillir sa tignasse brune tout en examinant chaque objet autour d'elle.

— Ça m'fait tout drôle de revenir ici. La dernière fois, c'était pour embrasser Marie avant que le recteur lui donne les sacrements. Elle non plus, elle l'aimait pas, le gros René. Mais je crois bien qu'elle était toute brouillée[1] à la fin.

— Dis-moi plutôt qui l'aimait, on gagnera du temps.

— Martin.. Monsieur le comte aussi. Enfin, je crois…

— Mais pas les femmes ! Pas Marie en tout cas…, hasarda Elise.

— Il la cherchait.

1. Etre brouillé : avoir l'esprit un peu dérangé.

— Tu veux dire...

— Oh, tu sais, il a essayé avec nous toutes, et celles d'avant aussi.

— Et toi, il t'a...

— Il a essayé un soir... J'ai eu de la chance.

Elle avait l'air à nouveau embarrassée. Dans ses yeux, l'insolence avait fait place à la mélancolie. Sans doute aurait-elle préféré laisser ce souvenir reposer au fond de sa mémoire.

— Qu'est-ce qui s'est passé, Marion ? demanda Elise d'une voix douce.

Le visage de la jeune femme exprima soudain une tristesse qu'Elise ne lui avait encore jamais vue.

— Rien, il a pas pu... Après, il m'a laissée tranquille.

— Et tu en as parlé au comte ?

Marion Leroch secoua la tête.

— Ah ça, oui... Une fois ou deux...

— Et pourquoi ne l'a-t-il pas renvoyé ?

— Parce que le gros René connaît trop bien les chevaux et qu'il avait besoin de lui.

Elise ne comprenait plus. Pourquoi Lucien était-il demeuré indifférent au sort de Marion quand il l'avait défendue, elle, au point de cravacher René Kémeneur et de le renvoyer sur-le-champ de Kervadec ?

Comme si elle lisait dans ses pensées, Marion Leroch observa :

— Il doit avoir ses raisons. D'ailleurs, il est

parti maintenant, le Kémeneur. Tu devrais être contente, il va nous fiche la paix, ce gros verrat !

Elle n'avait pourtant pas l'air si heureuse que cela de ce départ. Elise s'assit à côté d'elle.

— Pourquoi viens-tu me dire tout cela, Marion ?

Le Trognon baissa les yeux.

— Parce que les autres, ils disent que tu portes malheur, et que le gros René, c'est que le premier à partir de Kervadec, que nous autres on sera tous renvoyés si tu restes là. Alors, je veux savoir… C'est vrai que tu veux prendre Monsieur à Madame, et puis le château ?… Enfin, tout quoi…

Avec précaution, Elise osa un geste familier. Elle posa sa main sur celle, petite et chaude, de la domestique. Marion Leroch ne la retira pas.

— Et toi, qu'est-ce que tu en dis ?

— Ça s'est déjà vu, des manigances pareilles !… Tu l'aimes, le beau Lucien ?

Elise ne put s'empêcher d'éclater d'un rire nerveux.

— Le beau Lucien ?

— C'est comme ça qu'on l'appelle entre nous.

— Mais non, je ne l'aime pas. Et je ne cherche rien, je suis simplement là pour faire mon travail.

— Noémie dit que t'es une sorcière et que t'as des livres, des *levr fizik*...

— Des quoi ?

— Des mauvais livres... De ceux avec quoi on fait des choses, des sorts qu'on jette aux gens et aux bêtes.

Cette fois, Elise n'eut aucun mal à retenir son rire.

Elle se leva d'un mouvement nerveux et lui tendit une bible qu'elle avait posée sur sa table de chevet.

— Regarde ! lança-t-elle d'un ton sec au gnome... C'est ça que tu appelles des mauvais livres ?...

Marion Leroch leva vers elle un regard désespéré :

— J'peux pas dire... J'sais pas lire...

— Tu aimerais que je t'apprenne ? demanda Elise d'une voix radoucie.

La jeune femme fit non de la tête.

— J'préfère pas savoir.

— Tu as peur de ce que les autres penseraient, c'est ça ?

Le gnome ne répondit pas. Mais une petite lumière s'était mise à briller dans ses yeux, et Elise mesura toute la misère qui était la sienne. Sa solitude, son enfermement dans l'ignorance, sa dépendance par rapport au jugement d'hommes et de femmes limités au même horizon.

Elle s'agenouilla devant elle, et prit cette fois ses mains dans les siennes avec énergie.

— Et Marie, comment est-elle morte ?

— Marie... se troubla Marion. On a jamais trop bien su.

— J'ai besoin de savoir, insista Elise. Tout à l'heure, le comte a dit à René qu'il aurait déjà dû le tuer. C'est à cause d'elle, n'est-ce pas ?

Le regard de Marion était noyé de larmes.

— En fait, je suis bien contente que ce gros cochon soit parti à c't'heure. Il flanquait la frousse à tout le monde.

— C'est à cause de lui, répéta Elise.

Marion hocha la tête.

— Elle, il l'a eue..

Puis, après un silence :

— Plusieurs fois... Elle était trop gentille, elle disait rien... Et puis, il y a eu l'enfant... C'est le Chaudron qui l'a mis dans ce monde. Un p'tit pétiot qu'a pas vécu deux jours. La Marie, elle était pleine de sang. On dit que le gros René, il était passé à sa chambre la veille et qu'il a voulu la... Elle est morte après la Noël, quand la lune était grosse.

Elle s'était levée brusquement. De sa manche, elle sortit un mouchoir pour essuyer ses larmes. Elise aurait voulu la prendre dans ses bras, mais de peur que son geste fût mal interprété, elle se contenta de poser une main sur son épaule.

— Mais j't'ai rien dit, ajouta Marion. Tu le

jures ? Les autres, y comprendraient pas que j't'aie parlé de la p'tite Marie et de son ange.

— Juré !

Elise la raccompagna jusqu'à la porte.

— J'sais pas si tu l'aimes, la Fiérote, dit encore Marion Leroch, mais moi, pour sûr, j'crois que le comte il s'encanaillerait bien avec toi. Et pas qu'à la Saint-Jean !

Sur le seuil de la chambre, Elise la retint une dernière fois par le bras :

— Marion ?

— Oui ?

— Tu sais où ils l'ont mis, le petit de Marie ?

Marion haussa les épaules en signe d'ignorance.

— En terre, mais où... j'saurais pas dire vu que c'était un enfant du péché. Dans le pays, les curés y disent que ces enfants-là ça va en enfer... alors ?

17

Le docteur Clouet referma sa sacoche de cuir et regarda Lucien de Kervadec avec gravité.

— Lucien, je peux vous parler une minute ?

C'était moins une question qu'une exigence.

Etendue sur son lit de souffrance, Jocelyne de Kervadec s'était endormie, mais son sommeil semblait déjà peuplé de cauchemars, et sur ses traits tirés ils posaient un masque terrifiant.

Les deux hommes sortirent de la chambre, et descendirent au salon.

— Je préférerais que nous fassions quelques pas dehors, dit le médecin.

Il était venu en voisin aussitôt que Martin Le Braz avait frappé à sa porte. Il habitait une belle maison en pierre à une centaine de mètres seulement du château. C'était un homme rond, aux favoris démodés, en qui Lucien avait confiance parce qu'il était doué de franchise et même de bonté, allant jusqu'à ne pas faire payer ses consultations aux plus pauvres, parce que – sans pouvoir rivaliser avec les spécialistes » de Nantes ou de Paris – il possédait également du bon sens et une solide intuition.

Ils s'engagèrent dans l'allée et marchèrent à pas lents vers la grille. Le soleil s'était dissimulé derrière de petits nuages qui roulaient dans le ciel comme des bancs d'écume sur la mer.

— Je ne vais pas vous mentir, dit Clouet, je ne trouve pas votre femme en très grande forme. Je dirais même qu'elle m'inquiète. Les médicaments que je vous ai conseillés semblent faire de moins en moins d'effet. J'avoue que je n'y comprends rien.

Lucien avançait la tête basse, le cou légèrement rentré dans les épaules. Il portait un fardeau, et ce fardeau, Anselme Clouet devina qu'il eût donné n'importe quoi pour le partager et surtout s'en délivrer.

— Je me demande même si un spécialiste parisien y verrait plus clair que moi. Organiquement, elle ne souffre d'aucune déficience particulière. Je dirais même qu'à l'exception de sa maigreur elle est en relativement bonne santé. Mais c'est cette maigreur qui, précisément, m'inquiète. Ses troubles ne sont pas d'origine physiologique. On dirait qu'elle se laisse… enfin…

— Qu'elle se laisse mourir, murmura Lucien.

Un malaise s'installa entre les deux hommes. En psychologue averti, le docteur Clouet savait qu'il était inutile d'en demander davantage, que

Kervadec se confierait spontanément ou se tairait.

Lorsqu'ils eurent franchi la grille du château, ce fut pourtant Lucien qui insista pour faire encore quelques pas.

— Vous avez une idée de ce qui a pu déclencher sa dernière crise ? demanda Clouet... Souvent, on trouve un facteur commun à ce genre d'affections à répétition.

Lucien parut réfléchir.

— Peut-être...

Puis, après un silence d'une ou deux minutes :

— J'ai dû lui parler de René Kémeneur. L'une de nos domestiques l'avait mise au courant.

— Kémeneur ?... Qu'est-ce qu'il vient faire là-dedans ?

Le médecin n'avait jamais aimé le palefrenier. Il l'avait même décrit plusieurs fois comme « potentiellement dangereux ». Il disait avoir relevé chez lui tous les signes d'un dérèglement mental. Mais personne n'avait voulu l'écouter.

Lucien lui relata « l'incident » survenu la veille dans les écuries, et la réaction brutale qu'il avait eue avant de renvoyer René Kémeneur. Le médecin hocha la tête.

— Vous ne l'avez pas supporté une seconde fois, n'est-ce pas ?

Lucien de Kervadec, bouleversé, paraissait

prêt à éclater en sanglots. Clouet lui posa une main fraternelle sur l'épaule.

— Je comprends... Marie était...

— Vous savez ce qu'elle était, l'interrompit Lucien. Il n'y a même que vous qui savez...

— Vous pensez que c'est ça qui a déclenché la crise de Jocelyne ?

— A peine avais-je terminé mon récit qu'elle s'est mise à hurler, à se débattre. Je l'ai prise dans mes bras, mais elle m'a violemment repoussé. Elle m'a demandé de sortir de la chambre, et d'appeler Elise. Mais, après ce qu'Elise avait enduré, je l'ai suppliée d'attendre un peu, de la laisser se reposer. Elle a insisté. Je ne savais plus quoi faire. Ensuite, je vous ai envoyé Martin.

Le docteur Clouet gardait le silence. Le ventre en avant, son sac de cuir à la main, il ressemblait à un représentant de commerce sorti tout droit d'un roman de Balzac. A la fois madré et débonnaire.

— Que savez-vous au juste de cette Elise...

— Jouvet, je crois... Peu de chose en vérité. C'est ma femme qui a décidé de la prendre à son service.

— Une fille étrange, n'est-ce pas ?

Kervadec approuva d'un hochement de tête.

— En tout cas, dit Clouet, sa présence semble avoir sur Jocelyne un effet apaisant.

— En quelques semaines, elle a fait davantage

pour ma femme qu'aucune autre domestique avant elle... même Noémie. Et même qu'aucun médecin, sans vouloir vous blesser. C'est quelqu'un de... particulier.

En disant cela, son regard s'était perdu dans les talus qui longeaient le bord de la route. Au loin, une carriole brimbalait, conduite par un paysan qui ramenait des saisonniers des champs alentour. Des faux, des fléaux, des faucillons dépassaient de chaque côté. Deux hommes buvaient du cidre à même le goulot de grosses bonbonnes recouvertes de paille tressée. Le cheval allait au pas, et la voiture mit un certain temps à parvenir à leur niveau. En les dépassant et en apercevant le comte de Kervadec, le conducteur souleva son chapeau. Lucien ne lui rendit pas son salut.

Clouet attendit que l'attelage se fût éloigné pour observer avec étonnement :

— En huit ans, c'est bien la première fois que je ne vous vois pas rendre une politesse à l'un de vos métayers.

— Quelqu'un de particulier, répéta Kervadec dans un murmure.

Les sourcils froncés, le regard dur, le docteur Clouet s'immobilisa alors sur le bord de la route, à deux pas de son domicile. Il lui avait déjà vu ces yeux vides, ces lèvres frémissantes. Il se souvenait aussi de ce timbre de voix, une voix qui semblait ne pas lui appartenir mais provenir de très loin, comme d'une région inconnue située au-delà de lui-même.

— Lucien, ne me dites pas que cette fille et vous...

Lucien de Kervadec sortit lentement de sa léthargie.

— Elise ?... Qu'allez-vous chercher...

Clouet sembla étrangement soulagé.

— Votre femme a besoin de vous, ce n'est pas le moment de faire des fredaines.

— Quelles fredaines ?

Cette fois, le médecin eut le sentiment d'être allé trop loin.

— En revanche, suggéra-t-il vivement, si vous pensez que votre domestique a une bonne influence sur Jocelyne, pourquoi ne pas l'affecter à son service exclusif ? Ça lui ferait une compagnie, une présence régulière, et puis cela vous soulagerait. Vous aussi, vous m'avez l'air d'avoir besoin de repos...

— Je ne suis pas fatigué, Anselme, je n'en peux plus... Ces crises, de plus en plus rapprochées. J'ai peur qu'elle ne devienne folle, je crois que je ne le supporterais pas. Cela fait déjà trois ans, et ça ne cesse d'empirer.

— Alors, faites ce que je vous dis... De mon côté, je dois aller à Nantes dans les jours prochains, j'irai voir le professeur Carignon, c'est un bon spécialiste des maladies nerveuses.

Le mieux serait évidemment que Jocelyne accepte de le rencontrer.

— Elle refusera. Elle ne veut plus se déplacer.

— Peut-être pourrait-il venir jusqu'ici ? C'est un ami. Si vous le souhaitez, j'en fais mon affaire. D'autant qu'il me doit quelques petits services.

Lucien sourit faiblement. Il avait l'air d'un homme à la croisée des chemins et qui hésite sur le choix à faire. Un homme recru de fatigue, prématurément vieilli en dépit de ses trente-deux ans.

— Je ne sais pas, dit-il, je ne sais plus. Pour la première fois de ma vie, j'aimerais être loin de Kervadec, très loin... En Algérie, en Indochine... N'importe où, sauf ici. Je rêve de soleil, d'exil. Vous croyez qu'on peut tout abandonner et changer de vie ?

Le docteur Clouet eut un bon sourire.

— On peut changer de vie, mais nul homme n'est assez riche pour racheter son passé. Vous n'iriez pas loin sans que ce passé vous colle à nouveau aux basques.

Puis, dans un soupir :

— En tout cas, ça fait deux premières en une seule journée. Non seulement votre refus de rendre une politesse à l'un de vos paysans, mais maintenant l'envie de vous exiler... Vous qui êtes perdu dès que vous allez plus loin que Nantes ou Crozon !

Lucien de Kervadec se tourna alors vers le médecin et s'empara de sa main pour la serrer en signe de remerciement.

— Mais… je suis perdu, Anselme, dit-il gravement.

18

Tandis que les hommes mangeaient en silence en bordure des champs, les bœufs attendaient paisiblement à leur côté que reprenne le travail. Elise et Marion étaient venues de Kervadec pour leur apporter des paniers remplis de victuailles et de cidre frais. Levés à quatre heures du matin, couchés à dix heures du soir, les paysans de monsieur le comte et les saisonniers venus leur prêter main-forte n'exigeaient pas moins de six ou sept repas par jour. Armé de son couteau, chacun mangeait sur le pouce, découpant de larges tranches de pain qu'il accommodait à sa façon. Pour l'un, avec des tranches de pâté ; pour l'autre, avec un morceau de lard ou une saucisse grillée. Des œufs gobés, une cuisse de volaille complétaient le repas. D'autres encore trempaient parfois une galette de blé noir dans du vin aigre.

L'important était de reprendre des forces, car l'ouvrage se poursuivrait sous la direction attentive d'un unique « grand valet », faux en main, maître d'œuvre et chef d'orchestre d'un étrange ballet qui ne cesserait qu'à la nuit tombée.

Le repas terminé, la plupart somnolaient une demi-heure ou continuaient d'avaler de colossales rasades de cidre tout en bavardant.

En les voyant boire jusqu'à plus soif, Elise songeait à ce que lui avait dit Jocelyne de Kervadec au sujet des ravages de l'alcoolisme dans les campagnes bretonnes. Les marins qu'elle avait vus à Audierne ne leur cédaient d'ailleurs en rien sur ce chapitre.

Mais comment faire autrement lorsqu'on sait que la misère vous traque toute l'année et qu'il faut redoubler d'efforts pour seulement survivre ?

Contrairement à d'autres régions où elle avait vécu, le travail ici s'effectuait manuellement. Aucune machine agricole, ni charrue à vapeur, ni faucheuse, ni moissonneuse-lieuse. Les gerbes de seigle étaient coupées au faucillon, et à ce rythme-là, il fallait huit jours de labeur quand une machine mettait à peine deux jours. On battait encore au fléau. Bœufs et chevaux étaient les seuls renforts des paysans.

Circulant entre les hommes, le Trognon semblait très à l'aise, un panier accroché à son bras et une bouteille de cidre à la main, et Elise, perdue dans ses pensées, songea qu'elle devait leur paraître bien terne à côté d'elle. Mais elle avait beau s'évertuer à chasser cette image obsessionnelle de sa mémoire, la face congestionnée du gros René écrasant sa bouche lui revenait sans cesse à l'esprit, gelant en elle toute émotion comme toute chaleur.

Qui pouvait savoir s'il ne la guettait pas à distance ? Elle ne parvenait pas à l'imaginer renonçant si facilement. La cravache du comte de Kervadec l'avait marqué à jamais. Chaque fois qu'il croiserait son image dans un miroir ou dans l'eau d'un étang, il penserait à elle et ruminerait des projets de vengeance.

— Eh toi, la Fiérote, viens un peu par ici !

La voix rauque la fit sursauter.

Un homme d'une vingtaine d'années, un chapeau de paille enfoncé jusqu'aux yeux, lui tendait son verre.

— Je vais m'assécher comme un vieux marais, lança-t-il, provoquant l'hilarité de tous ceux que le sommeil n'avait pas gagnés. Viens donc me servir à boire.

Elise répondit d'un sourire forcé et s'avança vers lui. Aussi blond qu'un épi gorgé de soleil, avec de grands yeux noisette et un visage d'ange déchu, il la dévisagea avec un intérêt croissant tandis qu'elle le servait.

— Alors, c'est toi la nouvelle du château, dit-il. Mâtin, on m'avait dit que t'étais belle, et c'est pas des menteries.

— Merci, dit Elise en baissant machinalement les yeux.

Lorsqu'elle eut pris conscience que cette humilité feinte pouvait passer pour une provocation, il était trop tard. Il s'était soulevé sur un coude et, de sa main libre, l'invitait à s'asseoir.

— Viens un peu par là, ma belle. Viens me faire voir comme t'as la peau douce.

Un géant au visage couturé de cicatrices et aux mains gigantesques l'interpella :

— Eh, gamin, tu vas pas nous refaire le coup de c't hiver ! Garde ton tison au chaud et laisse-la tranquille !

Des rires fusèrent à ras de l'herbe sèche.

Un gamin... C'était précisément l'image qui était venue à Elise en l'observant. Un enfant trop vite grandi au dur contact de la terre et des labours. Mais un gamin qui voulait jouer à l'homme en présence des autres.

Il l'avait saisie par le poignet, et Elise dut se dégager d'un geste brusque.

— Oh là, mignonne, j'vais pas te courir...

Il lui caressait maintenant la cheville. Elise tressaillit. Pendant la moisson d'été, il était courant que les gars du pays fassent un « brin de cour » aux filles, comme ils disaient. Mais Elise était à mille lieues de céder à un tel rituel et elle s'éloigna sans un mot pour échapper à cette caresse qui lui semblait une brûlure.

Le saisonnier se releva d'un bond et la rattrapa aussitôt. Il l'attira à lui sans ménagement. Il sentait la bonne terre chaude et la sueur séchée.

— Allez, juste un p'tit bécot.

Il se pencha vers elle pour l'embrasser.

— Allez, si tu fais pas ta fiérote, je pourrai même finir ce que le gros René n'a pas eu le temps de commencer. Qu'est-ce que t'en dis ? Ça te dirait pas un gars solide comme moi...

Le nom du gros René suffit à déclencher une tempête sous le front d'Elise. D'un seul coup de dents, elle mordit la lèvre du blondinet. Un sang chaud se mit à perler. Il porta la main à sa bouche.

— Ah, la garce !

Elise recula d'un pas, prête à prendre la fuite. Sa réaction aussi violente qu'inattendue avait déclenché l'hilarité générale parmi les hommes étendus au bord du champ, tirant brutalement de leur sommeil ceux qui dormaient.

Le saisonnier roulait maintenant des yeux emplis de colère et d'humiliation.

Il leva une main terreuse, sur le point de frapper.

— J'vais t'apprendre, espèce de folle.

— François, arrête !

La voix de Marion Leroch suspendit son geste.

— Laisse-la tranquille, sinon j'en parlerai à Monsieur. Elle a déjà eu son compte cette semaine.

Le saisonnier fixa Elise d'un regard morne et vaguement dégoûté, comme si tout à coup il avait croisé un être visqueux qu'il eût désiré écraser d'un coup de talon.

Puis, il se mit à ricaner :

— C'est vrai, j'oubliais... C'est toi maintenant la putain au beau Lucien.

Le ventre lourd de colère, les poings serrés, Elise lui tourna le dos et s'éloigna en retenant ses larmes. « Surtout ne pas courir, se dit-elle, ne pas pleurer devant eux... »

Ayant rejoint la route, elle se mit à marcher droit devant elle. Elle ne ressentait plus rien, aussi vide que si on lui avait retiré tous les organes vitaux et qu'elle ne fût plus qu'une enveloppe immatérielle.

Elle ne mit que quelques minutes pour rejoindre le château. En traversant la cour, elle aperçut Lucien de Kervadec qui sortait sur le perron, mais elle n'y prêta aucune attention et regagna sa chambre.

Lorsqu'elle eut fermé à clé derrière elle, elle se jeta sur le lit et éclata en sanglots. « La face noire » et maintenant « la putain au beau Lucien » !... Le sort s'acharnait sur elle. Que cherchait-on à lui faire payer ? L'attirance que Lucien de Kervadec semblait éprouver pour elle ? Le renvoi du gros René ?

Elle ne comprenait plus. Tout devenait extraordinairement confus dans son esprit, tout finissait par s'enchevêtrer en un écheveau impossible à démêler. L'amitié de Jocelyne de Kervadec, la jalousie de Noémie, la séduction de Lucien, la haine de René Kémeneur, les confidences de Marion et la méfiance des autres domestiques. Elle avait le sentiment d'être un simple pion au milieu d'une partie dont elle ignorait les règles. Elle ne savait plus à qui se fier, ni de qui se défier. Elle-même commençait à perdre de vue ce qui relevait de l'intérêt réel ou de la simple obstination dans sa volonté de demeurer à Kervadec. Mais si elle devait partir, mieux valait partir avant l'hiver.

La perspective de reprendre la route à nouveau, de trouver une autre place, de s'adapter ailleurs, la décourageait. Cela faisait des années qu'elle cherchait un endroit où elle pût se faire une vie simple. Une vie non pas vierge de toute contrainte, mais dénuée au moins des épreuves qu'elle avait précédemment endurées.

Elle finissait par ne plus y croire. Elle avait déjà abandonné tant d'espoirs, tant de rêves, que celui-là lui paraissait de plus en plus chimérique.

Elle repensa aux leçons de catéchisme auxquelles sa mère la forçait à assister et à la règle de l'abbé Grisel qui s'abattait sur ses doigts dès qu'elle manquait un verset du Notre-Père ou qu'elle avait oublié un passage important de son histoire sainte. Toujours, la punition suivait.

D'ailleurs, la vie du Christ n'avait été que souffrances, passion, martyre. La vie elle-même – celle de chacun – n'était qu'une vallée de larmes, un parcours semé d'embûches vers un au-delà terrifiant. Et quand, ici ou là, un sourire venait l'éclairer, ce ne pouvait être que grâce à l'amour de Notre-Seigneur Jésus ou à l'infinie compassion de sa mère, la bienheureuse Vierge Marie.

C'était contre tout cela qu'elle s'était révoltée dès l'âge de douze ans. Pour les mêmes raisons qu'elle avait fait l'amour la première fois deux ans plus tard et qu'elle y avait trouvé du plaisir. Mais à présent elle ne savait plus. Peut-être, en effet, son existence n'était-elle vouée qu'à l'opprobre, à la calomnie, à cette persécution constante dont les formes indéfiniment variées constituaient autant de clous plantés dans sa chair.

Un grattement sourd puis une voix l'arrachèrent à cette vision infernale.

— Elise... Elise...

C'était la voix de Lucien.

— Elise, tout va bien ?

Elle ferma les yeux, bien décidée à ne pas répondre. Il y eut encore un ou deux appels, mais Kervadec n'insista pas et bientôt Elise entendit un bruit de pas qui s'éloignaient.

Qu'était-il venu chercher ?

Avait-il déjà eu vent de l'incident avec le saisonnier ?

Autant de questions auxquelles elle ne pouvait répondre une fois de plus. Elle enfonça alors son poing dans sa bouche pour ne pas crier et s'endormit avec toute sa peine au fond du ventre.

Ce fut un autre grattement qui la réveilla une demi-heure plus tard, mais plus léger et suivi, non d'un appel, mais d'un couinement discret.

Elise mit quelques secondes à identifier son origine en fouillant du regard le sol de la chambre.

C'était une souris minuscule qui venait de pointer le bout de son museau entre deux pierres disjointes à l'aplomb de la fenêtre, au coin du mur. Elle trottait à présent dans sa direction, et Elise l'observa avec amusement, incapable de comprendre comment on pouvait être saisie de terreur à la vue d'un si petit rongeur.

Lentement, elle se redressa, posa les pieds au sol, et alla ouvrir la porte. La souris hésita un instant, puis, comme si elle avait compris l'opportunité qui s'offrait à elle, elle passa tranquillement le seuil de la chambre et disparut.

Elise referma la porte.

Par où s'était-elle glissée ?

Curieuse, elle se pencha sur les pierres où elle l'avait vue apparaître. L'une d'elles semblait descellée. Elle passa les doigts dans l'intervalle et essaya d'en soulever une. Mais la pierre résistait et les forces lui manquaient. Seule la lame d'un couteau pourrait sans doute l'aider. Il y en avait un dans le tiroir de la table. Un oubli certainement de la jeune Marie Leguenec.

Elle en glissa la lame ébréchée dans l'interstice et, à force de patience, réussit à soulever la pierre la plus petite. Après quoi, il lui fut facile de dégager la seconde.

Une cavité naturelle apparut, et avec elle une boîte en fer recouverte d'une fine pellicule de poussière.

Elise prit la boîte et alla s'asseoir sur le lit pour l'ouvrir avec précaution.

A l'intérieur étaient rangés un cahier, une plume et une petite bouteille d'encre. Le cœur battant, Elise ouvrit alors le cahier à la première page. Seuls quatre mots, d'une écriture fine, y figuraient : *Journal de Marie Leguenec.*

19

Dès qu'Elise était entrée aux cuisines, Louise Marek et Noémie Legoulvic en étaient sorties sans un mot. Seule Marion avait terminé son bol de soupe, mais sans la regarder en face, sans répondre non plus aux banalités d'usage après une journée harassante pour donner et recevoir un peu de chaleur.

Elise se laissa tomber sur le banc. Elle était si fatiguée qu'elle en avait même oublié sa faim. Pourtant, des odeurs de beurre salé et de galettes de sarrasin embaumaient toute la pièce.

Marion s'était levée avec son bol de soupe vide à la main.

— Merci pour tout à l'heure, dit Elise. Heureusement que tu étais là. J'ai cru que...

Elle s'interrompit brusquement : Marion Leroch était redevenue froide, indifférente.

— Quelque chose qui ne va pas ? demanda Elise.

— Rien, fit le gnome. Mais j'ai du travail. J'ai pas le temps de mariéner[1], moi...

1. Faire la sieste après le repas du midi.

— Tout le monde a du travail...

Marion Leroch haussa les épaules, comme si elle voulait grandir sa petite taille. Puis sa voix fluette s'évanouit dans le claquement de la porte :

— Tu m'as menti, la Fiérote.

Elise était si épuisée qu'elle ne réagit pas à cette nouvelle volte-face. Elle glissait dans un découragement sans fond, comme aspirée dans la spirale d'un entonnoir. Lui revint alors en mémoire une expression que l'abbé Grisel avait employée un jour « l'alternative du diable ». Ballottée entre deux attitudes possibles, elle ne savait laquelle adopter. De toute façon, quelle que soit la décision qu'elle prendrait, elle ne pourrait être que mauvaise ; quel que soit le choix qu'elle ferait, il ne pourrait être qu'erroné.

Elle se sentait comme un animal pris au piège et qui opte pour la passivité en attendant que le sort décide pour lui.

Accablée, le visage plongé dans ses mains, elle crut pouvoir encore fondre en larmes quand elle prit conscience qu'elle n'avait plus aucune larme à verser, qu'elle était devenue aussi sèche de l'intérieur qu'un sarment. Si sa destinée ne devait être qu'une suite de malentendus, elle n'avait d'autre choix que la mort ou l'acceptation.

Accepter, mais non subir...

Quand elle ressortit, une petite pluie tiède tombait avec régularité. La brouette était toujours là, avec sa lessiveuse de linge sale. Elle l'empoigna et la poussa sans vigueur vers le lavoir en contrebas du château. Au bout de ses bras, les draps de pillot et de plataine pesaient d'un poids qui lui déchirait les muscles et les tendons. Le linge de chambre du personnel... C'était Noémie qui, quelques heures plus tôt, lui avait ordonné d'une voix mauvaise de « faire sa part ». Une humiliation de plus.

Elise laissa la brouette l'entraîner sur la pente légère. Parvenue au lavoir, elle souffla quelques instants, puis se mit à l'ouvrage. Les mains plongées dans l'eau glacée, mais le corps en sueur, elle s'activa longuement, tournant et retournant le linge, lavant, brossant et frappant à l'aide d'un battoir en bois les draps rêches, qu'elle peinait à soulever. A ce rythme-là, ses mains deviendraient bientôt pareilles à celles de la Fileuse : rouges et pleines de crevasses.

Ce n'était pourtant pas tant dans son corps qu'elle souffrait que dans son esprit. Marion Leroch s'était confiée à elle, et à présent elle lui battait froid de nouveau. Chaque jour apportait son lot de reproches et d'humiliations. Chaque fois qu'elle croyait que les choses allaient rentrer dans l'ordre, un incident venait tout remettre en cause. Comme Pénélope dans l'*Odyssée* d'Homère, elle avait le sentiment de voir défait le lendemain ce qu'elle avait fait la veille.

Sa fatigue était telle qu'elle ne pensait même plus à Lucien et à l'émoi qu'il avait provoqué chez elle. Cette émotion ressentie en sa présence appartenait-elle d'ailleurs elle aussi à la catégorie des chimères ? A celle des aventures sans lendemain, des drames passionnels, ou des comédies amères ?

Pas plus à Kervadec qu'à Paris ou à Limoges elle n'avait le sentiment d'être vraiment à sa place. L'amitié que lui témoignait Jocelyne de Kervadec avait fait un temps illusion, mais la réalité la rattrapait dans toute sa cruelle vérité.

Lorsqu'elle eut donné le dernier coup de battoir, une heure plus tard, sa décision était prise. Le soir même, elle demanderait son congé et quitterait Kervadec dès le lendemain matin. Elle n'aurait même pas besoin d'un prétexte. La comtesse était certainement au courant de sa mésaventure avec René Kémeneur. En outre, elle savait que les autres domestiques auraient donné n'importe quoi pour la voir quitter le château. Elle savait aussi que l'ambiance s'était dégradée depuis l'arrivée d'Elise. Peut-être même avait-elle surpris quelques regards échangés avec son mari et serait-elle elle aussi ravie de la voir abandonner son emploi.

Elise remonta vers le château, et passa devant le pigeonnier. Noémie Legoulvic venait à sa rencontre, un panier sous le bras. Son visage maigre lui sembla plus parcheminé encore qu'à l'ordinaire, son regard plus glacial. En la croisant, Elise l'entendit seulement maugréer :

— Bien joué, la belle garce, Madame t'attend… Dépêche-toi, t'as de l'or sous les jupes !

— Venez, Elise, venez près de moi !

La comtesse de Kervadec était assise près de la cheminée, dans le salon même où elle l'avait reçue à son arrivée au château, et Elise eut le sentiment étrange de revivre la même situation à quelques mois d'intervalle. A ce détail près qu'elle y était accueillie cette fois avec chaleur et non avec suspicion. Un plateau était posé sur un guéridon. Une théière fumante et deux tasses en porcelaine y cernaient presque stratégiquement un épais flan aux pommes dont les couleurs cuivrées prenaient davantage de relief encore grâce au soleil oblique pénétrant par les hautes fenêtres.

— Vous aimez le thé de Chine ?…

Elise approuva d'un signe de tête.

— Je sais, dit Jocelyne de Kervadec d'un ton enjoué… Peut-être auriez-vous préféré un verre de cidre… Mais vous verrez, il est excellent, je le fais venir spécialement par un ami qui habite Shanghai.

La comtesse l'invita à s'asseoir. Elise refusa et resta debout en signe de déférence. Mais la comtesse insista avec autorité. Elle était visiblement détendue et de bonne humeur, comme lors du dîner qu'elle avait donné quelques semaines plus tôt à Kervadec.

— N'ayez pas peur, asseyez-vous !

Elise finit par obtempérer, ne sachant quelle contenance adopter. Le cœur battant, elle sentit son estomac se nouer, puis ses mains se tordre sur le dessus de sa jupe. Elle avait tellement pensé à cet instant durant l'après-midi qu'elle était tout à coup décontenancée. Le moment était-il venu ? Peut-être n'aurait-elle pas d'autre occasion d'un tête-à-tête aussi « spontané ». Mais elle avait beau essayer d'ordonner un discours cohérent, les mots restaient bloqués dans sa gorge, et son visage s'empourpra subitement lorsque la comtesse demanda :

— Vous allez bien, Elise ?

— Justement, Madame, articula-t-elle enfin, je voulais…

— Ne vous en faites pas, dit Jocelyne de Kervadec, mon époux m'a tout expliqué. Je n'ai jamais aimé ce Kémeneur, nous aurions dû nous en débarrasser il y a longtemps. Croyez bien que je suis vraiment désolée de ce qui s'est passé.

Interrompue dans son élan, Elise ne put que murmurer quelques mots de remerciement maladroits.

La comtesse servit elle-même le thé et lui en offrit une tasse. Son sourire ne s'adressait à personne en particulier et, au-delà de cette attitude un peu convenue, Elise lui trouva le teint blafard propre aux malades souffrant d'affections cardiaques.

— Je voulais vous voir parce que mon mari m'a fait une suggestion, dit Jocelyne de Kervadec... Il aimerait que vous soyez à mon service. Une sorte de femme de chambre attitrée, si vous préférez. Vous me seriez personnellement attachée, et vous n'auriez plus aucune autre tâche à accomplir ni d'obligations envers les autres domestiques. Hormis les soins ordinaires et mes médicaments, vous seriez une lectrice, une confidente... et pourquoi pas une amie ?... Comme dans les grandes maisons, en quelque sorte.

Jocelyne de Kervadec eut un rire perlé qui surprit Elise. Elle avait l'air aussi ravie de cette conclusion que d'une blague de potache.

— Qu'en dites-vous ?... J'ai l'impression de parler comme ma belle-sœur, madame de Limoelan, quand elle prend ses grands airs pour vous demander la salière !

Puis, comme Elise ne se départait pas de sa réserve :

— Vous savez, ce n'est pas une faveur que je vous fais... Vous devrez supporter ma mauvaise humeur, mes jérémiades, et puis ces... crises... Je ne crois pas, hélas, qu'elles iront en diminuant de fréquence, ni peut-être même d'intensité. Les traitements de ce bon docteur Clouet restent inefficaces, et ce n'est pas le professeur Carignon qu'il veut à toute force me faire rencontrer qui y changera quelque chose, j'en ai peur.

Elle monologuait, et ce monologue se déroulait dans un vide terrifiant dont elle semblait ne pas avoir conscience.

— Mais je vois bien que Lucien est inquiet, et j'aimerais que vous acceptiez ma proposition. Cela nous permettrait à lui comme à moi de vivre plus sereinement. Il est plus rassuré lorsque vous êtes auprès de moi. Lui aussi a une confiance totale en vous.

— Il vous l'a dit ? demanda enfin Elise.

La comtesse esquissa un sourire ambigu.

— Mon mari et moi prenons ensemble la plupart des décisions importantes, ne vous faites pas de souci à ce sujet... Vous disposerez de la chambre à côté de la mienne et même d'une petite salle de bains. Bien sûr, vos gages seront augmentés en conséquence. Et puis, cela vous laisserait davantage de temps libre. Si vous avez un souhait quelconque, vous n'aurez qu'à me demander.

— Je ne sais pas si je pourrai être à la hauteur de ma tâche. Et puis j'ai déjà eu tant de problèmes depuis que je suis arrivée ici... que je ne veux pas m'en attirer davantage encore.

— Quels problèmes ?

— Ce n'est pas une question d'argent, Madame.

— Alors, de quoi ?

Elise hésita. Elle se refusait à entrer dans le cercle vicieux de la délation.

— Avec les autres domestiques ?... suggéra Jocelyne de Kervadec. Quel droit auraient-ils de commenter mes décisions ?

Elle avait prononcé ces derniers mots avec une autorité inhabituelle. On eût dit qu'elle retrouvait subitement une énergie insoupçonnée, une énergie qui ne visait qu'un seul but : emporter l'adhésion d'Elise. Celle-ci, toutefois, se refusait à céder aussi facilement. Accepter une telle situation sans livrer un ultime combat allait à l'encontre de la décision qu'elle avait prise dans l'après-midi, et elle n'y voyait pour l'heure que des désavantages, outre celui d'abdiquer tout orgueil.

— En fait, j'aurais demandé à vous voir de toute façon...

— Pour quelle raison ?

— Pour vous prier de m'accorder mon congé.

— Vous avez trouvé une meilleure place ?

— Je n'en ai pas cherché.

— Alors, qu'est-ce qui vous empêche de rester ? Parlez sans crainte.

— Je ne crois pas que je parviendrai à vous donner satisfaction. Je ne suis ici que depuis le début du printemps et, comme je viens de vous le dire, je n'ai eu que des déboires. Je ne veux pas être une occasion de troubles. Ce n'est pas que je n'aime pas mon travail ni ce pays, mais j'ai bien peur que ce soit ce pays qui ne m'aime pas.

— Vous le connaissez à peine.

Désespérément, Elise cherchait des arguments, des exemples concrets, des prétextes, mais aucun ne lui sembla plus explicite que ceux qu'elle avait déjà formulés.

La comtesse de Kervadec parut se plonger dans une réflexion profonde, mais elle releva bientôt la tête et son regard triste emprisonna celui d'Elise comme dans une nasse.

— Je suis malade, dit-elle d'une voix sans timbre. Ce brave docteur Clouet a beau faire de son mieux, il ne me sauvera pas. Je vais mourir, Elise… Non, ne protestez pas. Je le sens bien, Dieu me rappelle à lui. Sans doute a-t-il ses raisons. En attendant, j'aimerais avoir une personne de confiance auprès de moi, et je n'ai pas l'intention de vous supplier pour ça. Même malade, j'ai encore trop d'orgueil pour céder à la tentation d'une fausse humilité.

Elise se leva brusquement. Des bouffées de chaleur montaient à l'assaut de sa poitrine. Elle étouffait. Mais comment lui faire comprendre qu'elle ne pouvait plus supporter ce masque de cire, cette voix humble et comme épuisée, cette demande qui ressemblait, en dépit des protestations, à une prière...

— Je suis désolée, Madame, mais je crois qu'il vaut mieux pour tout le monde que je quitte le château.

— C'est ridicule !

Le visage de la comtesse avait pris une expression peinée.

— Croyez-moi, cela vaudrait mieux pour vous également.

— Dans ce cas, dit la comtesse sur un ton énigmatique, il y a peut-être une autre raison à votre départ...

— Laquelle ?

— Elise... êtes-vous amoureuse de mon mari ?

La question manqua faire vaciller Elise. Son cœur lui sembla s'arrêter, son sang se figer dans ses veines. Prise au dépourvu, persuadée que sa voix, comme son maintien, la trahirait, elle ne put que bredouiller :

— Mais... non, Madame.

La comtesse conclut alors d'une voix neutre :

— Eh bien, puisque les choses sont claires entre nous, mademoiselle Jouvet, je ne vois donc aucune raison de vous donner congé.

20

Elise avait traversé la cour du château sans rencontrer personne. La nuit tombait, exceptionnellement fraîche pour l'époque. Une nuit sans étoiles et sans vent.

Les autres devaient être réunies aux cuisines, mais bien que la faim la tenaillât, elle décida de ne pas les affronter et de regagner directement sa chambre.

Les autres...

Les autres devaient avoir eu vent avant elle de la décision de la comtesse. Voilà pourquoi Marion lui avait lancé « Tu m'as menti, la Fiérote ! » Elle avait dû se remémorer leur conversation et les dénégations d'Elise devant sa crainte qu'elle ne fût qu'une calculatrice avide et désireuse, après avoir séduit la comtesse, de mettre le grappin sur Lucien de Kervadec. A ses yeux, les nouvelles fonctions d'Elise ne pouvaient donc être qu'une trahison.

Savait-elle qu'elle n'avait accepté la proposition de Jocelyne de Kervadec que contrainte et forcée ?

Tout finissait par se savoir au château, mais qui croirait en sa bonne foi ? L'intimité y était moins grande encore que dans l'appartement parisien de madame de Margonne. Les autres domestiques semblaient toujours avoir une longueur d'avance. Leur complicité mutuelle tissait autour d'elles un réseau protecteur, une sorte de toile dans laquelle s'empêtrait Elise depuis son arrivée.

Elle pressa le pas. Elle avait hâte de commencer la lecture du journal de Marie et de partager avec elle quelques « secrets » qu'ignoraient peut-être encore Louise, Marion ou Noémie. Des « secrets » qui lui permettraient enfin d'obtenir l'avantage, et, pour une fois, de renverser les rôles.

En arrivant devant sa chambre, elle fut prise cependant d'une sorte de prémonition. La porte était entrebâillée. Elle la poussa doucement, et embrassa la pièce d'un coup d'œil rapide pour vérifier que chaque chose était bien à sa place. A première vue, tout semblait en ordre. Prise d'un doute, elle alla jusqu'à la table et constata que le tiroir n'avait pas été forcé. Sa porte n'était pas fermée à clé, se pouvait-il qu'elle se soit ouverte toute seule ?...

A demi rassurée, elle s'apprêtait à la refermer lorsqu'elle aperçut les traces.

Des traces d'un rouge vif avaient glissé le long du panneau de bois plein, d'autres parsemaient le seuil de la chambre.

Du sang avait coulé...

Machinalement, Elise leva les yeux. Une chouette enclouée la fixait d'un regard effrayant. Un regard vide et vitrifié par la mort. Le clou avait été planté en plein cœur et le plumage de l'oiseau était couvert de sang.

Elise poussa un cri et se mit à trembler nerveusement sans pouvoir se maîtriser. Pendant une ou deux minutes, tout se brouilla dans son esprit. Un mauvais rêve, ce ne pouvait être qu'un mauvais rêve... Elle s'efforça de calmer sa respiration, ferma les yeux, les rouvrit, mais la chouette était toujours là, ensanglantée. Elle repensa alors à ce que lui avait dit Marion sur sa capacité à « faire des choses » en « utilisant de mauvais livres ». Allait-on l'accuser à présent de sorcellerie ?

Qui avait bien pu se livrer à ce jeu macabre ? La Bretagne était une terre de légendes et de magie, madame de Margonne – originaire de Ploërmel – le lui avait souvent répété. Mais tout cela était demeuré largement abstrait dans son esprit, et jamais elle n'aurait imaginé être un jour confrontée à de telles superstitions.

Avec dégoût, elle jeta un dernier regard à l'animal crucifié, puis rentra dans sa chambre. Impossible de s'en débarrasser seule, le clou était trop profondément fiché dans la porte. Il lui faudrait attendre le lendemain et faire appel à Martin Le Braz.

La colère succéda alors à l'angoisse. A n'en pas douter, cet enclouage constituait un avertissement. Aussitôt, elle songea à René Kémeneur. Le gros René, en dépit de la crainte que lui inspirait Lucien de Kervadec, était bien le genre d'homme à user de tels procédés. Mais cet avertissement était aussi une manière de l'effrayer, et elle était décidée à ne pas céder à la peur. De toute façon, elle ne croyait pas aux jeteurs de sorts, aux « dormeuses », et autres « diskonteurs » dont on lui avait parlé.

Le contenu du journal de Marie Leguenec l'intéressait bien davantage. Il l'aiderait à oublier cette mauvaise plaisanterie. Elle retira une nouvelle fois le cahier de sa boîte, et s'installa sur son lit pour en commencer la lecture.

Il s'agissait bien d'un journal intime tenu presque au jour le jour, rédigé d'une écriture fine. Les fautes d'orthographe y étaient nombreuses, mais du moins Marie Leguenec savait-elle écrire. Elle possédait même un certain talent pour ordonner sa pensée comme ses phrases, allant jusqu'à pratiquer l'art de l'ellipse.

Un peu mal à l'aise de pénétrer ainsi l'intimité d'une morte, Elise y suivit l'éveil des sentiments d'une toute jeune fille que la vie n'avait pas épargnée mais qui, à force de volonté, était tout de même parvenue à apprendre à lire puis à écrire avant de trouver des emplois dans divers domaines de la région d'Audierne et de Douarnenez. La première partie du texte était même touchante, presque allègre en dépit des épreuves traversées. Puis, subitement, à compter du jour où elle s'installait à Kervadec, l'écriture devenait moins fluide, et parfois même s'empâtait.

Elise en comprit très vite les raisons. Dès lors que Marie Leguenec s'était installée dans cette chambre, elle avait vécu dans un double climat de peur et d'abandon. Deux hommes avaient pris place dans sa vie. Mais si elle aimait passionnément l'un, l'autre lui inspirait une frayeur grandissante. Lorsqu'elle appelait le premier « Il », elle ne mentionnait le second que sous le terme « l'autre ». D'un côté, la douceur et la tendresse ; de l'autre, la violence et la bestialité. Sauf que le second prenait peu à peu le pas sur le premier, envahissait par sa présence maléfique la totalité du récit.

Au fil des pages, il fut bientôt impossible à Elise de ne pas songer à René Kémeneur. Mais qui était « Il » ?

Elise avait de plus en plus de mal à poursuivre sa lecture. Le journal de Marie n'était plus que le récit d'un long calvaire, d'une descente aux enfers.

18 septembre 1912 : L'autre est encore venu ce soir. Il m'a dit de ne surtout rien dire, sinon il me tuerai... Il était plein de cidre. J'ai cru qu'il

allé vomir. Il a voulu me prendre sur le lit et j'ai résisté, mais il été trop fort pour moi.

24 septembre : Deux fois aujourd'hui. La première dans le pigeonié, la deuzième près du lavoir. Je suis sure que Noémie nous a vu, mais elle ne dira rien. Elle a bien trop peur ou alors il la laisse tranquille, elle. Il sentait le cheval. J'ai été malade toute la nuit.

28 septembre : Il m'a encore frappé parce que je disais non. Il était tellement soul qu'il a vomi en arrivant et que j'ai du nettoyé partout. Tant mieux, car il est reparti sans me toucher.

1er octobre : J'aimerai l'égorgé comme un cochon, mais je ne peut rien dire. Ce serait la fin. Des fois, j'arrive à penser à lui et comme ça l'autre ne prend que mon cor, car mon âme est ailleur.

Le même calvaire se déroulait sur plusieurs pages. Une litanie de souffrances et d'horreurs qui ne pouvait qu'inspirer la nausée.

Elise en avait le cœur retourné. Le doute n'était plus permis. « L'autre » ne pouvait être que le gros René.

Comment Marie avait-elle pu supporter en silence un tel martyre ? Pourquoi n'en avait-elle rien dit ? Par peur de son agresseur ? Par sentiment de honte à l'égard de « Il », par crainte d'être rejetée par lui ?

A mesure qu'elle avançait dans sa lecture, Elise ne pouvait s'empêcher d'imaginer les scènes. René Kémeneur pesant de tout son poids sur le corps lisse et frêle de Marie, sa face rougeaude, ses mains calleuses, son haleine empuantie par l'alcool, son regard sale... Et pour Marie, la douleur et la flétrissure pour seul salaire.

La date du 25 décembre 1912 marquait le point d'orgue de cette agonie intime.

25 décembre : Jour de la nativité de Notre-Seigneur. Il bouge dans mon ventre, et je l'aime déjà. Parce que je suis sure qu'il n'est pas de l'autre. Dieu ne peut pas m'avoir fait ça, j'ai tellement prier la Vierge. Non, je suis sure qu'il est de L...

Elise réprima un sursaut. L. ?... Etait-ce simplement une erreur de Marie Leguenec, un oubli dû à l'émotion ? Martin Le Braz ?... Elle ne l'imaginait pas déclenchant une telle passion chez une jeune femme comme Marie Leguenec. Non, même si la tentation était irrésistible, il devenait presque impossible de ne pas identifier ce L. à Lucien de Kervadec.

Sa réaction à l'égard de René Kémeneur s'expliquerait beaucoup mieux dans ce cas. Lucien avait eu un enfant de Marie Leguenec, lequel n'avait pas vécu deux jours, et Kémeneur avait été tenu pour responsable de sa paternité. Kervadec avait étouffé l'affaire par peur du scandale et gardé le gros René à son service parce que celui-ci était au courant de sa liaison avec Marie.

Elise referma le cahier, émue aux larmes. Elle en avait suffisamment appris. Tout un passé qu'elle eût souhaité enfouir au plus profond de sa mémoire remontait par vagues successives au point de la submerger. Elle souffla la lumière et se coucha en chien de fusil, tremblant de tous ses membres.

Le visage d'ombre de Lucien de Kervadec commençait à s'éclairer. Ses relations avec sa femme, son comportement distant parfois et jusqu'à l'émotion qui les avait réunis... L'attirance qu'Elise éprouvait pour lui n'en était pas affectée pour autant, mais l'impression pénible qui se dégageait du journal de Marie la laissait flottante, indécise.

De combien de secrets le domaine de Kervadec était-il encore dépositaire ? Combien d'ombres peuplaient ce château perdu au cœur du pays bigouden, là où régnait l'Ankou, l'ange de la mort, où les revenants étaient légion, et où chaque chemin creux recelait une légende...

Le cauchemar d'Elise revint cette nuit-là. « La face est noire... mon Dieu !... La face est noire ! »

Sa mère était morte en prononçant ces mots incohérents. Le « don » qu'elle possédait n'avait pas suffi cette fois à la sauver. Elle se souvenait de son regard halluciné, et de ses lèvres bleuies demeurées entrouvertes sur un reproche inarticulé.

La face est noire...

Elise était partie le lendemain de l'enterrement. Elle n'avait que quatorze ans. On avait beaucoup pleuré autour du corps, puis du cercueil. Pas son père, puisqu'il ne s'était pas déplacé. Mais tous ceux qui connaissaient sa mère et l'appréciaient depuis que son mari était parti avec une « jeunesse ».

C'était une tante qui l'avait recueillie, une femme seule à qui la religion tenait lieu de colonne vertébrale. Mais une femme droite, à laquelle avait simplement manqué un peu d'amour et de chaleur. Elle s'appelait Antoinette et avait emmené Elise dans un petit appartement de la butte Montmartre. Elles s'y étaient fait une vie toutes les deux.

Elise en conservait un souvenir à la fois sévère et rempli de tendresse. Antoinette ne pouvait donner que ce qu'il lui était possible de donner. C'était même cela qu'au catéchisme Elise avait compris du « péché originel » : on ne pouvait jamais transmettre que ce que l'on avait reçu, et ainsi de génération en génération.

Antoinette l'avait prise par la main dès la sortie

du cimetière et Elise avait eu droit à quelques mots de consolation suivis d'une brève leçon de morale sur la vie et la mort, qu'elle avait à peine écoutée. Les autres les avaient regardées partir avec une commisération feinte.

Personne ne savait alors ce qui bougeait dans son ventre.

21

A sa demande, Martin Le Braz vint le lendemain matin pour déclouer la chouette. Juste avant de procéder à l'opération en présence de Lucien de Kervadec, il se signa en marmonnant quelque chose qu'Elise ne comprit pas.

— C'est pas Dieu possible, finit-il par observer avec une fausse ingénuité.

— Martin !... intervint Lucien.

Le Braz avait empoigné une paire de tenailles et, petit à petit, il arrachait du panneau de bois l'énorme clou qui avait transpercé la chouette. L'animal vint avec, quelques plumes volèrent, et bientôt Martin tint le rapace au bout de son outil. Vaguement écœuré et paradoxalement fier de son trophée.

— Je suis désolé, murmura Lucien en évitant de croiser le regard d'Elise. Je savais que, dans nos campagnes, ce genre de pratiques existait... mais je ne pensais pas qu'à Kervadec...

— Savez-vous seulement ce qui se passe à Kervadec ? observa Elise.

Elle se mordit aussitôt les lèvres d'avoir

prononcé ces mots. Le temps d'une remarque, elle avait oublié quelle situation était la sienne au château. En présence de Martin Le Braz, une telle réflexion frisait même la grossièreté plutôt que la maladresse.

Lucien ne fit aucun commentaire.

— Et maintenant ? demanda Le Braz.

— Brûlez-la ! Et jetez ensuite les cendres dans la rivière.

Martin Le Braz s'éloigna, son chapeau rond vissé sur la tête.

Elise ne disait rien. Kervadec avait-il laissé partir Martin pour qu'ils restent seuls ?

— Vous avez une idée de qui a pu vous faire cette mauvaise plaisanterie ? demanda-t-il.

— Personne en particulier.

— Mais vous avez une idée.

Elise garda le silence, muette comme une tombe. Elle aussi évitait de le regarder. Il avait beau l'avoir tirée des griffes de Kémeneur, l'ombre de Marie Leguenec planait encore entre eux, légère et pourtant aussi infranchissable qu'un mur de granit.

— Ma femme vous attend, assura-t-il. Au château, personne ne vous ennuiera plus. Maintenant que vous avez accepté d'être sa dame de compagnie, elle va déjà mieux. Et moi aussi. Je suis sûr que vous vous entendrez et que cela adoucira ses souffrances.

— Et moi, dit Elise abruptement, cela vous intéresse de savoir si j'irai mieux ?

Kervadec la regarda cette fois avec une tendresse mêlée d'étonnement. La question ne semblait pas lui avoir effleuré l'esprit.

— Elise, dit-il d'une petite voix... Je ne voulais pas vous froisser... Je vous fais mes excuses...

Mais Elise n'en avait cure. Les barrières de classe ou de sexe n'existaient plus tout à coup. Elle avait besoin de savoir de quelle trempe était cet homme-là. Besoin de comprendre ce qui se dissimulait derrière cette façade si séduisante, d'éprouver quels gouffres étaient les siens. Elle en avait besoin avant de pouvoir lui faire réellement confiance ou de se tenir résolument à distance.

— Pourquoi vous mettre en colère ? dit Lucien. Vous ne vous plaisez pas à Kervadec ?

— Votre femme m'a déjà posé la même question.

— Et vous lui avez répondu que vous souhaitiez prendre le temps de vous adapter au pays.

— Je le pensais... Je pensais qu'avec le temps...

— Et vous n'en êtes plus persuadée ?

— Non.

Il y eut un silence. Lucien paraissait réfléchir, chercher des arguments propres à vaincre ses préventions.

— Vous savez comment on m'appelle ?

interrogea Elise avec morgue. On m'appelle déjà la putain, la putain du comte de Kervadec !...

Lucien de Kervadec lui jeta un regard incrédule. Il avait pâli, mais le retour de Martin Le Braz l'empêcha de répondre. Un voile sombre attristait le visage de l'homme de confiance.

— La chouette a eu du mal à brûler, marmonna-t-il, c'est mauvais signe. Et puis, elle pue la charogne ! M'étonnerait pas qu'elle soit passée entre les mains d'un fainoux[1]... En tout cas, j'ai encore jamais vu ça. Et pourtant, j'en ai vu brûler, des bêtes...

— Qu'est-ce que tu racontes ? intervint Lucien en haussant la voix.

Martin Le Braz jeta un regard lourd de suspicion à Elise. « Des choses... avec de mauvais livres », songea immédiatement celle-ci. Lui aussi la soupçonnait donc de se livrer à des actes sacrilèges. Si l'accusation n'avait pas été si lourde de conséquences dans ces tréfonds du pays bigouden, Elise n'aurait pas hésité un instant à en rire. Mais ici, on ne plaisantait pas plus avec le diable qu'avec Dieu. Depuis l'aube des temps, les deux se livraient un combat acharné, même si Dieu avait toujours le dernier mot, du moins en principe. En pays bigouden, il y avait le ciel et l'enfer comme il y avait la terre et la mer. Il fallait choisir son monde, choisir son camp.

1. Sorcier.

— Rassemblez vos affaires, dit Lucien, et toi, Martin, aide Elise à les transporter au château.

Le Braz obéit en maugréant.

Ils entrèrent dans la chambre. Hormis sa valise, ses vêtements et quelques affaires de toilette, Elise ne disposait guère d'effets personnels. Elle s'occupa seulement de rassembler ses livres et de vider le contenu du tiroir. Elle le fit rapidement et sans états d'âme. Le missel dans lequel elle avait glissé ses papiers d'identité tout comme le journal de Marie Leguenec étaient déjà dans le double fond de sa valise.

Martin Le Braz s'empara de la valise, et tandis qu'il sortait, Elise décrocha le petit crucifix qu'elle avait placé à la tête de son lit. Puis, son regard fit le tour de la pièce pour une dernière inspection.

C'est alors qu'elle aperçut la boîte en fer où elle avait découvert le journal de Marie. Elle était demeurée près du broc et de la cuvette ébréchée, ouverte sur la petite bouteille d'encre et le porte-plume.

Au même moment, son regard croisa celui de Lucien de Kervadec. Lucien était devenu blême et ses yeux fixaient l'objet avec une sorte de fascination douloureuse.

— Cette boîte vous appartient ? demanda-t-il.

Le visage d'Elise s'empourpra, puis ses traits se crispèrent dans un sourire de façade.

— Elle est à moi en effet… J'allais l'oublier.

Elle l'ajouta négligemment à la pile de livres.

— Laissez, dit Kervadec, Martin s'en chargera. Rejoignez-moi sur le perron.

Restée seule, Elise se demanda s'il connaissait l'existence du journal. Sa réaction, au vu de la boîte en fer, semblait le confirmer. Mais, dans ce cas, pourquoi ne pas l'avoir fait disparaître après la mort de Marie ? En ignorait-il l'emplacement ?

Elle referma la porte derrière elle, sans regret mais avec l'appréhension d'être désormais moins libre encore au château qu'elle ne l'était dans cet espace réduit et inconfortable. A une vingtaine de mètres devant elle, la silhouette pansue du docteur Clouet se dandinait mollement. Elle le suivit à distance et gravit les marches du perron derrière lui.

Elle venait d'entrer dans l'ombre fraîche du vestibule, quand Noémie et Marion jaillirent du grand salon dans une cascade de rires. Elles lui jetèrent à peine un regard, mais sur leur passage, Elise eut le temps d'entendre le Trognon qui disait à la Fileuse :

— Tu verras, bientôt elle nous demandera de cirer ses bottines !

— En attendant, répondit Noémie, elle sera toujours plus près du bon Dieu pour lui cirer aut' chose.

Leurs gloussements disparurent bientôt, avalés par la moiteur du dehors.

Lucien l'attendait au bas de l'escalier.

— Vous avez entendu ? demanda Elise.

— Non.

Il mentait. Cela se devinait à cette crispation de la mâchoire qui donnait à son visage une sorte de beauté guerrière inassouvie.

— Je ne resterai pas ici une minute de plus, dit Elise, exaspérée. J'ai déjà eu mon lot de souffrances. Que je sois perpétuellement humiliée ne vous gêne peut-être pas, mais...

— J'y mettrai bon ordre, l'interrompit Lucien. Votre présence auprès de ma femme est très importante pour moi. Plus importante que tout. Je vous promets de faire le nécessaire pour qu'on ne vous importune plus. Restez, je vous en prie...

Il la suppliait du regard. Il mendiait un service comme d'autres mendient du pain, et Elise se demanda si elle eût préféré qu'il mendie son amour, à tout le moins de l'attention, plutôt que de faire fi de sa dignité.

— Je le sais, dit-elle froidement. Vous feriez n'importe quoi pour votre femme, et pourtant vous me demandez de le faire à votre place.

— Nous serons deux.

— Alors, si vous voulez que je vous aide, aidez-moi, faites cesser ces commérages. Je ne veux pas finir comme Marie Leguenec... à bout de sang et d'humiliation.

Elise crut qu'il allait exploser d'une colère sombre et brutale. Elle avait dit cela avec une telle assurance que n'importe quel homme se fût senti moins humilié de recevoir une gifle qu'un ordre aussi péremptoire. Mais il n'en laissa rien paraître.

— Je tiendrai parole... A votre tour de tenir vos engagements. J'aimerais aussi, lorsque ma femme est victime d'une de ses crises... enfin, que vous n'en parliez pas aux autres domestiques, vous saisissez ?

— De toute façon, je ne leur parle plus guère. Ou plutôt, ce sont eux qui m'ignorent. Ici, on ne parle ni aux sorcières ni aux putains.

Les mots résonnèrent douloureusement dans le vestibule.

— Vous acceptez alors ?

Elise approuva d'un bref hochement de tête.

Au moment où ils commençaient de gravir les marches cependant, un long cri leur parvint du premier étage, un cri lugubre et déchirant identique à celui que Marie Leguenec avait dû pousser lorsque René Kémeneur l'avait prise de force. Ou lorsqu'elle était morte quelques jours après ses couches.

Lucien se précipita à l'étage.

Lorsque Elise entra dans la chambre, Jocelyne de Kervadec se tordait sur son lit, le visage convulsé par la souffrance, râlant et prononçant des paroles incompréhensibles. On l'eût dite subitement prise d'un accès de démence. Tout son corps était agité de soubresauts, et, parce qu'elle avait dû se débattre longtemps, sa chemise de nuit laissait entrevoir deux seins pâles aux aréoles pigmentées.

Le docteur Clouet se tenait debout auprès d'elle, impuissant, et Lucien s'était emparé de sa main pour essayer de la calmer. Mais la comtesse, avec une force que ne laissait pas soupçonner sa maigreur, le repoussait régulièrement, comme si le simple contact de sa peau lui eût infligé une brûlure insupportable.

Elise s'avança vers le lit.

— Laissez-moi faire, dit-elle.

Lucien s'écarta, et Elise saisit le poignet veiné de bleu qui tremblait sur le drap.

Presque aussitôt, la comtesse s'apaisa, sa respiration redevint régulière et ses mouvements désordonnés cessèrent.

Lorsqu'elle ouvrit enfin les yeux, la sueur coulait sur ses joues hâves, mais son visage avait repris apparence humaine. Sa tête roula un instant encore sur l'oreiller, puis s'inclina avec une sorte de douceur fiévreuse de madone qu'un peintre eût aimé fixer sur la toile.

Son regard se posa tour à tour sur son mari, puis sur le docteur Clouet qui, les sourcils froncés, observait Elise avec une sorte d'inquiétude éberluée.

Alors, la comtesse de Kervadec murmura simplement :

— Elise...

Avant de refermer les yeux et de s'endormir paisiblement sur un sourire moribond.

22

Jocelyne de Kervadec multiplia les crises à la fin de l'été et durant une bonne partie de l'automne. Le docteur Clouet revint plusieurs fois, mais toujours avec le même sentiment d'impuissance. Il fit venir de nouveaux médicaments de Paris, puis de Zurich et enfin d'Amsterdam. Mais sans résultat. Le docteur Carignon, accouru tout exprès de Nantes, dut également avouer que le cas de la comtesse de Kervadec le laissait perplexe et n'était pas de sa compétence. Au désespoir, il évoqua un psychanalyste viennois du nom de Sigmund Freud dont la réputation dépassait désormais largement les frontières de l'Autriche et qui avait soigné plusieurs cas d'hystérie avec un certain succès. Mais, lorsqu'on mentionna le nom de Freud devant elle, Jocelyne de Kervadec éclata de rire.

— Ah oui, observa-t-elle, ce petit Juif qui se prend pour Dieu et qui met du sexe à toutes les sauces.

Outre la relative trivialité de cette remarque, étonnante dans la bouche de sa femme, Lucien de Kervadec fut surpris qu'elle connût Freud dont le nom, pour sa part, ne lui était guère familier jusqu'à une date récente.

— Eh bien, mon ami, c'est que vous ne connaissez rien aux femmes, se défendit-elle avec humour. Car c'est votre sœur, madame de Limoelan, qui m'en a parlé ! Il faut dire qu'avec son balourd de mari…

Lucien était demeuré interdit. Etait-ce la folie qui la gagnait ou cette femme généreuse et lisse qu'il croyait si bien connaître possédait-elle une face cachée ?

Jocelyne de Kervadec avait donc refusé de consulter un psychanalyste, aussi bien parisien que viennois. Et lorsqu'on lui avait parlé de neurasthénie, elle avait ri à nouveau. Que de mots compliqués pour évoquer une affection dont elle ignorait tout mais dont elle était la seule à pouvoir parler puisqu'elle la vivait au quotidien !

— Elle ne veut pas se soigner, avait alors glissé le docteur Clouet à l'oreille de Lucien. C'est irrémédiable. Dans son cas, on ne peut absolument rien faire. Seulement la soulager. Je suis désolé, mais si aucun miracle n'intervient…

Il n'avait pas achevé sa phrase. Lucien de Kervadec en avait déduit que le pire pouvait arriver et, refusant d'envisager cette éventualité, il avait fui quelques jours en mer avec le baron de Kerlleano pour n'y pas songer.

Silencieuse et en retrait, Elise, à la demande même de Jocelyne de Kervadec, avait assisté discrètement à la plupart de ces consultations, se gardant bien de donner le moindre avis.

A plusieurs reprises malgré tout, le docteur Clouet avait tenté de l'interroger sur ce mystérieux « don » qu'il avait vu à l'œuvre. Et Elise avait beau lui affirmer qu'elle ne pouvait rien expliquer, il ne parvenait pas à se satisfaire de ses réponses évasives. Il avait parlé de magnétisme, l'avait interrogée sur ses antécédents médicaux, s'était efforcé de percer des « secrets ». Sans résultat. Pour un médecin supposé épris de rationalisme, il s'était montré ouvert à toute éventualité. Contrairement à nombre de ses confrères, il ne croyait pas en la toute-puissance de la science et laissait toujours entrouverte une petite porte sur l'inconnu et l'inexplicable.

Elise l'avait encouragé dans cette voie. Il avait parlé d'osmose, elle lui avait répondu sympathie. Il avait parlé de bonté, d'amour des autres, elle avait prononcé les mots « sentiments humains ». Si elle se savait généreuse par tempérament, elle n'avait jamais eu la moindre velléité de sainteté ou d'autre chose de ce genre. Ce « don », à condition que c'en fût un, lui était naturel, aussi naturel que l'air que l'on respire ou que l'eau qui étanche la soif. Elle ne s'était, à vrai dire, jamais posé de questions trop approfondies à son sujet. Utiliser un mécanisme ne nécessitait pas forcément d'en connaître le fonctionnement dans tous ses détails.

— Jocelyne vous fait confiance, une confiance quasi absolue, lui avait ainsi déclaré un jour Anselme Clouet. En tant que médecin, j'aimerais bénéficier d'une telle sympathie de la part de mes patients. Certains, j'en suis sûr, seraient plus faciles à soigner. Je crois que cette confiance est un élément essentiel du processus.

Elise avait aimé cette observation. La confiance, en effet, était la base de tout. Mais savait-elle seulement, pour ce qui la concernait, à qui se fier ? Depuis qu'elle était arrivée à Kervadec, elle avait perdu ses ultimes repères. Elle était demeurée confinée entre les murs du château, à part une brève excursion à Audierne. Et sans qu'elle ait rien voulu, rien cherché, les événements les plus dramatiques étaient venus jusqu'à elle, comme par un mystérieux phénomène d'aimantation.

Restait Jocelyne de Kervadec.

En quelques semaines seulement s'étaient tissées entre elles des relations de complicité qui embarrassaient Elise. Elle n'avait désormais pratiquement plus aucun contact avec les autres domestiques, cantonnées aux tâches ménagères et au service en salle. Mais cet exclusivisme dont faisait preuve la comtesse de Kervadec à son égard la mettait en porte-à-faux à l'égard de son mari comme du personnel du château. Sa nouvelle situation justifiait ainsi pleinement les accusations portées contre elle. Les pires ragots couraient à présent de Kervadec à Audierne et d'Audierne à Douarnenez. La comtesse de Kervadec glissait doucement vers la folie, mais sa dame de compagnie s'employait à l'y aider. Cupide, machiavélique, cette « Parisienne » dont on ne savait rien ne visait qu'à la conquête du mari et à la possession du domaine. Elle manœuvrait en coulisse avec une habileté consommée, n'hésitant pas à employer les moyens les moins orthodoxes pour parvenir à ses fins.

Le poids de cette réputation finissait, jour après jour, par écraser Elise. Son caractère bien trempé ne la mettait pas à l'abri de la souffrance ni de l'abattement. Elle n'avait jamais demandé qu'à passer inaperçue. Or, comme par une étrange ironie du sort, la vie la mettait toujours en situation de faire parler d'elle. Se voulant à la périphérie, un jour ou l'autre elle se retrouvait contre son gré au centre de situations et de vies qui lui étaient étrangères. C'était comme si l'existence lui renvoyait perpétuellement en miroir une partie essentielle de sa nature dont elle eût aimé se délivrer. Pourquoi attirait-elle ainsi la calomnie ? Pourquoi, dans une rue passante, l'aurait-on arrêtée quand des milliers d'autres auraient poursuivi leur route en toute quiétude ?

Il est des êtres qui attirent la chance comme

d'autres les tribulations, et Elise avait le sentiment de faire partie depuis toujours de la seconde catégorie. Sa face était « noire », repérable, comparable à celle de ces boucs émissaires séduisants et faciles dont la présence, sur les lieux d'un crime, dispense d'investigations plus poussées.

Ainsi, chaque fois qu'un visiteur demandait à voir Jocelyne de Kervadec, c'était vers elle que se tournaient les regards. La plupart des relations admises au château se contentaient à son endroit d'une parole fourbe, les autres au contraire se répandaient en flatteries qui, pensaient-ils, allaient leur attirer, par son intermédiaire, les bonnes grâces de la comtesse.

Même dans les salons parisiens où la morgue et l'ironie blessante tenaient lieu de conversations, Elise n'avait jamais vu se déployer de telles stratégies.

Lucien de Kervadec, de son côté, et contrairement à sa promesse, semblait peu pressé de mettre fin à ces attaques. Seul comptait le bien-être de sa femme. Qu'on accusât Elise de tous les maux le laissait indifférent.

A plusieurs reprises, Elise évoqua donc l'idée de quitter le château pour ne plus donner prise à ces racontars. Mais Jocelyne de Kervadec trouvait toujours le moyen de la rassurer et Elise, par compassion, continuait d'accepter son sort bien qu'elle se sentît prisonnière d'un rôle d'autant plus ingrat qu'on le lui enviait dès lors qu'on ne le lui reprochait pas.

Lucien, pourtant, lui avait renouvelé sa confiance et lui rendait même hommage en présence de sa femme, comme s'il cherchait à établir avec elle une sorte de relation acceptable par tous. Qu'elle se fût installée au château n'avait pourtant rien changé dans leurs rapports. Elise cantonnée dans son rôle de « dame de compagnie », Lucien dans celui de châtelain blasé mais attentif, les apparences étaient sauves. La franchise avec laquelle Elise lui avait parlé au moment de prendre ses fonctions n'avait servi à rien. Lucien de Kervadec n'avait pas fait un pas de plus pour exprimer ses sentiments ou son désintérêt. Un moment, elle l'avait cru différent de Jacques de Margonne, mais leurs attitudes étaient proches. Excepté que, sur Lucien, elle n'avait aucune prise : ni pour l'aimer ni pour le détester. Etait-il seulement capable d'aimer ou n'était-il qu'un « cœur en hiver », une sorte de séducteur froid et sans âme ?

Un jour, chez madame de Margonne, elle avait surpris une conversation entre le mari de celle-ci et un notaire de Marseille. Une phrase lui était restée en mémoire. Comme le notaire questionnait à mi-voix Jacques de Margonne sur ses relations avec une certaine jeune femme de son entourage, celui-ci avait répondu avec ironie :

— Mais enfin, cher ami, vous savez bien que

nos amours ne sont pas celles des petites gens !

Lucien de Kervadec possédait-il ce même esprit de caste ? Bien qu'elle fût tentée de répondre par la négative, il lui fallait bien s'avouer qu'elle n'en avait aucune certitude. Tout ce qu'elle savait, c'est que Lucien n'était pas, à ses yeux, un « fantasme de petite bonne ambitieuse ». Certaines – Elise en avait connu – avaient été assez habiles pour, au bout de quelques mois, quelques années d'intrigues, conclure d'avantageux mariages. Elle n'était pas de celles-là. Sa sincérité était à la fois sa force et son talon d'Achille. Elle ne savait pas tricher. Et les autres domestiques avaient sans doute fini par l'admettre, car autour d'elle tout n'était plus que mensonges et faux-semblants. Personne ne cherchait plus à l'affronter ouvertement. Louise Marek comme Noémie ou Marion se contentaient d'entretenir une sorte de rumeur sourde faite de jalousie et de jugements à l'emporte-pièce, qui minait l'atmosphère intime du château.

Fallait-il qu'une malédiction pesât sur son existence pour qu'elle ne parvînt jamais à mener une vie ordinaire et exempte de troubles ?

Elles devaient rire sous cape, imaginer des choses sales. Parce que l'amour ne pouvait qu'être sale à leurs yeux. Mais qu'en connaissaient-elles ? Sinon les bousculades de valets de ferme durant les moissons, les entreprises hâtives d'hommes tels que le gros René, ou les consolations solitaires du milieu de la nuit, avec de drôles d'images qui passaient par la tête et la culpabilité au fond du cœur.

Jocelyne de Kervadec, de son côté, était-elle dupe ? Elise s'attendait chaque jour à une explication houleuse, à des menaces, à un renvoi. Or rien de tout cela n'était venu. La comtesse, au contraire, lui manifestait une bienveillance de plus en plus marquée. Elle avait même continué de faire appel à elle lorsqu'elle traversait une nouvelle crise ou souffrait simplement de violentes migraines.

L'atmosphère de Kervadec n'en avait pas moins radicalement changé, et Elise avait conscience d'en être responsable. Le gros René avait eu raison de se méfier d'elle. Non contente d'être la dernière arrivée, non contente d'être une étrangère, elle avait semé le désordre au sein d'une petite société qui, jusque-là, vivait en bonne intelligence.

Tourmentée par ce constat accablant, elle avait bien essayé de s'en ouvrir à Louise Marek lorsque celle-ci acceptait de lui adresser la parole. Sans résultat.

— Tout cela ne me regarde pas, avait-elle dit. Mais Madame a déjà bien assez souffert, et vous n'êtes pas la seule à l'aimer.

Usant du vouvoiement, Louise avait ainsi tenu à marquer ses distances.

Dès lors, Elise avait compris qu'en cas de nécessité le désert se ferait autour d'elle.

23

Assis dans un fauteuil, les jambes étendues devant lui, un verre de cognac à la main, Lucien de Kervadec observait sa femme qui sortait lentement du sommeil. Elle s'était endormie près de la cheminée comme une femme âgée, percluse de rhumatismes, sa broderie sur les genoux. Elle n'avait que trente-huit ans, et cependant elle accusait dix années de plus. De plus en plus maigre, elle s'étiolait comme une fleur trop tôt épanouie se fût fanée avec la saison.

Depuis combien de temps n'avait-il pas posé les mains sur elle autrement que pour la réconforter ? Un an et demi, deux ans peut-être. S'il l'aimait toujours, il n'éprouvait plus aucun désir pour ce corps dont les formes, déjà peu affirmées, s'affaissaient chaque jour davantage, se recroquevillaient, se ratatinaient comme si elles suivaient le chemin inverse de leur développement naturel, retournant à l'état antérieur à la puberté, retournant à l'enfance, et même à une enfance maladive.

— Vous êtes là depuis longtemps ? demanda-t-elle en ouvrant les yeux.

— Assez pour constater que vous dormiez bien.

Jocelyne de Kervadec eut un sourire doux.

— Je me sens beaucoup mieux depuis qu'Elise est là. Vous avez remarqué... mes crises sont moins fréquentes, n'est-ce pas ?

Elle semblait chercher à s'en convaincre. Et cependant elle avait raison. Ses crises s'espaçaient. On était à la mi-décembre et, depuis trois semaines au moins, le docteur Clouet n'avait pas reparu à Kervadec. Elle ne prenait même plus ses médicaments. Elle mangeait un peu mieux qu'à l'ordinaire.

— A propos, où est-elle ? demanda Lucien.

— Je l'ai envoyée à Audierne acheter du fil pour mes broderies.

— Vous auriez pu envoyer Marion.

Jocelyne de Kervadec sourit à nouveau.

— Elle n'est pas sortie depuis des semaines. Je lui ai donné sa journée. Elle a besoin de se distraire. Vous devriez l'emmener faire une promenade à cheval de temps en temps, je suis sûre que cela vous ferait le plus grand bien à tous deux. Rester toute la journée auprès d'une vieille femme malade... vous conviendrez qu'il y a des occupations plus agréables.

— Vous n'êtes pas une vieille femme. Qui plus est, elle est payée pour cela !

— Ne soyez pas cynique. Et puis, si je ne suis pas une vieille femme, alors pourquoi déserter mon lit depuis si longtemps ?

La question cloua Lucien de Kervadec au pilori. Il avait tellement souhaité avoir une discussion franche avec sa femme sur ce sujet qu'il se trouvait soudain désarmé par tant de spontanéité. Etait-ce la maladie qui brisait peu à peu entre eux les résistances les plus tenaces ?

Quel que soit le plaisir qu'il avait à constater parfois cette évolution, cependant, elle venait trop tard. Son désir était retombé depuis longtemps, comme victime de la loi d'attraction terrestre. Lorsqu'elle se posait sur l'épaule ou le front de sa femme, sa main se faisait paternelle, consolatrice. Elle glissait, en aucun cas elle ne s'attardait. Non par peur que ce geste réveille en lui une émotion ou un sentiment, mais parce qu'elle ne rencontrait aucun obstacle sur sa route qui eût mérité un détour, une reconnaissance.

Il en souffrait. Il n'avait jamais voulu la tromper. Il avait rêvé d'une vie paisible, presque linéaire, d'une famille soudée, d'enfants, de messes du dimanche, de liens indéfectibles, d'unisson. Il avait rêvé de bonheur et de sagesse. Et au lieu de cela, c'était un désert qu'il traversait. Ni l'entretien du domaine, ni les affaires, ni les amitiés, ni les escapades en mer ou les voyages ne remplissaient ce vide abyssal qu'il ressentait.

Pourtant, Jocelyne lui vouait depuis toujours

la même tendresse. Elle lui pardonnait tout, comprenait tout, évitait les controverses inutiles, jugeant sans doute qu'elles étaient de peu d'importance au regard de l'amour qu'elle lui portait. Mais cela ne lui suffisait plus. Avec la conscience de l'échec lui étaient venus de nouveaux désirs. Au fond de lui, il avait encore besoin d'élans, de fièvre, de tourments. Après la mort de Marie, il avait eu une ou deux maîtresses à Nantes, mais il n'avait pas souhaité entrer dans cet engrenage d'une vie parallèle. La volupté, oui ; l'inconstance, non.

— Vous ne me répondez pas ? insista Jocelyne.

Lucien s'arracha avec peine à sa torpeur.

— Je vous ai répondu, et je vous interdis de penser que vous êtes vieille.

— Ne vous faites pas plus hypocrite que vous ne l'êtes. J'ai six ans de plus que vous, je suis malade et j'ai perdu beaucoup de poids. Je m'étiole. Lorsque vous m'avez connue, j'étais assez jolie, je crois. Mais à présent, quel homme pourrait désirer une femme telle que moi ?... Sans compter ces crises de démence qui auraient dû m'expédier depuis longtemps à Sainte-Anne.

Le mot parut électriser Kervadec. Démence !... Qui parlait de démence ? Il se refusait à cette éventualité, quels que soient les discours alarmistes du docteur Clouet. La vérité était que sa femme se laissait mourir, qu'elle avait lâché prise, et qu'elle seule pouvait stopper cette lente dégradation de tout son être.

— Eh bien, dites-le-moi, mon ami, quel homme voudrait de moi en l'état ? répéta la comtesse.

Lucien, agacé, se leva et s'approcha de la fenêtre, d'où l'on pouvait apercevoir le lavoir, au fond du parc, non loin de la rivière passant en contrebas du château. Noémie Legoulvic s'y tenait penchée, grand corps maigre et voûté sanglé dans sa robe noire et son tablier blanc. Les manches retroussées, elle battait du linge avec énergie. Le ciel était bas et gris, avec de petits nuages que le vent dispersait vers l'est. La pluie tomberait en soirée. L'automne avait passé comme un rêve. La dernière récolte de pommes de terre et d'artichauts avait eu lieu ; celles de blé, de seigle et de sarrasin avaient été engrangées. Bientôt, fermiers et métayers n'auraient plus que l'entretien des bœufs, des chevaux et des volailles pour seule occupation. Viendrait alors pour les femmes le temps du chanvre que l'on file au rouet, et pour les hommes celui des licous et des liens pour les gerbes. Viendraient aussi les soirées où, tout en écoutant les conteurs de village à la veillée, on ébogue les châtaignes avant de les manger bouillies et écrasées dans du lait doux.

Lucien de Kervadec ferma les yeux. Tout cela

évoquait pour lui des images d'enfance, des odeurs de pluie et de feuilles mortes, le crépitement du bois sec dans la cheminée. Et ces légendes de l'Ankou qui lui faisaient si peur que, la nuit, il revenait s'asseoir près de la cheminée pour voir mourir les dernières braises, luttant contre le sommeil de crainte d'être emporté par l'ange de la mort à travers la lande.

Que pouvait-il répondre ? La vérité était qu'aucun homme, en effet, n'était en mesure de désirer sa femme en cet instant. Et la vérité était qu'il ne pardonnait pas non plus à la vie d'avoir jeté sur leur couple cette ombre cruelle et injuste. La vérité était encore qu'il eût aimé lui tendre la main et la conduire par l'escalier jusqu'à la chambre, la déshabiller comme on déshabille une fille de joie et lui faire l'amour avec fougue. Mais la maladie avait rendu cette éventualité impossible. La maladie avait anéanti le meilleur de ce qui subsistait entre eux.

Bien qu'il lui tournât le dos, il savait qu'elle attendait toujours une réponse, un mot d'espoir qui, sans être entaché de mensonge, eût pansé quelques-unes de ses plaies. Mais ces plaies, elle y tenait également plus qu'à toute autre chose. Ses souffrances l'aidaient à se tenir droite face à la vie.

Ainsi ne parlait-elle jamais de Marie, elle ne prononçait même jamais son nom. Quelquefois, elle disait « elle », mais rarement. Et pourtant la petite morte était plus présente entre eux que si elle avait été vivante.

Il lui reprochait ce silence qui, à ses yeux à elle, passait pour une complicité alors qu'il n'était qu'une faille par laquelle le malheur continuait de sourdre dans leur vie.

Il finit par regagner son fauteuil. Puis, il alluma un cigare et se resservit un cognac. La fumée ne la dérangeait pas. Et c'est comme derrière un pare-feu qu'il trouva enfin le courage de dire :

— Je ne peux peut-être plus vous désirer, mais je peux toujours vous aimer.

24

Un ciel menaçant pesait sur Audierne lorsque Elise sortit de la mercerie-bonneterie. Jocelyne de Kervadec lui avait bien recommandé de s'en tenir à cette boutique située dans une petite rue perpendiculaire au port. On y trouvait, selon elle, du bien meilleur fil que partout ailleurs. Elle y avait un compte. Excepté que la mercière, une grosse femme partiellement atteinte de paralysie faciale, n'avait cessé de scruter Elise avec une curiosité malsaine.

Alors qu'elle s'apprêtait à partir, la femme lui avait demandé de saluer madame la comtesse de Kervadec ainsi que la Fileuse. Elise avait promis, puis comme la mercière la fixait toujours du même regard sournois, elle avait dit en sortant :

— Je ne suis pas contagieuse, vous savez...

Avait-elle seulement compris ?

Longuement, Elise marcha le long des quais bordés de vieilles maisons grises aux façades austères appuyées les unes contre les autres, heureuse d'être enfin seule pour quelques heures.

Martin Le Braz, lui, avait disparu chez sa « cousine » comme à l'accoutumée. Il ne l'avait d'ailleurs emmenée que parce qu'on le lui avait ordonné, précisant même qu'il l'attendrait pour la tombée du soir devant la gare de chemin de fer, mais « pas toute la nuit » !

De l'autre côté, sur la rive gauche du Goyen, s'étageait le village de pêcheurs de Poulgoazec avec ses conserveries de sardines. Elise poursuivit jusqu'à la jetée en granit qui se prolongeait jusqu'au sémaphore de la pointe Raoulic et d'où l'on pouvait admirer toute la baie d'Audierne.

Un escalier menait à la plage que Noémie et Marion lui avaient fait découvrir lors de son premier dimanche de liberté.

Pendant une heure et demie au moins, Elise marcha dans le sable mouillé, longeant les petites cabines de bain qui se succédaient tout au long de la plage. Les touristes, qui, l'été, commençaient d'affluer, les louaient pour s'y changer avant d'aller prendre des bains de mer réputés fortifiants pour les tempéraments lymphatiques.

Devant elle, la mer était grise et houleuse sous les rafales de noroît, et les mouettes tournoyaient en piaillant au-dessus des bancs d'écume. Le froid était vif, mais en mer il devait mordre.

Au loin, on distinguait quelques voiles brunes que la mer, par intermittence, semblait engloutir avant de les recracher dans des gerbes d'embruns.

Bientôt, une pluie lourde et horizontale se mit à tomber. N'ayant emporté qu'un châle, Elise se retrouva rapidement trempée et dut rebrousser chemin pour se mettre à l'abri d'une cabine en attendant une accalmie. Puis, désespérant de voir cesser l'averse, elle regagna la jetée.

La pluie redoublait. Sur la jetée, quelques passants se dépêchaient. En la voyant dégoulinante de pluie, telle une noyée qu'on eût tirée hors de l'eau, certains hommes lui jetèrent un regard équivoque.

Aussi, transie de froid, finit-elle par se précipiter en direction de la gare. Au moins pourrait-elle s'y abriter en attendant le retour de Martin Le Braz.

A l'intérieur de la gare, il n'y avait quasiment personne. A l'exception d'un permissionnaire et d'un petit moustachu coiffé d'une casquette qui la lorgnait derrière son guichet en lui lançant des œillades. Le halètement d'une locomotive se fit entendre. Un train redémarrait en direction de Douarnenez.

— Vous allez attraper la mort, dit soudain une voix.

Elise se retourna en direction du quai. Un sac à la main, Pierre Loustal s'avançait vers elle, un large sourire aux lèvres. La démarche assurée, il lui parut encore plus athlétique que dans son souvenir. Il avait une pipe d'écume vissée entre les dents. Il la fourra dans une poche de son sac.

— M'est avis que vous devriez venir boire quelque chose avant d'attraper un chaud et froid.

Et sans attendre de réponse, il ôta sa vareuse et la jeta sur les épaules d'Elise.

Elise lui sourit enfin et accepta l'invitation, heureuse de cette rencontre inopinée. Une femme seule dans un café, cela faisait « mauvais genre », comme on disait par ici.

— Vous m'attendiez, n'est-ce pas, dit Loustal avec gaieté. Je reviens de Quimper. Il y fait le même temps de cabot.

Il l'entraîna vers la Maison du Bateau, et Elise se dit que rien ne semblait pouvoir résister à une telle force en mouvement. Elle peina d'ailleurs à le suivre et c'est presque accrochée à son bras qu'elle fit son entrée dans le repaire des sardiniers d'Audierne.

Le café était à peu près désert. Par chance, un feu avait été allumé dans la cheminée. Elise s'y sécha à la flamme tandis que Loustal commandait du vin chaud.

Le vin, un peu aigre, finit par la réchauffer.

— Je pensais que nous nous reverrions plus tôt, dit Loustal.

— J'ai été très occupée ces temps-ci.

Le sardinier avoua qu'il était au courant par sa cousine, Noémie. Sans donner plus de détails.

A la seule évocation de Noémie, le visage d'Elise se renfrogna.

— J'avais oublié qu'elle était votre cousine en effet, observa-t-elle.

— Vous ne l'aimez pas, n'est-ce pas ? dit le patron pêcheur.

— Pas plus qu'elle ne m'aime, et le mot est faible. D'ailleurs, j'aimerais bien savoir pourquoi.

Loustal haussa les épaules.

— Rivalité féminine... C'était la confidente de la Kervadec avant que vous n'arriviez, vous lui avez pris sa place. Elle vous en veut, c'est un peu normal.

Le sardinier expliqua ainsi que Jocelyne de Kervadec avait recueilli la Fileuse au château alors que celle-ci était « sans le sou », et que Noémie Legoulvic lui en était reconnaissante. La comtesse l'avait prise sous son aile, et de là une amitié était née, chacune restant bien sûr à la place qui était la sienne. L'arrivée d'Elise avait tout changé, et Noémie avait réagi comme un amoureux jaloux et éconduit.

— Dans ce cas, pourquoi ne pas être venue m'en parler, je n'ai jamais cherché à prendre la place de personne. D'ailleurs, je ne voulais pas de cet emploi. J'ai même offert à Madame de partir...

Pierre Loustal l'ignorait. Il ne chercha pas à prendre parti pour ou contre la Fileuse mais plutôt à comprendre la situation, à évaluer sa sincérité, et Elise lui sut gré de l'écouter sans formuler de jugements hâtifs.

— Cette rivalité n'explique pas tout, renchérit-elle. Votre cousine est aussi l'amie de René Kémeneur.

— Le gros René ?

Le nom de Kémeneur laissait visiblement Loustal indifférent. Mais lorsque Elise évoqua la tentative de viol, le sardinier eut l'air sincèrement abasourdi. Noémie ne lui avait parlé de rien. Il savait seulement que le gros René avait été renvoyé du château, et qu'Elise était jugée responsable de ce départ par l'ensemble des domestiques. Rien de plus.

Quand Elise prononça le nom de Lucien en revanche, le visage du sardinier se rétracta et une expression de colère froide affleura sur ses traits burinés.

— Kervadec n'est qu'un fieffé salaud. Il a collé la p'tite Leguenec enceinte, et après il a fait porter le chapeau au gros René. Je sais bien que le Kémeneur, c'est pas un ange. La preuve, c'est que j'ai refusé de l'embarquer à une époque. Il fichait la pagaille entre les gars. Et puis, il buvait trop. Mais il l'a bien servi, le Kervadec.

— Kémeneur la violait.

Cette fois encore, Loustal parut tomber des nues.

— Marie ?

— Elle en est morte !

Le mot résonna désagréablement au milieu des crépitements joyeux de la cheminée. Un marin au visage grêlé se tourna légèrement dans leur direction.

— Ça, c'est la version officielle, répondit Loustal. Pour ce qu'on en sait, c'est plutôt Kervadec qui l'aurait rendue grosse.

Elise se garda bien d'approuver ou de démentir.

— J'ai lu le journal que tenait Marie Leguenec, je sais seulement quel calvaire elle a subi. Kémeneur la tenait par la peur. Elle le haïssait, mais elle n'osait pas parler. D'ailleurs, il a essayé avec toutes les filles. Moi, j'étais simplement la dernière arrivée.

Loustal secoua la tête, et émit un rire trop fluet pour sa carrure de portefaix.

— Un journal ?... Impossible, Marie ne savait même pas lire.

Les certitudes de Loustal commençaient à exaspérer Elise. Pourquoi défendait-il le gros René ? Quel intérêt y trouvait-il, si ce n'est celui de mettre Noémie hors de cause ?

— René n'a été qu'un cochon payant, ajouta le sardinier. Je ne dis pas qu'il n'a pas couché avec Marie, mais Kervadec s'est servi de lui pour se laver les mains de toute cette sale histoire. C'est lui qui a exigé de coucher avec Marie la veille de la naissance du gamin. C'est lui qui l'a brutalisée au point que l'enfant est venu plus tôt qu'à son heure.

Elise ne parvenait pas à y croire. Elle avait l'impression d'entendre René Kémeneur ou la Fileuse. Lucien de Kervadec brutaliser Marie Leguenec… Elle n'imaginait même pas la scène.

— D'ailleurs, s'il se sentait si bien dans sa peau, le Kervadec, poursuivit Loustal, pourquoi aurait-il fait venir un curé d'une autre paroisse pour baptiser le gamin, et pourquoi qu'il l'aurait fait mettre au caveau familial, sans nom ni rien sur la tombe…

— C'est Kémeneur qui l'a tuée, insista Elise.

Loustal se renversa en arrière et ressortit sa pipe en écume de son sac de toile.

— On ne tue pas une femme parce qu'on couche avec, laissa-t-il tomber en rallumant sa pipe.

Elise eut un haut-le-corps devant le cynisme du marin. C'était plus qu'elle n'en pouvait supporter. Tout cela devenait sordide. Le visage de Lucien traversa son esprit, puis des images de sang, celle de Marie berçant son enfant mort dans ses bras, celle de la chouette enclouée sur la porte de sa chambre. Du sang, encore du sang.

Sans un mot, elle se leva, traversa la salle en heurtant quelques chaises au passage et quitta le café. De toute façon, il était l'heure pour elle de regagner la gare. Martin devait déjà s'y trouver et il serait trop content de l'abandonner à Audierne si, par malheur, elle arrivait en retard.

— Elise, attendez !

Le pêcheur eut tôt fait de la rattraper sous le porche où Elise s'était abritée, le temps de rajuster son châle. Des larmes s'amassaient sous ses paupières.

Loustal avait l'air désemparé. Il l'attira à lui de toutes ses forces, mais sans brutalité.

— Je suis désolé, je ne voulais pas vous blesser, bredouilla-t-il, je... je n'ai fait que vous raconter ce que je sais... Je vous l'ai dit, je ne suis pas l'ami de Kémeneur... Je sais aussi tout ce qu'on raconte sur vous, et je sais que ce ne sont que des mensonges.

Elise leva les yeux vers lui. Le sardinier semblait sincèrement bouleversé. Il respirait rapidement et son souffle caressait le haut de son visage. Elle sentit les battements de son cœur s'accélérer.

— Elise, je ne sais pas bien comment vous dire... Je crois que...

Il n'eut pas le temps d'achever sa phrase. Elise s'était haussée sur la pointe des pieds pour plaquer ses lèvres contre les siennes. Il la serra dans ses bras. Il sentait le sel et le vin chaud. Elle sentait le chèvrefeuille. La mer rencontrant la terre.

Quand elle s'écarta de lui, son visage rayonnait comme celui d'un enfant ébloui.

Il l'embrassa à nouveau avec fougue. Elle se

laissa faire. Ses grandes mains posées sur ses hanches auraient presque pu faire le tour de sa taille.

— Elise, souffla-t-il.

— Il faut que je parte, dit-elle. Martin doit m'attendre.

— Encore une minute.

Il la tenait serrée contre lui comme on s'accroche à une bouée, oscillant avec elle au gré des marées, épousant ses mouvements.

Enfin, elle s'arracha à son étreinte. Son cœur battait si fort qu'il la forçait à respirer plus vite et ses jambes lui parurent prêtes à se dérober sous elle lorsqu'elle se mit à courir en direction de la gare.

Le Braz était déjà là, flattant l'encolure du cheval et pestant contre le temps.

— T'es en retard, dit-il laconiquement. Un peu plus, et j'rentrais seul au château. La nuit arrive, et on risque d'en être quittes pour une bonne saucée. Tiens, v'là une couverture...

Elise grimpa à l'arrière de la voiture. Au loin, derrière le rideau de pluie, la haute silhouette de Pierre Loustal se découpait sur le ciel noir. Elle lui adressa un signe, mais le sardinier ne répondit pas, les mains enfoncées dans les poches de sa vareuse, planté sur le quai comme un amer sur la côte.

25

— Qu'est-ce que vous faites là ?

Surpris, Lucien de Kervadec fit volte-face. Devant lui, Elise, les cheveux dégoulinants de pluie, attendait visiblement une explication à sa présence dans sa chambre.

Il n'en avait aucune à donner. Il avait profité de son absence et du sommeil de sa femme pour s'introduire dans son intimité. La valise de la jeune femme était d'ailleurs grande ouverte sur le lit et, quand elle l'avait interrompu, il était en train d'en inspecter le contenu, après avoir, de toute évidence, fouillé l'armoire de fond en comble.

Il avait l'air si désemparé qu'Elise eut presque pitié de lui.

— Vous cherchez quoi exactement ? Dites-le-moi, je pourrai peut-être vous aider.

Lucien ne disait rien, frappé de mutisme. Il la regardait fixement, comme un enfant surpris à chaparder des confitures et qui cherche désespérément une excuse à la coupable banalité de son geste.

Elise s'avança. Sans plus lui prêter attention, elle ôta son châle et, par défi, secoua ses cheveux dans le vide. Des gouttelettes d'eau aspergèrent le lit et les tapis. Elle alla chercher une serviette dans la salle de bains et se frotta vigoureusement la tête pour se sécher.

— Un cahier, dit-elle, est-ce que je me trompe ? C'est le journal de Marie Leguenec que vous cherchez, n'est-ce pas ?

Elle le défiait. Lucien gardait toujours le silence.

— Je crois que le mieux serait que vous sortiez de ma chambre, je ne voudrais pas que votre femme croie que…

— Elle est au courant.

Elise arrêta de frotter ses cheveux et leva vers lui un regard rempli de stupeur.

— Elle est au courant pour Marie, précisa-t-il.

Il y eut un silence consterné. Puis, Elise se laissa tomber sur le lit, et, bras ballants entre les jambes, attendit que lui vînt une question, une repartie, un reproche. Mais rien ne se présentait à son esprit. L'aveu de Lucien de Kervadec avait subitement désarmé sa colère.

Ce fut Lucien qui brisa le silence :

— Vous l'avez trouvé, n'est-ce pas ?

Elise approuva d'un hochement de tête.

— Je ne comprends pas, poursuivit Lucien, je

l'avais emporté après sa mort, comment a-t-il pu se retrouver entre vos mains ?

Silence.

— Vous avez tout lu ?

— Presque.

Le « presque » ne lui apporta aucun soulagement.

— Marie m'aimait, dit Lucien de Kervadec, et je l'aimais. Ma femme était au courant. Mais j'ignorais que Kémeneur la persécutait, elle ne m'a rien dit, elle avait honte, elle s'imaginait sans doute que je me détacherais d'elle si je l'apprenais, ou que je la renverrais. J'ai tout découvert après sa mort.

— Pourquoi n'avoir rien fait contre Kémeneur alors ?

Lucien avait baissé la tête. Ses traits frémissaient de honte et ses paroles signèrent sa défaite.

— J'aurais voulu le tuer. Mais j'ai préféré le garder au château. Je n'avais pas envie qu'il aille raconter partout des... saloperies sur ma femme et sur moi. Et puis...

Le mot « saloperies » fit à Elise l'effet d'une décharge électrique. Lucien cherchait à s'en tirer à bon compte en se retranchant derrière sa réputation, celle de sa femme, la bienséance, la crainte des ragots. Oubliait-il la petite morte et son enfant ?

— Et puis ?

— J'ai acheté son silence, avoua Lucien, vous ne savez pas à quel point les gens d'ici peuvent vous juger, surtout quand vous portez un nom comme le mien. Alors, j'ai payé, mais il est revenu à la charge. Quand je l'ai surpris avec vous dans les écuries, j'ai réalisé qu'il était capable de recommencer, et j'ai fait ce que j'aurais dû faire il y a bien longtemps. Qu'il aille vomir son venin tout son saoul si ça lui chante, je m'en moque. Il y a un moment où la souffrance est plus forte que tout, et la mienne est enfouie depuis bien trop longtemps.

Il paraissait sincère. Comment le soupçonner d'ailleurs de violence à l'égard de Marie quand elle-même avait dû faire face de façon si évidente à celle de René Kémeneur ?

Elle n'avait pas envie d'en apprendre davantage à présent. Mais les paroles de Pierre Loustal lui revinrent en mémoire au moment où elle allait le prier à nouveau de sortir.

— Est-il vrai, demanda-t-elle, que l'enfant de Marie est enterré dans votre caveau familial ?

Lucien accusa le coup.

— C'était mon enfant, bredouilla-t-il… j'en suis sûr. Elle était déjà enceinte quand René l'a violée pour la première fois. C'était mon enfant…

— C'était le vôtre, rectifia Elise.

— Il est dans un cercueil, dans une niche au-dessus de celle où repose ma mère.

— Un cercueil anonyme ?

— Nous avions décidé de l'appeler François.

— Et votre femme ?

— Elle aussi aimait Marie, elle ne pourra malheureusement jamais avoir d'enfants, vous comprenez. Elle l'aurait élevé comme le sien, il aurait hérité de tout. Le malheur est que mon petit garçon n'ait pas survécu. Et tout cela à cause des violences de cette ordure de Kémeneur !

Elise était abasourdie. Lucien de Kervadec ne parlait de l'enfant que comme d'un héritier potentiel et non comme d'un être à part entière, comme de l'objet d'un marchandage. Il en oubliait Marie, séparant ce qui ne faisait qu'un.

— Et cet enfant, dit Elise, vous l'auriez acheté je suppose avant de renvoyer sa mère. L'argent contre le fruit du péché, c'était ça le prix à payer ?

— Vous ne comprenez pas, s'emporta Lucien. Vous ne comprenez rien. Marie était trop jeune. Ma femme et moi l'aurions gardée avec nous, elle aurait fait partie de la famille, elle aurait pu voir son fils tous les jours.

— Mais c'est vous qui auriez décidé de son destin… Et à lui, qu'auriez-vous raconté plus tard ?

Lucien se rencogna à nouveau dans le silence. Y avait-il seulement songé ?

Une telle attitude, aux yeux d'Elise, frisait

l'inconscience, voire la stupidité. Surtout, ce qu'elle révélait d'égoïsme monstrueux ne l'inclinait pas à l'indulgence. Lucien et sa femme avaient pris des décisions sans en référer à Marie, sans faire aucun cas de l'équilibre futur de son enfant. D'ailleurs, Lucien parlait de « son » petit garçon. Il accaparait son existence et jusqu'à son identité. Un Kervadec : voilà tout ce que l'enfant pouvait être et incarner plus tard.

Mais Lucien semblait n'en avoir pas conscience. Il n'était pas très difficile de voir qu'il s'estimait parfaitement sincère et dans son droit légitime. Il n'avait cherché en réalité qu'à satisfaire le désir de maternité de sa femme en projetant de mettre Marie et son fils à l'abri du besoin. Lui-même aurait un héritier. Il n'agirait finalement que dans l'intérêt de tous. Il serait un bienfaiteur et non un manipulateur.

Ses yeux se perdaient d'ailleurs dans le vague, comme s'il en avait assez de se justifier. Il referma la valise d'un geste négligent, et enfonça les mains dans les poches de son pantalon pour se donner une contenance plus assurée.

— Cela n'explique pas la présence du journal dans sa chambre, reprit-il à voix basse.

— C'est moi qui l'y ai remis, dit la voix de Jocelyne de Kervadec.

Une main appuyée au chambranle, celle-ci se tenait sur le seuil de la chambre. Elise se leva d'un bond en la voyant chanceler. Elle l'aida à s'asseoir dans un fauteuil et resta à ses côtés pour lui tenir la main. La comtesse était plus pâle qu'une morte. Ses lèvres étaient blanches et sa peau presque translucide exsudait une sueur aux relents aigres.

Quelques instants plus tard, le sang recommença peu à peu à affluer à ses joues.

— C'est moi qui l'y ai mis, répéta-t-elle.

Lucien semblait hésiter entre la stupeur et la colère.

— Vous ?... Mais...

— Je tenais à ce qu'elle sache, coupa Jocelyne de Kervadec.

Puis, après un silence :

— J'ai tout de suite compris que vous n'étiez pas comme les autres, Elise... d'Engremont. Ou devrais-je dire Elise Jouvet, ou encore Elise Malestroit... En réalité, il n'y a que votre prénom qui semble vous appartenir.

Elise avait blêmi. Elle s'élança aussitôt vers la salle de bains où elle avait dissimulé le journal de Marie ainsi que ses papiers d'identité. Ils n'y étaient plus.

Lorsqu'elle reparut devant Lucien et Jocelyne de Kervadec, celle-ci tenait les documents.

— Ne vous inquiétez pas... Tenez, reprenez-les !

Elle lui tendit les papiers, mais pas le cahier où Marie avait rédigé son journal.

Elise s'empara des documents et les serra

contre elle. Son cœur s'affolait dans sa poitrine étreinte par l'angoisse.

Les yeux battus de Jocelyne de Kervadec continuaient de l'observer avec une sorte de pitié exaspérante, et Elise désespérait d'y déceler le moindre reproche. Que cherchait-elle ? Une telle mansuétude ne pouvait pas être sans arrière-pensée.

— Vous voulez connaître les secrets de Kervadec, murmura-t-elle, mais quels sont les vôtres ? Que cherchez-vous à fuir ? Ou qui ?

Elise crut trouver une échappatoire.

— Si vous avez quelque chose à me reprocher, si j'ai mal fait mon travail...

— Il ne s'agit pas de cela. Mais j'ai fini par prendre mes renseignements. Les adresses de vos anciens employeurs étaient exactes, mais madame Rimberger à Colmar a engagé une certaine Elise Malestroit, madame Denisot à Limoges une Elise Husson, madame de Margonne une Elise Douteville... Et moi, Elise Jouvet. Quant à vos papiers, d'autres sont établis au nom d'une certaine Elise d'Engremont. Alors qui êtes-vous ?

Elise pinça les lèvres.

— Quelle importance cela a-t-il à présent ? Vous allez me renvoyer de toute façon.

— Je n'ai pas l'intention de vous renvoyer. Je cherche seulement à comprendre. J'ai ce terrible défaut : comprendre à tout prix...

Elise s'évertuait à trouver une réponse plausible, une réponse qui couperait court à toute explication ultérieure. Mais Jocelyne de Kervadec orienta tout à coup la discussion dans une direction inattendue.

— Avez-vous déjà eu des enfants, Elise ?

— Je crois avoir déjà répondu à cette question, Madame.

— Aussi sincèrement que sur votre identité ?

— Je n'ai jamais eu d'enfants.

— Vous désireriez en avoir un ?

Elise eut un haut-le-corps et fit semblant de ne pas comprendre la question.

— Vous ne répondez pas…

— Ne me dites pas que…

— Je ne crois pas que vous ayez compris ma question.

Elle ne comprenait que trop bien au contraire. Un marchandage, voilà ce qu'on lui proposait. Un enfant, un ménage à trois. Réussir là où Marie Leguenec avait « échoué ».

— Seriez-vous en train de me demander… ?

La comtesse se tourna vers son mari.

— Lucien, pourriez-vous nous laisser quelques instants.

Celui-ci, obéissant, sortit sur-le-champ. Au passage, il adressa à Elise un regard déconcertant, qu'elle ne sut comment interpréter. Puis il referma la porte derrière lui, et Elise entendit son pas décroître dans l'escalier.

— J'aime mon mari, reprit Jocelyne de Kervadec. Je l'ai toujours aimé. C'est pour cela que j'ai fermé les yeux sur son aventure avec Marie. Mais, lorsqu'elle s'est retrouvée enceinte, il s'est présenté une opportunité que je ne pouvais pas laisser passer. L'idée est venue de moi, pas de Lucien. Il voulait simplement assumer sa paternité et établir Marie avec son enfant à Nantes, loin de Kervadec. C'est moi qui l'ai convaincu. Il n'a cédé que pour me faire plaisir, je le sais. Je suis entièrement responsable.

Cet aveu n'émut guère Elise. Elle repensa à son premier entretien avec la comtesse. A sa rigueur, à ses menaces au cas où elle se retrouverait enceinte, à ses principes religieux ostensiblement affichés, à la messe à laquelle il était obligatoire d'assister, aux règles morales à observer, à l'alcoolisme des campagnes. Comme on en était loin aujourd'hui !

— Un enfant n'est pas un jouet, dit Elise.

— Vous ne pouvez pas savoir quelle souffrance c'est de ne pas en avoir…

— Je peux l'imaginer.

— Oh non, vous ne le pouvez pas. J'ai essayé tous les traitements. Sans résultat. Et puis, il y a trois ans, j'ai eu un vague espoir. Mais, au bout de quatre mois, j'ai fait une fausse couche. J'ai fait une hémorragie telle que les médecins m'ont déconseillé de renouveler mes tentatives pour devenir mère. C'est à partir de ce moment-là que mes crises ont commencé.

— Ce n'est pas une raison.

— C'est la meilleure des raisons au contraire. Je ne peux donner la vie, je suis comme un arbre dont les fruits ne contiennent que des graines stériles tombant dans une terre aride.

— Bien des femmes doivent faire face à cette épreuve.

— Mais pas moi ! Pas tant que je n'aurai pas tout essayé avant de mourir.

Il y avait tant d'orgueil dans sa voix qu'Elise eut peine à se maîtriser.

— Je ne peux rien faire, confirma-t-elle, je suis désolée.

— Vous le pouvez. Vous pourriez même épouser Lucien après ma mort. Un remariage ! Ainsi n'y aurait-il ni déshonneur ni danger pour vous et votre enfant.

— Votre mort... un remariage... Mais...

Plus Elise observait Jocelyne de Kervadec, plus elle découvrait de fièvre maligne dans ses yeux. Quand ce projet avait-il germé dans son esprit malade ? Dès son arrivée ? Lorsqu'elle avait surpris les premiers regards troubles échangés avec Lucien ?

Anéantie, Elise n'écoutait plus le discours dans lequel s'était lancée la comtesse pour justifier son incroyable proposition. Elle parlait maintenant d'argent, d'avenir, d'éducation. Elle acceptait même de ne rien savoir de son passé, de ses véritables origines, de ses secrets. Elle ne lui demandait qu'un simple « service », un geste d'humanité. Elle la suppliait. Elle se rabaissait. Ayant abandonné tout amour-propre, elle ressemblait à une pietà agenouillée devant le Christ et prête à laver ses pieds avec de l'eau parfumée, à les essuyer avec ses cheveux, à les baiser de ses lèvres.

Mais lorsque vinrent les larmes, c'en fut trop. Elise sentit tout son être se raidir dans un refus viscéral.

— Je vous demande de sortir à présent, madame de Kervadec, dit-elle d'une voix blanche. Je ne vous demande pas votre autorisation, mais je partirai dès demain matin. Si vous ne vouliez pas me payer mes derniers gages, sachez que je ne vous en voudrais pas.

La comtesse s'était levée avec peine. Elise crut qu'elle allait avoir un malaise ou simuler une crise. Mais elle n'en fit rien. Elle se contenta de quitter la chambre en murmurant :

— Dieu n'a pas voulu... Dieu a donné, Dieu a repris.

26

Elise n'avait pas eu beaucoup de mal à convaincre Martin Le Braz de la conduire à la gare. Trop heureux de la voir quitter le château, il s'était même montré empressé à l'aider. Il était déjà sur le pied de guerre à six heures et demie du matin. Elle prendrait le premier train, et se rendrait à Paris, où elle savait pouvoir se faire héberger par une amie le temps de retrouver un emploi. Ce n'était pas le travail qui manquait, et le travail était une consolation à tout.

Tout en se laissant bercer par les cahotements de la voiture, elle repensait aux derniers mots de Jocelyne de Kervadec. Pourquoi fallait-il que la plupart des gens mêlent Dieu ou une quelconque entité supérieure à leurs petites vilenies ? Comment pouvaient-ils seulement imaginer qu'une puissance de cette nature se soucie un seul instant de leurs misérables petits commerces, de leurs mesquineries, de leurs secrets d'alcôve ?...

La vie se suffisait à elle-même. La comtesse invoquait Dieu par impuissance, mais sa prière n'était au fond qu'un artifice habile destiné à la disculper et à vaincre son désarroi.

Elise l'imaginait agenouillée sur son prie-Dieu dans la chapelle familiale ou en l'église d'Audierne. Courbée, humble, et priant pour qu'une autre lui donne cet enfant qu'elle ne pouvait obtenir de la nature. Priant sans savoir si ce désir entrait dans le plan tracé par son Dieu, sans se soucier réellement du sort de ceux qu'elle allait entraîner dans cette mésaventure.

La religion, une fois de plus, ne faisait que servir de prétexte à une accumulation d'hypocrisies et de petites lâchetés.

La voiture atteignait l'entrée d'Audierne lorsque la pluie se mit à tomber, accompagnée de quelques flocons de neige. Au fond de la voiture, Elise, grelottante, pensa soudain qu'elle n'avait oublié qu'un objet dans sa chambre : la petite croix en bois. Un oubli symbolique dont elle se réjouit presque à la pensée que Jocelyne de Kervadec le découvrirait certainement et le jugerait elle aussi significatif. Oublier un crucifix ! Quel plus bel acte de rébellion contre Dieu pouvait-on commettre !...

— On va bientôt arriver, dit Martin Le Braz qui se signa en passant devant un calvaire.

Elise se pencha pour apercevoir la forêt de mâts qui oscillait doucement sous un ciel de cendre dans le petit port d'Audierne. Le vent d'ouest, glacial, faisait se dandiner les bateaux au mouillage, comme s'ils avaient hâte de reprendre la mer.

Au même moment, une automobile impatiente les doubla dans un concert d'avertisseur. Elle les dépassa à vive allure, puis s'immobilisa en travers de la route, effrayant les chevaux qui tiraient la voiture et qui commencèrent de se cabrer dangereusement.

Martin Le Braz parvint malgré tout à les maîtriser et à les tenir sous le joug.

Un homme avait jailli hors de l'automobile et se dirigeait vers eux à grandes enjambées. Lucien de Kervadec !

Il respirait avec difficulté, tête nue, ses lunettes de protection juchées sur le haut du crâne.

Cette fois, c'était lui qui dégoulinait de pluie. Ses joues étaient rouges de froid. Il s'accrocha à la portière.

— Elise, je vous en prie, la supplia-t-il d'une voix forte, revenez avec moi au château... Ma femme... elle a fait une nouvelle crise. Elle a voulu se jeter dans les escaliers cette fois. Elle est devenue folle. Même Noémie ne parvient pas à la raisonner. Je n'arrive pas non plus à joindre Clouet. Vous êtes la seule qui puissiez faire quelque chose pour elle, la seule qu'elle écoutera.

Il parlait sans reprendre son souffle. Les mâchoires d'Elise se crispèrent douloureusement, et elle mit toute son énergie à feindre l'indifférence devant ce chantage éhonté.

— Je n'y peux rien, Monsieur. Votre femme est atteinte d'un mal incurable et je ne suis pas médecin. Le docteur Clouet a raison, sans doute lui faudrait-il consulter un spécialiste.

— Vous avez fait mieux et plus qu'un médecin, elle a confiance en vous, vous pouvez la ramener à la raison. Je vous donnerai ce que vous voulez. De l'argent, la liberté...

Il ne savait plus quel argument employer. Il était prêt à prononcer des paroles qu'il regretterait sans doute plus tard, et son obstination à la convaincre avait quelque chose de pathétique et de pitoyable à la fois.

— On ne donne pas la liberté, on la prend, dit Elise.

— Elise...

— Personne ne peut la ramener à la raison. Elle est toute « brouillée », comme vous dites par ici...

Elle avait énoncé cela sans cruauté mais avec la certitude d'avoir déjà fait l'impossible. Elle n'était ni guérisseuse ni pythonisse. Toute autre que Jocelyne de Kervadec, après un bref séjour à l'hôpital et sans doute à tort, eût déjà été placée dans une maison de repos, voire même confiée à un asile.

— Je ne peux rien, répéta Elise. Laissez-moi partir à présent, je vais rater mon train.

— Je m'en fous, vous entendez !

— Alors, je terminerai le chemin à pied. Allez-vous m'en empêcher ?

Il allait renoncer, de guerre lasse, quand, plantant ses yeux gris dans les siens, il se livra à un ultime assaut.

— Vous me jugez sévèrement, n'est-ce pas ? Vous me jugez pour avoir aimé, pour avoir voulu un enfant, pour avoir souhaité le bonheur de ma femme, pour avoir voulu être heureux en somme. Mais vous !... Que cherchez-vous ? Votre inaptitude au bonheur ne vous donne pas tous les droits, encore moins celui de juger ceux qui cherchent à être heureux, quoi qu'il leur en coûte. Vous voudriez bien être heureuse, mais vous n'êtes pas prête à payer le prix. Vous demandez un bonheur au rabais... Un bonheur acheté à la Samaritaine !

— Le prix que vous me demandez est trop élevé.

— Le prix de l'amour.

— Celui de l'égoïsme.

Abattu, Lucien de Kervadec hocha la tête avec componction et resta là encore à attendre sous la pluie, le regard rivé au sol.

— Vous avez sans doute raison...

A pas lents, il s'éloigna en direction de son auto tandis qu'Elise, un poing au creux de l'estomac, écoutait se prolonger en elle l'écho de ses paroles sur son « inaptitude au bonheur ». Se pouvait-il qu'il eût raison ? Etait-il possible qu'à force de se concentrer sur ses souffrances elle en ait oublié à ce point celles des autres ?

Lucien de Kervadec remontait dans sa De Dion-Bouton et manœuvrait au beau milieu de la route pour repartir vers le château.

Mue par une impulsion irrésistible, Elise sauta alors de la voiture et se mit à courir au-devant de l'automobile qui fonçait droit sur elle.

Lucien de Kervadec freina de justesse pour ne pas la renverser.

Lorsqu'elle entra dans la chambre une demi-heure plus tard, des débris de verre jonchaient le sol et la literie était sens dessus dessous. Un tableau du dix-huitième siècle représentant une ancêtre des Kervadec gisait au pied de la fenêtre, crevé en son milieu. Mais c'était surtout le spectacle qu'offrait Jocelyne de Kervadec qui bouleversa Elise. Les cheveux en désordre, les yeux hagards, la bouche entrouverte sur une sorte de rictus, elle avait la poitrine entièrement dénudée et, telle une amazone devenue folle, arpentait la pièce sans pouvoir juguler ses accès de fureur non plus que les cris qui s'étranglaient dans sa gorge.

Debout à quelques mètres d'elle, Elise ne bougeait pas. Elle se contentait de l'observer, essayant de capter son regard pour susciter chez elle une réaction nerveuse ou un apaisement.

— Calmez-vous, Madame, dit-elle enfin, je suis là... Je suis revenue. C'est moi... Elise Jouvet.

— Vous ne vous appelez pas Elise Jouvet, murmura la comtesse. Vous ne vous appelez pas... Quel est votre nom, déjà ?

Elise commença de s'approcher en évitant toute brusquerie. Jocelyne de Kervadec se tenait maintenant les bras le long du corps, comme statufiée. Elle ne criait ni ne gesticulait plus. Comme si toute l'énergie destructrice qui l'avait animée précédemment avait subitement quitté son corps, laissant derrière elle un pantin désarticulé et inoffensif.

Elise la prit par le bras, lui fit exécuter un demi-tour sur elle-même et l'aida à se recoucher.

— Vous allez dormir à présent... simplement dormir...

La comtesse ferma les yeux et sur ses lèvres se mit à flotter un pâle sourire de contentement, semblable à celui d'un nouveau-né dont on se demande à qui s'adressent ses mimiques.

— Du magnétisme, dit alors une voix derrière Elise... ou de l'hypnotisme. Je parierais pour l'hypnotisme. C'est de cette manière que vous opérez, n'est-ce pas ?

Le docteur Clouet, le cheveu en bataille et son costume noir froissé, constellé de taches, secouait la tête avec incrédulité. Il avait l'air de sortir d'un lit de hasard.

— Je n'ai vu ça qu'une seule fois, à l'Hôtel-Dieu... Mais le sujet était consentant. On lui a fait lever les bras, demandé de s'asseoir, de marcher, de répondre à quelques questions. Mais là... De quel pouvoir disposez-vous donc ?

Elise l'invita à sortir sur le palier. Par l'escalier montaient des chuchotements en provenance du rez-de-chaussée. De là où elle se trouvait, Elise apercevait le bonnet de Marion, et les mèches brunes qui lui balayaient le front. La voix de Lucien de Kervadec se superposa cependant à ces murmures, et ceux-ci cessèrent en un instant.

— D'aucun pouvoir, dit-elle au médecin après que les chuchotis se furent tus. D'ailleurs, je ne peux rien faire de plus que vous, docteur. Tout comme vous, je ne peux que la soulager momentanément. J'ai bien peur qu'il n'y ait pas de solution. Ma mère est morte dans les mêmes souffrances. Madame de Kervadec est en train de perdre l'esprit et vous le savez bien.

— Je sais surtout qu'elle ne veut plus vivre, marmonna-t-il.

Puis, après avoir passé un mouchoir sur son front en sueur :

— Quel âge avait votre mère ?

— Trente-sept ans, à peu près l'âge de madame de Kervadec.

Clouet laissa échapper un soupir de résignation.

— Il y a dix ans encore, j'étais persuadé que la science aurait un jour réponse à toutes les questions. Je n'en suis plus si sûr aujourd'hui. Là où nous voyons des organes, des viscères, des mécanismes, des facultés ou des maladies, nous oublions trop souvent qu'il y a des hommes et des femmes, et qu'un être humain est une machine beaucoup plus compliquée qu'il n'y paraît. Y toucher sans savoir exactement ce que l'on fait peut se révéler pire que de ne rien faire du tout… Et réparer les âmes sera toujours plus délicat que de sauver les corps. Pour cela, je doute qu'il suffise d'administrer un quelconque remède miracle…

Alors qu'ils redescendaient au rez-de-chaussée, Elise entrevit les autres domestiques s'égailler comme une volée de moineaux.

Lucien attendait impatiemment en fumant une cigarette.

Clouet lui tendit une main fraternelle :

— Elise vous expliquera, dit-il, car moi, j'en suis bien incapable.

27

Elle n'avait rien à expliquer. Elle accepta de rester, contre sa volonté et contre son instinct le plus profond. Le piège s'était refermé sur Elise sans qu'elle s'en aperçût vraiment, et elle passa tout l'hiver à se demander si son rôle de « thaumaturge » avait la moindre signification ou s'il n'était que le biais par lequel la destinée l'avait condamnée à une servitude plus subtile.

Délivrée de toute tâche ménagère, elle n'avait plus, certes, à affronter la méfiance ou la jalousie des autres domestiques, mais sa position l'isolait comme au sommet d'une tour d'ivoire. La plupart de ses journées se résumaient à des huis clos de plus en plus éprouvants. Lucien de Kervadec avait eu beau lui promettre davantage de liberté, elle en venait à regretter la chambre de Marie et ses quelques mètres carrés avec pour seule vue la cour rectangulaire du château. Là au moins, elle pouvait goûter chaque jour quelques heures de tranquillité. Alors qu'à Kervadec elle était à tout instant susceptible d'être appelée par cette femme malade dont les gémissements berçaient ses nuits et dont la proximité influençait à la longue ses humeurs comme son sommeil, la rendant plus irritable.

Jocelyne de Kervadec mettait pourtant la meilleure volonté du monde dans leurs relations quotidiennes. Elle ne lui posait plus aucune question. Oubliées les identités multiples qu'elle avait découvertes en menant son enquête et en fouillant dans ses papiers. Elle ne montrait aucune exigence, se réjouissait de la présence d'Elise et de ce qu'elle lui donnait : du temps, de l'attention, de la chaleur. Elle n'en finissait pas de mesurer à quel point le temps passé auprès d'elle était du temps qu'Elise dérobait à sa propre vie. Elle s'en voulait. Elle était donc prête à tout pour compenser cet enfermement et redoublait d'égards. Et Elise, désarmée par tant de gentillesse, se voyait dans l'incapacité de secouer le joug aimable qu'elle lui imposait.

Le Noël 1913 fut malgré tout l'occasion pour elle de mesurer l'ambiguïté de sa situation. Les Kervadec n'ayant pas d'enfants, ils avaient coutume de réunir quelques amis, et Elise, après la messe dans la chapelle des Kervadec, à quelques centaines de mètres du château, fut conviée au dîner qu'ils donnèrent ce soir-là.

Invitée à s'asseoir à leur table, servie par Noémie et Marion, elle dut souffrir toute la soirée de se trouver en porte-à-faux dans des circonstances aussi peu anodines.

Madame de Limoelan, la sœur de Lucien, et son mari, qu'elle découvrait pour la première fois, faisaient partie des convives. Boulotte et sans grâce, l'œil mobile d'une poule affamée, la bouche serrée d'une femme frustrée et cupide, celle-ci se garda du moindre commentaire quant à la présence d'Elise à la même table qu'elle, mais n'eut de cesse pour autant de la toiser avec la morgue d'une grande bourgeoise habituée à la vie parisienne et qui séjourne chez des « cousins de province ».

Seul le docteur Clouet n'eut pas l'air de trouver cette présence incongrue. A la satisfaction de Jocelyne de Kervadec, il finit même au contraire par la mêler à quelques conversations et l'atmosphère se détendit un peu en fin de repas.

Etienne de Limoelan, lui, ne fit rien pour dissimuler l'intérêt qu'il portait à Elise. Au point qu'avant que le café ne fût servi, la jeune femme demanda l'autorisation à Jocelyne de Kervadec de se retirer.

— Vous n'y pensez pas, dit la comtesse, vous êtes comme de notre famille à présent. Restez, je vous en prie.

Elise sentit une sueur froide glisser le long de ses omoplates en croisant le regard glacial de madame de Limoelan.

La mort dans l'âme, elle décida d'obtempérer, moins par soumission que par provocation.

Son embarras devait cependant être si

perceptible que Marion, en lui tendant sa tasse de café, lui jeta un regard rempli de sollicitude. Elise, mal à l'aise, lui rendit son demi-sourire.

Ce n'était qu'un répit.

Les hommes s'étant éloignés pour fumer dans la salle de billard, Irène de Limoelan en profita pour passer à l'attaque. Comme la conversation roulait sur les progrès de la médecine, la sœur de Lucien de Kervadec évoqua devant la timide Gilberte Clouet et la baronne de Kerlleano, une quinquagénaire un rien excentrique avec son chapeau à plumes et ses colifichets, les talents d'un de ses amis, spécialiste des maladies pulmonaires à Londres.

— Vous n'imaginez pas à quel point les Anglais sont en avance sur nous, dit-elle à Jocelyne de Kervadec. Vous devriez également rencontrer un des disciples de Freud, Jocelyne, le professeur Bentham. Il est, paraît-il, exceptionnel.

Sa belle-sœur grimaça un sourire :

— Merci, mais j'ai ce qu'il me faut.

— Ce bon docteur Clouet ?

— Entre autres...

Irène de Limoelan eut un haussement de sourcils.

— Ce brave Clouet est peut-être bon pour vos métayers et vos paysans, mais je crains qu'il ne soit guère à la hauteur en ce qui vous concerne. Nous en avons déjà parlé avec Lucien, vous devriez voir un professeur compétent et vous soigner sérieusement.

Gilberte Clouet, trop timide pour répliquer, baissa les yeux.

Ce « nous », cette assurance affichée, ce mépris de tout ce qui n'entrait pas dans les critères de jugement qui étaient les siens, Elise les reçut en revanche comme une gifle. Prudemment cependant, elle se contenta d'écouter et de percevoir à travers le timbre de voix haut perché d'Irène de Limoelan les mille et une variations de ses humeurs malignes.

La comtesse finit par l'interrompre d'une voix lasse. Bien qu'elle entretînt avec sa belle-sœur des relations en apparence cordiales, il n'était pas difficile de voir que les deux femmes étaient de tempéraments opposés.

— Irène, dit-elle, je suis assez grande pour prendre mes décisions toute seule. Je n'aime guère tous ces médecins qui s'affirment spécialistes de ceci ou cela. Ils ne valent souvent pas mieux que n'importe quel rebouteux de nos campagnes.

Irène saisit la balle au bond.

— A propos de rebouteux, ou de charlatans si vous préférez, on m'a dit que vous en consultiez parfois.

Elise, soudain, releva la tête. Nul doute que la belle-sœur de la comtesse ne fît allusion à elle. Un sourire figé au bord du précipice étroit des lèvres, l'œil pétillant, celle-ci attendait qu'elle sortît de sa réserve. Mais ce fut Jocelyne de Kervadec qui répliqua :

— En effet, j'en ai même un tout près de moi. Elise, n'est-ce pas que vous êtes un charlatan en jupons ?

Madame de Limoelan pinça les lèvres.

— Ma fille, voulez-vous nous laisser ? demanda-t-elle en s'adressant à Elise.

— Elise, restez ! ordonna Jocelyne de Kervadec.

L'esprit d'Elise se mit à battre la campagne, incapable qu'elle était de choisir entre l'obéissance et l'insolence.

— Très bien, poursuivit Irène de Limoelan. Ce qu'on m'avait dit était donc vrai. Vous êtes tombée sous la coupe de cette fille qui vous fait croire qu'elle pourra vous guérir, et vous vous laissez manipuler par elle au point de l'inviter à votre table et de lui assigner une place qui n'est pas la sienne.

Jocelyne de Kervadec n'avait nul besoin de s'efforcer au calme, elle était calme. D'une sérénité qu'Elise ne lui avait même jamais vue. Se sentait-elle plus forte de sa présence ?

— Irène, ironisa-t-elle. N'est-ce pas vous, il y a quelques années, qui, en désespoir de cause, êtes allée à Lourdes implorer la guérison de votre fils ?

— Je ne vois pas le rapport.

— Il y en a pourtant un. Dieu agit comme il veut et à travers qui il veut. Elise soulage mes souffrances mieux que quiconque. Comment ? Je l'ignore. Peut-être ne le sait-elle pas elle-même. Mais de quel droit la jugez-vous ?

— Du droit qu'ont les honnêtes gens de se défendre contre ceux qui cherchent à les mystifier.

— Dans ce cas, demandez au docteur Clouet ce qu'il en pense. Lui-même convient que la science n'explique pas tout et que le don d'Elise n'a rien d'une supercherie. D'ailleurs, si quelqu'un peut en parler, c'est bien moi.

— Clouet n'est pas une référence.

L'épouse du docteur Clouet ne put réprimer un sursaut, mais ne dit rien, tout comme lors de la première allusion blessante à laquelle s'était livrée Irène de Limoelan envers son mari.

— Il l'est à mes yeux, rectifia la comtesse.

— Il faut peu de chose pour vous satisfaire. Le docteur Freud ou l'un de ses disciples trouverait sans doute une explication à vos troubles sans avoir recours à des... pratiques...

— Magiques ?

Silence.

— Et qu'en pense mon frère ?

— Lucien n'a qu'un souci : celui de ma santé. Voilà pourquoi il a demandé à Elise de rester auprès de moi. Il n'a pas les mêmes préventions que vous contre les... charlatans.

Irène de Limoelan ne savait comment se dépêtrer de cette situation. La tranquille assurance de sa belle-sœur l'irritait et l'impressionnait en même temps. Sans doute était-elle habituée à formuler les critiques les plus acerbes sans que personne n'ose se dresser face à elle.

— De toute façon, vous pouvez dire ce que vous voulez, vous ne me ferez pas changer d'avis. A votre place, je renverrais cette fille séance tenante. Vous verrez que tous ces gens-là se ressemblent. Un jour ou l'autre, ils cherchent à abuser de leur prétendu pouvoir.

— Mais vous n'êtes pas à ma place.

— Elle y sera bientôt...

L'intervention inopinée d'Elise fit l'effet d'une douche glacée. L'épouse du docteur Clouet et la baronne de Kerlleano se regardèrent sans mot dire, interloquées.

— Que dites-vous ? bredouilla madame de Limoelan.

— Je dis que vous serez bientôt à la place de votre belle-sœur, c'est-à-dire plongée dans la souffrance. Peut-être alors comprendrez-vous mieux ce qu'elle peut éprouver.

— C'est insensé... Cette fille n'a pas toute sa raison. Qu'est-ce qui vous permet de...

La petite boulotte hargneuse était en train de perdre pied, et le seul fait de la voir ainsi déstabilisée renforçait encore la conviction d'Elise.

C'était la première fois qu'elle ressentait cette

certitude intérieure. Elle n'aurait su l'expliquer, et cela lui semblait d'ailleurs inutile. C'était pour elle comme le constat d'une évidence, une évidence comparable à celle d'un coucher de soleil, ou d'une mort annoncée. Calmement, elle se leva et se pencha vers Irène de Limoelan.

— Donnez-moi la main, madame... Vous ne risquez rien... Donnez-moi la main !

Elise avait parlé d'autorité et, lorsqu'elle s'empara du poignet d'Irène de Limoelan, celle-ci n'opposa aucune résistance.

Alors, pour la première fois, un phénomène étrange se produisit : elle VIT. Elle vit très clairement ce qu'aucun médecin n'aurait pu déceler à l'œil nu ni par un examen approfondi. Elle vit très clairement une tache sur son poumon droit, une petite tache brune, de la taille d'un grain de cassis, mais que le temps allait nourrir comme on nourrit un serpent dans son sein. Une tache vivante et qui était comme une intruse, une sorte de « cheval de Troie » qui s'était développé à l'intérieur de son organisme pour le ronger de l'intérieur.

— Vous devriez consulter un médecin, dit Elise.

— Un médecin... et pourquoi cela ?

— Parce que vous êtes gravement malade, même si vous ne le savez pas encore.

— Je viens justement d'en consulter un et je me porte comme un charme. Vous délirez, ma pauvre, vous êtes complètement folle, plus folle encore que...

Irène de Limoelan se mordit les lèvres. Jocelyne de Kervadec n'avait pas réagi, trop heureuse que cette consultation « sauvage » mît sa belle-sœur hors d'elle pour se soucier de son amour-propre.

— D'ici deux ou trois mois, vous ressentirez des douleurs au niveau de la poitrine, sous le sein droit. Vous avez une tache sur le poumon, probablement une tumeur. Vous éprouverez d'abord de simples coups d'aiguille, puis une douleur plus régulière. Ensuite, des difficultés respiratoires. Il faudrait consulter un médecin au plus vite en lui donnant les indications que je viens de vous donner. Vous gagnerez du temps et vous aurez alors une chance de guérir.

Le visage de madame de Limoelan était devenu plus blafard qu'un cierge d'église un jour d'enterrement. Elise crut qu'elle allait défaillir. Mais, par un sursaut d'orgueil, la petite boulotte parvint à se ressaisir et à cracher son venin :

— Si ça ne tenait qu'à moi, siffla-t-elle, je vous ferais enfermer sur-le-champ. Vous êtes un animal nuisible.

Elise secoua la tête.

— Pas moi, mais cette chose qui vous ronge à l'intérieur.

— Assez ! cria Irène de Limoelan.

Le sang inondait son visage, effaçant la légère

couperose dont elle était atteinte, ses lèvres s'étaient mises à trembler.

— Elise ! tonna la comtesse de Kervadec. Vous allez trop loin, cela suffit maintenant. Dois-je vous rappeler que nous sommes le soir de Noël. J'entends bien que ce soit un jour d'union et non de discorde.

Elise battit en retraite.

— Pardonnez-moi, Madame, je n'ai fait qu'essayer de rendre service à madame de Limoelan, je ne voulais pas la blesser... A présent, j'aimerais me retirer si vous le permettez.

Jocelyne de Kervadec approuva d'un signe de tête et Irène de Limoelan arbora aussitôt un sourire de triomphe. Le sang sur son visage se mit à refluer.

Gilberte Clouet et la baronne de Kerlleano échangeaient quelques mots à voix basse.

Ce fut le moment que choisit Lucien de Kervadec pour jaillir de la salle de billard, un verre à la main.

— Elise, demanda-t-il, pourriez-vous demander du cognac aux cuisines ?

— Oui, Monsieur.

— Eh bien quoi... que se passe-t-il ? dit Lucien en constatant l'atmosphère glaciale qui paralysait la bonne humeur de ses invitées.

— Rien, dit Jocelyne de Kervadec, nous échangions quelques rosseries avec votre sœur.

Une fois qu'Elise eut fait le service dans la salle de billard, Lucien la prit cependant à part.

— Que se passe-t-il ? Quelqu'un vous a-t-il fait du tort ?

Elise leva vers lui un regard rempli d'insolence :

— Me croiriez-vous, Monsieur, si je vous disais que j'ai toujours préféré la compagnie des hommes à celle des femmes ?

Troublé, Lucien de Kervadec ne sut que répondre.

— Et dans ce cas, me traiteriez-vous de putain ?

— Non... non, bien sûr. Mais qu'est-ce que...

— Alors, j'aurais mieux fait de rester ce soir dans ma chambre. Ou de venir jouer au billard avec vos invités.

— Vous savez jouer au billard, ironisa Lucien.

— Ça et beaucoup d'autres choses, dit Elise d'une voix sourde.

Elle regagna le salon sans lui laisser l'opportunité de pousser plus loin sa curiosité.

— Je vous souhaite une bonne nuit, Madame, dit-elle en s'inclinant devant la comtesse de Kervadec.

Elle fit de même devant la femme du docteur Clouet et la baronne de Kerlleano.

Mais avant de quitter le salon, elle ne put

s'empêcher de lancer encore à l'adresse de madame de Limoelan :

— Souvenez-vous de ce que je vous ai dit, madame, si votre vie a une quelconque importance à vos yeux.

Puis, le regard flou :

— Au fait, c'était bien d'une maladie de peau que souffrait votre fils, un eczéma de la face, n'est-ce pas ?

Cette fois, Irène de Limoelan ne souriait plus.

28

Irène de Limoelan commença de ressentir les premiers symptômes de la maladie qui devait l'emporter au début du mois de février 1914. Très exactement un mois et demi après le diagnostic établi par Elise. Elle en conclut que les paroles de la jeune domestique l'avaient impressionnée à son insu et se refusa à consulter un médecin. Elle fanfaronna, ironisant sur ces rebouteux, guérisseurs et autres charlatans de province qui se prennent pour des « envoyés de Dieu » et prétendent lire au fond des âmes.

La douleur au niveau du sein droit n'en persista pas moins.

Lorsque Jocelyne de Kervadec apprit qu'elle avait consulté un spécialiste londonien des maladies pulmonaires, le professeur Chadwick, elle lui écrivit pour lui proposer de venir se reposer à Kervadec. Madame de Limoelan déclina l'offre. Chadwick avait évoqué la possibilité d'une tuberculose, mais elle ne voulait pas y croire. Elle s'obstinait dans son refus de l'évidence. Tout au plus évoqua-t-elle une forme d'influence psychique dont elle avait été victime lorsque Elise lui avait saisi le poignet le soir de Noël. Elle l'avait justifiée par la fatigue dont elle souffrait à cette époque et qui l'avait rendue momentanément influençable.

La comtesse eut beau insister et faire intervenir son mari, Irène de Limoelan n'en démordit pas.

Un soir cependant, n'y tenant plus, Jocelyne de Kervadec avait fait venir Elise auprès d'elle pour la questionner.

— Je ne vous en ai jamais reparlé et vous savez à quel point je respecte le « don » que Dieu vous a donné, avait-elle dit non sans précautions oratoires. Mais, lors de ce Noël où vous avez dit à ma belle-sœur qu'elle tomberait malade, qu'avez-vous vu ? Car vous avez vu quelque chose, n'est-ce pas ?

Elise n'avait rien répondu.

— Qu'avez-vous vu ? avait insisté la comtesse.

— Je ne sais pas, Madame, avait répondu Elise en espérant couper court à la conversation. Je regrette mes paroles. J'étais seulement très en colère contre madame de Limoelan.

La comtesse lui avait alors appris que sa belle-sœur souffrait des douleurs qu'elle avait annoncées ce soir-là.

La jeune femme avait pâli.

— Alors, c'était vrai...

— Qu'est-ce qui était vrai ?

— La tache, je l'ai bien vue, ce n'était pas une hallucination.

— Quelle tache ?

— Une tache noire sur le poumon, de la grosseur d'une petite truffe. La maladie était déjà à l'œuvre. Je ne sais pas comment j'ai pu la voir, ça ne m'était jamais arrivé auparavant. Mais je n'avais aucun doute. Le mal avait déjà fait son nid.

— Et moi ? avait aussitôt demandé Jocelyne de Kervadec, pourquoi ne voyez-vous rien en moi ?... Vous ne voulez pas me le dire, n'est-ce pas ?

Elise avait secoué la tête.

— C'était la première fois, peut-être cela ne se reproduira-t-il jamais. Et même si cela recommençait, je ne saurais toujours pas pourquoi ni comment.

La comtesse avait baissé les yeux, désenchantée.

— Ne m'en demandez pas trop, avait alors murmuré Elise. Puisque vous croyez en Dieu, dites-vous qu'il est sans doute préférable de ne pas percer tous ses secrets.

La conversation en était restée là. Elise n'avait pu lui dire non plus comment elle avait deviné que le fils d'Irène de Limoelan souffrait d'un eczéma. Ni pourquoi, depuis ce fameux soir de Noël, elle faisait beaucoup plus attention à ses rêves. Elle avait même pris la peine de les consigner dans un cahier semblable à celui qui avait servi de journal à Marie. Et en se relisant régulièrement, elle s'efforçait de trouver entre eux un lien, une cohérence qui lui eût servi de fil conducteur pour comprendre ce qu'elle ressentait parfois à l'état de veille. Mais ces liens n'existaient pas ou alors ils étaient si subtils qu'ils résistaient à l'examen.

Une nuit cependant, elle rêva que Jocelyne de Kervadec lui demandait de venir la retrouver près de la chapelle familiale. Elle la faisait entrer à l'intérieur. Un vieux prêtre se tenait derrière l'autel, et s'approchait d'elles pour les bénir. Alors, la comtesse se tournait vers elle, et lui tendait l'extrémité d'un chapelet pendant qu'elle conservait l'autre en main. Puis, après avoir murmuré quelques mots en latin, elle lâchait le chapelet et sa silhouette reculait dans l'ombre de la chapelle jusqu'à s'effacer peu à peu avant de disparaître totalement derrière un pilier.

Elise s'était réveillée en sursaut avec des images d'une netteté absolue flottant à la surface de sa mémoire. Sans toutefois trouver d'explication à son rêve.

Pourtant, à la messe du dimanche suivant, Jocelyne de Kervadec, voyant qu'elle n'avait pas de chapelet sur elle, lui en avait tendu un machinalement avant de s'absorber dans son missel.

Elise avait accepté pour ne pas la blesser. Mais, au moment où elle avait touché l'objet, une image lui était venue à l'esprit : celle d'un enfant nouveau-né au visage bleu avec le cordon ombilical entortillé autour du cou.

Lorsqu'elle avait évoqué ce rêve devant la comtesse, celle-ci avait fondu en larmes et avoué qu'elle avait attendu autrefois un second enfant. Mais, au bout de cinq mois et demi, elle avait accouché prématurément d'un bébé mort-né dans les conditions décrites par Elise. C'est après, apprenant qu'elle ne pourrait jamais plus être mère, qu'elle s'était résignée, puis avait envisagé que Lucien puisse avoir un enfant d'une autre femme.

L'aveu bouleversa Elise au point de réveiller en elle des souvenirs douloureux.

— Vous comprenez maintenant pourquoi, dit la comtesse entre deux sanglots... Marie et Lucien...

— Je comprends, Madame.

— Qu'auriez-vous fait à ma place ?

Elise avait secoué la tête, puis cherché quelque chose dans le vide, un point fixe auquel se raccrocher le temps de trouver une réponse.

— Je ne sais pas, avait-elle dit en contenant ses larmes, j'ai fait ce que j'ai pu...

Jocelyne de Kervadec avait cessé de pleurer sur l'instant, et Elise avait compris alors, mais trop tard, qu'elle venait de se trahir.

— Vous avez déjà eu un enfant, c'est ça... Vous aussi...

— Non, Madame, je ne voulais pas dire ça... Je me suis mal exprimée.

La comtesse l'avait pressée de questions.

— Parlez, je suis sûre que cela vous soulagerait.

Mais Elise avait fui. Alors, Jocelyne de Kervadec lui avait porté l'estocade finale :

— Elise... Pourquoi cherchez-vous tant à voir chez les autres ce que vous êtes incapable de voir en vous-même...

La perspective de la mort octroyait-elle à Jocelyne de Kervadec une lucidité supérieure en dépit de ses crises ?

La phrase resta dans la mémoire d'Elise et s'y installa en profondeur. A compter de ce jour, elle ne nota pas simplement ses rêves, mais également certains incidents de la journée, ainsi que quelques réflexions personnelles. Elle avait déjà rempli une moitié du cahier quand elle réalisa qu'elle tenait à présent un véritable journal, tout comme Marie Leguenec.

Voir clair en soi-même... C'était précisément ce qu'elle souhaitait depuis toujours, élucider ses propres mystères. Mais, pour cela, elle avait besoin d'un miroir, d'une réfraction de sa propre image qui mît enfin un terme à ses doutes.

L'année 1914 avait débuté dans la douleur,

Elise se promit donc qu'elle se terminerait dans la joie.

Une idée avait commencé de germer dans son esprit. Pour voir plus clairement en elle, il lui fallait trouver un semblable, quelqu'un qui ressentirait les mêmes choses, serait habité par les mêmes énergies, et la comprendrait sans la juger.

La région ne manquait pas de guérisseurs. Peut-être l'un d'entre eux pourrait-il trouver des réponses à ses questions.

Un matin, elle alla trouver Martin Le Braz qui avait remplacé René Kémeneur à l'écurie. Mais Le Braz, s'il n'avait jamais manifesté de franche hostilité envers elle, tourna sa demande en dérision.

— Pourquoi que ça t'intéresse tant que ça ? T'as pas assez avec tes livres ? Il paraît déjà que tu guéris la comtesse, ça te suffit pas de jouer la sorcière.

Elise éclata de rire et mit plusieurs minutes à expliquer à Martin qu'elle n'avait pas de « livres pour faire le mal » et que tout ce qu'elle voulait, c'était trouver une explication à une sorte de « don » qu'elle possédait. Un « homme du métier » pourrait peut-être lui en apporter une.

— Et c'est à moi que tu t'adresses, maugréa-t-il. Une fille comme toi, ça connaît des tas de choses, ça a pas besoin de gars comme moi. Demande au comte !

— C'est justement d'un gars comme toi que j'ai besoin, dit Elise en s'efforçant de gagner sa sympathie. Et surtout de discrétion. Je ne serai pas une ingrate.

— C'est-y que tu voudrais m'acheter ?

— Je n'ai pas dit ça.

Martin Le Braz, tout en l'observant, continuait de brosser une jument docile aux attaches fines et au poil fauve.

— Oh, je sais bien, va, ce qu'on pense de nous dans les grandes villes... Je suis même allé à Paris une fois, pour le mariage d'une cousine.

— Et qu'est-ce qu'on pense de vous, Martin ?

Le Braz hocha la tête d'un air entendu.

— Qu'on est des bons à rien, des traîne-misère, des culs-terreux, des ivrognes, qu'on est inalphabètes...

— Analphabètes, reprit Elise.

— Tu vois bien, dit Le Braz en haussant les épaules. Ils rigolent parce qu'on a de la paille dans nos sabots et qu'on a des capiots sur la tête qui ressemblent à des tourtes à fromage, mais ici la vie est rude et on s'habille comme on peut, avec les sous qu'on a, et surtout comme on a l'habitude par chez nous. Qu'ils y viennent voir à abattre la besogne, de l'aube jusqu'au soir...

Puis, après un bref silence :

— Moi, j'sais lire... un peu en tout cas. C'est le curé d'ici qui m'a appris sur le tard. Dans la

Bible. C'est le seul livre que j'ai. Je le tiens de mon grand-père, qui savait même pas lire et qui l'a donné à mon père, qui savait pas lire non plus. J'ai pas eu le temps avant. A onze ans, j'étais déjà dans les champs, et il m'a fallu attendre d'en voir quarante pour trouver un emploi chez m'sieur de Kervadec.

Il était si touchant de sincérité qu'Elise préféra garder le silence. Au fond, elle l'aimait bien. Il n'était pas aussi rustre qu'il en donnait les apparences. Elle l'avait même surpris en train d'offrir un petit bouquet de fleurs des champs un après-midi à Louise Marek. Il y avait parfois de la douceur dans ses yeux, ou plutôt une sorte de grosse bonhomie qui attendrissait.

— Qu'ils y viennent ! poursuivait Le Braz... Levé à quatre heures l'été, couché à dix, comment qu'on tiendrait nous autres si on avait pas une bolée ou un coup de gnôle à portée de gosier... Des fois, on est tellement fatigués qu'on fait même plus de rêves la nuit et qu'on a plus envie non plus de... enfin, tu vois ce que je veux dire... quand le sang il nous chauffe de l'intérieur à la vue d'une fille.

Elise le laissa parler tout son saoul. Il avait besoin d'être écouté, de se vider de quelques rancœurs.

Lorsqu'il se fut calmé au bout de quelques minutes, elle demanda simplement :

— Alors, tu vas m'aider, Martin ?

Le Braz se donna un temps de réflexion. La jument était devenue toute brillante sous sa brosse.

— Je connais bien le Salicorne...

— Salicorne.

— Enfin, c'est un surnom. Il s'appelle Jean, Jean Marek.

— Marek... comme...

— C'est le père de la Louise.

Elise comprenait mieux maintenant pourquoi Louise Marek ne s'était pas vraiment jointe au chœur de ses détracteurs.

— C'est un rebouteux, reprit Martin Le Braz, il est plus tout jeune, mais le docteur Clouet lui envoie encore du monde. Il soigne surtout les maux d'yeux, les fièvres et les brûlures, et puis toutes sortes de douleurs qu'ont les vieux. Mais je vois pas ce qu'il pourrait t'apprendre.

— Je ne le sais pas non plus. Tu pourrais m'y conduire...

Le Braz détourna les yeux.

— C'est que...

— Je te donnerai deux paquets de tabac.

Il fronça les sourcils.

— Tu vois bien que tu veux m'acheter !

— Un service en vaut un autre, expliqua Elise.

Martin Le Braz paraissait réfléchir encore.

— Allez, dit-il en lui tendant la main, t'es p't-être pas une si mauvaise fille, affaire conclue !

29

Jean Marek avait été autrefois forgeron et vivait depuis toujours dans une ferme située au bout d'un chemin creux sur la route de Pouldergat. Une petite cour précédait une habitation modeste au toit de chaume flanquée d'une grange et d'un atelier où, depuis quelques années, ne retentissait plus le bruit du marteau frappant l'enclume. Le caquètement des poulets l'avait remplacé.

Martin Le Braz arrêta la carriole à l'entrée du chemin qui menait à la ferme.

— Je t'attends ici. Traîne pas trop, sinon je vais m'faire rouspéter par Monsieur.

— Je parlerai pour toi, dit Elise.

Puis, tout en sautant au bas de la voiture :

— Tu peux venir, Martin, je n'ai rien à cacher.

Mais Martin secoua la tête tout en allumant une pipe de tabac gris :

— Lui et moi, on est un peu brouillés à cause de la Louise. Il aurait voulu que je la marie mais je me sens pas trop le cœur...

Elle n'insista pas.

Elise traversa donc seule la cour de la ferme au beau milieu d'une volaille caquetante et sale.

Une femme était sur le seuil de la chaumière. Une vieille femme d'aussi petite taille que le Trognon, au visage raviné, en jupe et sabots, le ventre ceint d'un tablier gris. La tête couverte d'une espèce de voile blanc qui lui retombait de chaque côté du visage, elle fumait tranquillement la pipe comme un homme.

— Monsieur Marek, s'il vous plaît ?

— Il est pas là !

— Vous savez quand il va revenir ?

La vieille haussa les épaules et ôta enfin la pipe de sa bouche.

— Avec les hommes, on sait jamais. Surtout avec celui-là. Ça fait quarante ans que je l'attends. Pire que s'il était parti à la pêche à la morue !

Un sourire finit par affleurer sur le visage ravagé.

— Allez, entrez donc boire une bolée !... Et l'autre là-bas dans sa carriole, il aurait pas soif non plus ? Il ferait mieux de venir à l'abri au lieu de geler sur place. Il fait un froid de gueux.

— Il préfère attendre, dit Elise.

La vieille la fit entrer dans une grande salle au sol de terre battue qui sentait la suie et le bois brûlé. Outre une cheminée monumentale dans laquelle pendait un chaudron, il y avait une table, deux chaises et surtout un lit clos dans un coin, un vaisselier aussi, sans doute les deux seuls meubles de valeur que les Marek possédaient.

— On a pas grand-chose, mais chez nous on partage, dit-elle en déposant une chopine de cidre et deux gobelets en terre cuite.

Elles burent en silence. Entre ses paupières mi-closes, la vieille l'observait avec attention. Au point qu'Elise en éprouva une sensation de malaise. La femme Marek dut s'en apercevoir car elle finit par rompre le silence.

— Vous seriez pas la nouvelle bonne des Kervadec ?

— C'est moi.

— Et qu'est-ce que vous lui voulez, à mon homme ? C'est le docteur qui vous envoie ?

— Non, bredouilla Elise, c'est... personnel.

— Ah ! C'est grave alors ?

Elise secoua la tête.

— Ne vous inquiétez pas, je ne l'ennuierai pas longtemps.

Elle avait à peine prononcé ces mots qu'un bruit de sabots se fit entendre derrière elles. Elise se retourna vers la porte. La silhouette d'un homme massif et solide s'y encadrait à contre-jour. Pendant quelques instants, il marqua un temps d'arrêt, puis il entra dans la lumière comme dans un tunnel jusqu'à ce qu'Elise pût enfin distinguer ses traits.

C'était un homme au visage carré, avec un front de taureau, le regard noir et vif sous la broussaille des sourcils, la bouche mince, comme scellée sur un secret. Il était vêtu d'une vareuse et d'un pantalon de gros velours. Il ôta son chapeau de feutre et vint s'asseoir à la table sur la chaise que sa femme venait de libérer.

Sa femme lui servit un gobelet de cidre.

— C'est la nouvelle du château, dit-elle, elle a quelque chose à te demander.

— Je ne fraye plus avec les gens du château, grommela Jean Marek.

Il but une longue gorgée de cidre et s'essuya le menton d'un revers de manche. Sans attendre, la vieille le resservit.

— Qu'est-ce que vous voulez ?

Puisant dans ses réserves de courage, Elise lui raconta alors ce qui lui était arrivé alors qu'elle était âgée de quatorze ans, ce « don » étrange dont elle ignorait l'origine, la mort de sa mère et les diverses « guérisons » qui avaient jalonné son existence depuis quelques années. Elle évoqua également la comtesse de Kervadec, la chouette clouée sur sa porte, et la « vision » qu'elle avait eue en présence d'Irène de Limoelan.

Le vieil homme l'écoutait avec attention, sans laisser transparaître aucune émotion ni le moindre agacement. Le fait qu'elle ait « vu » la maladie de madame de Limoelan, surtout, semblait l'intriguer. Tout en l'écoutant, il lui prit la main et la garda longtemps dans la sienne. Elise nota la chaleur de sa paume, une chaleur anormale, presque une brûlure. Puis, il l'examina avec soin, comme s'il cherchait, au moyen d'une connaissance très ancienne, des traces de vie ou des écueils semblables à ceux que l'on signale sur une carte marine.

Peu à peu, Elise remarqua que son regard se troublait.

Brusquement, il lui lâcha la main.

— Je ne peux pas vous aider, dit-il. Vous n'en avez pas besoin, vous en savez plus que moi.

— Je ne sais rien, c'est pour ça que je suis ici.

Mais il continuait de faire non de sa grosse tête carrée et de ses yeux sombres.

— La seule chose que j'ai envie de vous dire, c'est : partez d'ici !

— Pourquoi ? s'irrita Elise. On vous a dit des choses sur moi, c'est ça...

— Je dis ça dans votre intérêt... Pour le reste, il y a bien longtemps que je n'écoute plus ce que racontent les autres. On m'a appelé le sorcier, on a raconté que je pactisais avec le diable, mais je fais qu'utiliser ce que m'ont transmis mes anciens. Mon père avait le don, qu'il tenait de son père, et ainsi de suite. On sait même pas à quand ça remonte !

— Mais personne ne m'a transmis de don.

— Alors, comment voulez-vous que je vous explique. P't'être bien que vous êtes une fée !

Elise éclata d'un rire nerveux, mais qui ne suffit pas à détendre l'atmosphère.

— Evidemment, vous n'y croyez pas, ironisa-t-il. Mais moi, depuis quarante ans et plus, je peux vous dire que j'en ai vu des choses sur la lande, et pas seulement la nuit. Un matin de la Saint-Antoine, j'ai même vu le cornu à la sortie de l'église d'Audierne. Il se tenait appuyé sur un bâton, il mendiait. Une pièce... une petite pièce... s'il vous plaît. Et quand je la lui ai donnée, il a relevé la tête en ricanant. Il avait la face toute noire...

Elise sursauta. Le visage de sa mère lui traversa l'esprit. Combien de temps encore cette image la poursuivrait-elle ?

— J'ai vu des vaches qui pissaient le sang, et des coqs qui se changeaient en poules, dit encore Jean Marek. Mais pour la chouette, c'est quelqu'un qui veut vous faire partir, il y a pas de doute là-dessus. D'ailleurs, vous avez eu de la chance de pas tomber malade ni d'avoir des fièvres. Il y a même des fois où tout ça se termine au cimetière.

Cherchait-il à lui faire peur ? Elise n'en était pas plus avancée pour autant.

— De toute façon, ce château, y porte malheur !

— Pourquoi dites-vous ça ?

— Je sais ce que je dis, d'ailleurs tout le monde

le sait au pays. Il y a trop d'ombres à l'intérieur.

— Des ombres ?

Elise laissa échapper un sourire crispé. On lui avait parlé quelquefois des superstitions qui hantaient l'âme bretonne. Elle avait entendu parler de l'Ankou, l'ange de la mort, de fantômes, de naufrageurs de navires, de lutins qui couraient la lande. Mais c'était la première fois qu'on évoquait aussi clairement devant elle un mystère propre au château de Kervadec.

— Vous pourriez m'en dire un peu plus ?

Jean Marek haussa les épaules :

— Bah ! autant que vous sachiez... Il y aurait eu un meurtre il y a bien longtemps. Un curé qu'aurait été assassiné par des rouges au moment où on a coupé le cou à ce bon roi Louis. Depuis, Dieu se venge sur les habitants du château... Il est hanté ! Même moi, un soir que le comte m'avait appelé, j'ai entendu de drôles de bruits.

— Vous avez soigné madame de Kervadec ?

Le vieil homme sortit une pipe de sa poche et commença à la bourrer de tabac.

— Je l'ai soignée, mais je l'ai pas guérie. Le mal était trop fort pour moi. Elle finira folle comme l'autre...

— Quelle autre ?

— Sa sœur...

— Madame ne m'a jamais parlé d'une sœur.

Jean Marek eut un sourire espiègle.

— Forcément, c'est pas la meilleure part de la famille. Notez que la Mathilde, elle était déjà pas très costaude. Mais la mort de son gamin, ça l'a toute brouillée. Il a fallu l'enfermer à Nantes dans une maison. Elle y est toujours à ce qu'on dit, mais elle a perdu la tête. Elle parle avec les anges, elle voit la Vierge.

Bouleversée par ces révélations, Elise eût voulu poursuivre la conversation, mais le vieil homme s'était levé brusquement.

— J'en ai assez dit, la nuit va tomber et j'ai encore des bêtes à rentrer. Il va geler.

Il la raccompagna jusqu'à la porte.

— Vous avez le don, dit-il, vous êtes forte, mais plus vite vous quitterez le château mieux ça vaudra. Votre vie là-bas est en danger. Ce pays n'est pas fait pour les filles comme vous.

Elise n'insista pas.

— Je pourrai revenir vous voir en cas de besoin ? demanda-t-elle.

— Si vous n'avez pas peur de salir vos jolies bottines...

Puis, comme elle s'éloignait :

— Et dites bien à ce nigaud de Martin que je vais lui couper le cou s'il épouse pas ma fille...

Elise rejoignit Martin Le Braz qui, frigorifié, faisait les cent pas dans le chemin creux où le froid mettait des îlots blancs entre deux touffes d'herbe rase.

— J'ai bien cru geler sur place, lança-t-il. Pas

possible, vous vous êtes raconté la vie ou quoi ?

— Tu auras trois paquets pour ta peine, dit Elise en grimpant dans la voiture.

— Et un p'tit verre de gnôle, ajouta Le Braz. Pour graisser les roues.

30

Le vent, dehors, avait suspendu sa respiration et il se faisait maintenant un grand silence. Au loin une chouette se mit à hululer. Le réveil, sur la table de nuit, semblait presque muet. Elise eut peur qu'il ne se soit arrêté et qu'elle se rendorme sur le matin.

Dans la chambre voisine où dormait Jocelyne de Kervadec, tout était paisible.

Depuis plusieurs nuits, les révélations de Jean Marek l'empêchaient de dormir. Bien des fois, elle avait eu envie de s'en ouvrir à la comtesse, mais des scrupules l'avaient retenue au dernier moment. Deux enfants nés avant terme, une sœur enfermée pour aliénation mentale, trois épreuves majeures qui dispensaient d'alourdir sa peine par des paroles imprudentes.

Un moment, elle fut tentée d'allumer une chandelle et de prendre un livre, mais elle n'en avait même plus envie. Elle avait déjà bien assez des longues lectures que lui réclamait la comtesse pour la distraire de ses migraines.

Elle se leva et, après s'être habillée chaudement,

la tête couverte d'un bonnet de laine, elle sortit dans la nuit glaciale. Des étoiles dérivaient dans un ciel d'encre, pierres précieuses étincelantes au firmament de l'hiver. Elle descendit les marches du perron et fit quelques pas dans la cour, tremblante et apaisée à la fois. L'air était vif, mais le vent qui soufflait depuis la veille était retombé, et un silence neigeux pesait sur le château.

— Vous non plus vous n'arrivez pas à dormir ?

Elise tressaillit et se tourna vers le perron. De l'obscurité se détacha alors la silhouette mince de Lucien de Kervadec. Il fumait un cigare, enveloppé dans un long manteau noir, tête nue malgré le froid vif qui faisait craquer la terre tout autour d'eux.

Elise referma les bras sur sa poitrine, comme si elle avait été surprise à demi dévêtue.

— Ça m'arrive.

— Ma femme, elle, dort à poings fermés. Votre présence à ses côtés a vraiment eu des effets miraculeux sur sa maladie. Même le docteur Clouet en convient.

Elise le remercia sobrement, et à cette sobriété Lucien répondit par un silence prolongé durant lequel ils eurent la nuit pour complice.

— Je compte aller à Nantes dans les prochains jours, dit-il un peu plus tard. J'y passerai dans une librairie acheter des livres pour ma femme.

D'ordinaire Martin vient avec moi, mais il ne pourra pas cette fois-ci. Et puis, vous connaissez mieux les goûts de ma femme que je ne les connais moi-même. Voudriez-vous m'accompagner ?

Cela ressemblait à une « proposition » déguisée, mais comment en être sûre ? Peut-être avait-il envie d'être seul avec elle, peut-être tenait-il simplement à ne pas voyager sans être accompagné. Qu'en penserait Jocelyne de Kervadec ?

— J'en ai déjà parlé avec ma femme, précisa-t-il comme s'il avait lu dans ses pensées, elle m'a dit qu'elle pourrait se passer de vous durant deux ou trois jours.

— Deux ou trois jours ? s'étonna Elise.

— J'ai quelques affaires à régler. Vous pourrez en profiter pour visiter la ville. Bien sûr, tous vos frais seront à ma charge.

Elise ne savait quoi répondre. Qu'allait-on encore raconter sur elle si on apprenait qu'elle avait passé trois jours en sa compagnie loin de Kervadec ? Qu'imaginerait-on encore qui permît de noircir un peu plus son image ?

Son esprit ne cessait de tourner et de retourner autour de cette idée, imaginant les scènes les plus dramatiques, les plus folles aussi. Puis, comme par magie, elle se détendit aussi soudainement qu'elle s'était laissé gagner par le tourment. Que pouvait-on dire de pire que tout ce qui s'était déjà colporté depuis des mois ?

— Vous avez encore quelques jours pour réfléchir, dit Lucien.

Mais Elise ne lui laissa pas le temps de la convaincre davantage et cueillit la phrase au vol :

— C'est tout réfléchi, Monsieur. Je vous accompagnerai si Madame est d'accord pour me laisser partir. A une condition toutefois !

— Laquelle ?

— Que jamais elle ne me parle plus comme elle l'a fait une certaine nuit dans ma chambre. Je ne suis ni une bigote ni une fille facile, et encore moins une intrigante. Si elle pense cela de moi, alors son opinion ne vaut guère mieux que celle des domestiques du château.

Elle avait conscience d'avoir parlé avec une insolence qui eût été jugée d'ordinaire insupportable. Mais, c'était la proposition de Jocelyne de Kervadec qui lui avait paru folle, invraisemblable, inadmissible.

— J'ignore ce qu'elle a pu vous dire, murmura Lucien, mais je sais qu'il ne s'agissait pas d'un caprice.

— Je n'ai plus l'âge des caprices, dit-elle, seulement celui des décisions !

A la lumière des étoiles, Elise perçut alors un sourire à peine esquissé sur le visage de Lucien, mais un sourire qui lui parut tout de même comme un éclair de victoire dans la nuit qui les recouvrait de ses espaces glacés.

Deux semaines passèrent encore avant que Lucien ne lui annonce leur départ. Jocelyne de Kervadec, étrangement, paraissait se réjouir à l'avance de leur absence, et Elise se demanda si elle n'espérait pas une fois de plus la jeter dans les bras de son mari, lui faire accepter bon gré mal gré son extravagante suggestion.

Entre-temps, elle profita de ses instants de liberté pour revoir Pierre Loustal à Audierne. Mais celui-ci eut beau lui faire des avances de plus en plus pressantes, quelque chose d'indéfinissable l'empêchait d'y céder. Le sardinier se montrait pourtant attentionné et en aucun cas il ne faisait preuve de cette rudesse qu'elle avait vue chez la plupart des marins venant à la Maison du Bateau. Mais Loustal ne constituait pas un antidote à l'attirance qu'elle éprouvait pour Lucien. Autant l'un, célibataire, était franc et clair dans ses intentions ; autant l'autre, marié, secret, ambigu, éveillait chez elle des sensations violentes mais dont la nature ambivalente l'angoissait.

En réalité, cette perspective de voyage à Nantes la maintenait depuis plusieurs jours dans un climat d'excitation et d'appréhension. D'excitation parce qu'elle allait enfin échapper à l'ambiance trop souvent délétère de Kervadec ; d'appréhension parce qu'elle redoutait le comportement que Lucien adopterait envers elle.

En elle pourtant, la petite fille mourait chaque jour un peu plus, laissant émerger une autre femme, une étrangère que, jusqu'ici, elle repoussait comme on repousse une échéance trop précoce et qu'on a fini par redouter. Mais cette étrangère ne nourrissait plus les mêmes peurs que l'ancienne Elise, elle finissait par accepter de n'être pas toujours en accord avec l'image qu'elle avait toujours souhaité donner d'elle-même. Elle acceptait l'ambiguïté de ses sentiments, les contradictions de sa nature. Elle acceptait les failles que le climat dans lequel elle vivait à Kervadec avait rouvertes semaine après semaine.

Les souvenirs les plus douloureux commençaient d'ailleurs curieusement à s'estomper. La fréquence de ses cauchemars diminuait. La mort elle-même ne lui apparaissait plus que comme une perspective contre laquelle il ne servait à rien de s'insurger. C'était vivre qui représentait un défi, et ce défi ne pouvait se relever que si l'on se moquait de la mort comme de sa propre image, des opinions et des préjugés. La mort remettait chaque chose à sa place. Chacun le savait en pays bigouden, qui côtoyait l'Ankou au détour des chemins creux ou sur la mer déchaînée. Mais ici, les esprits, hélas, étaient encore imprégnés de tout un folklore auquel se mêlait la crainte de Dieu et du diable. Sur eux, prêtres et sorciers régnaient sans partage, les isolant et même les dressant les uns contre les autres.

Le pays était pauvre, et Elise se disait que c'était cette pauvreté même qui permettait à ces « directeurs de conscience » de maintenir les esprits dans la soumission, car le pays bigouden lui semblait résolument hors du monde. Bien sûr, on savait que l'Europe était assise depuis quelques années sur une poudrière et l'on redoutait ici comme ailleurs une guerre, un affrontement qui jetterait la France contre l'Allemagne et entraînerait par là même une partie du continent dans une spirale infernale. Mais dans les champs et sur la mer, le temps paraissait obéir au même rythme lent. Entre pêche à la sardine, à la morue, à la langouste, et récoltes de seigle, de sarrasin, de pommes de terre ou d'artichauts, la vie s'écoulait selon la force contraignante des saisons. Lorsqu'elle se rendait à Audierne, Elise apercevait ainsi des hommes courbés sur leur *marre*[1], peinant à défricher leurs champs, à déterrer les racines qui serviraient ensuite à entretenir le feu. Un labeur écrasant de l'aube au coucher du soleil, et parfois même de nuit, avant de regagner leur petite maison blanchie à la chaux. Elle les apercevait poussant devant eux les bœufs vers les étables ou leur charrette remplie de fourrage pour les bêtes. Les visages en sueur l'été avec l'épaisse chemise de chanvre qui colle à la

1. Sorte de grande houe.

peau ; rouges l'hiver, les mains engourdies par le froid, et les lèvres gercées.

Le pays lui était apparu bien plus rude que ceux où il lui avait été donné de vivre jusque-là. Les hommes aussi, mais si durs à la besogne aient-ils été, si superstitieux, si prisonniers de leur terre et de leurs coutumes, il lui avait semblé qu'une sorte de générosité invisible soutenait leurs âmes chaleureuses, qu'une solidarité dans l'effort et la misère existait là plus que nulle part ailleurs, que l'honnêteté y côtoyait sans cesse une sorte de dignité effrayante à force d'être exemplaire.

Le pays lui aussi avait une âme, et elle ne pouvait l'ignorer sous prétexte que quelques-uns l'avaient repoussée comme étrangère, jugée avant de la connaître, condamnée sans preuve. Aux yeux de certains, peut-être n'était-elle qu'une Parisienne ambitieuse égarée dans un monde qui n'était pas le sien, mais les Kervadec ou le docteur Clouet la traitaient avec respect, Martin Le Braz n'était pas un mauvais bougre et Jean Marek lui avait parlé sans détour. Même Louise, si elle n'avait été influencée par la Fileuse et le Trognon, eût été sans nul doute encore son amie et sa confidente.

Fallait-il de même oublier Pierre Loustal et la simple mais digne attirance qu'il éprouvait pour elle ? A force de ne voir que le sombre et le laid, d'imaginer partout des « ombres », n'avait-elle pas elle-même créé les conditions de son infortune ?

— Vous verrez, lui avait dit un jour Jocelyne de Kervadec, si vous acceptez ce pays, si vous savez écouter son chant, le chant secret qui court la lande et que nos vieux répètent à la veillée, il finira par vous accepter vous aussi.

A présent, Elise voulait y croire.

Parfois...

31

Deux journées seulement suffirent à Elise pour oublier momentanément Kervadec et le pays d'Audierne. En parcourant les rues de Nantes en compagnie de Lucien, elle avait renoué instantanément avec ses réflexes citadins, l'envie de se fondre dans la foule des boulevards, d'entrer dans n'importe quel commerce pour y découvrir les « nouveautés », de flâner au hasard dans les jardins et les petites rues du centre-ville où une maison ancienne, une cour retirée, une façade à balcons soutenus par des cariatides retenaient immédiatement son attention. La vie lui semblait à nouveau couler en elle, plus riche, plus vive. Comme si le temps passé depuis le printemps 1913 à Kervadec avait été un temps de réclusion, un temps hors du temps.

Cet enthousiasme, elle parvint si bien à le communiquer à Lucien que, le deuxième jour, devant le Grand-Théâtre de la place Graslin, en descendant du tramway, il se risqua à lui prendre la main. Elle ne la retira pas, et ils continuèrent ainsi à travers le passage Pommeraye, où se concentraient les commerces de luxe, comme deux amoureux insouciants, légers et le cœur simple.

Cet appétit retrouvé lui faisait oublier toutes ses préventions, lui rendait enfin sa spontanéité et, sans qu'elle s'en aperçût vraiment, faisait tomber l'une après l'autre les barrières que l'existence confinée de ces derniers mois avait dressées entre Lucien et elle. Lui-même semblait d'ailleurs plus gai et prêt à s'abandonner aux confidences. La présence de sa femme, les angoisses quotidiennes suscitées par sa maladie n'entravaient plus ici sa liberté. A Nantes, le comte de Kervadec n'était plus qu'un simple particulier, libre de son temps comme de ses mouvements, libre surtout de ce personnage attentif et occupé mais distant que lui imposaient les aléas de sa vie d'aristocrate campagnard.

En cette première semaine de mars 1914, un soleil froid donnait à la Loire des reflets de marbre, mais dans le cœur d'Elise c'était une chaleur printanière qui, peu à peu, s'épanouissait au mépris de toute prudence.

Ils s'étaient installés au Grand Hôtel de Bretagne où Lucien avait ses habitudes. Les chambres y étaient pourvues de tout le confort moderne : salle de bains, électricité, calorifère, et même le téléphone. Elise avait choisi une chambre au second étage, Lucien au premier, pourtant elle n'avait pas aimé le regard dont l'avait gratifiée le réceptionniste lorsqu'il l'avait vue aux côtés du comte de Kervadec. Lucien y avait-il déjà emmené une autre femme ?

Elle n'osa pas lui poser la question.

Le troisième jour, Lucien la quitta pour un rendez-vous chez son notaire, maître Guépin, et Elise se rendit dans une librairie de la rue de la Bastille pour y acheter quelques livres comme il le lui avait demandé. Les Kervadec y avaient un compte et Elise passa un long moment à fouiller les rayons pour en sortir les lectures les plus éclectiques, de Paul Féval à Maurice Barrès.

Ils se retrouvèrent deux heures plus tard dans une brasserie de la place Royale. Lucien paraissait soucieux.

— Quelque chose qui ne va pas ? demanda Elise, encore sous le charme de ses trouvailles chez le libraire.

Lucien commanda des cafés et un cognac, puis se mit à fumer nerveusement.

— J'ai une autre visite à faire avant de partir, dit-il enfin.

Le mot « partir » fit à la jeune femme l'effet d'une herse qui, soudain, s'abaisse brutalement.

— Une visite privée, précisa-t-il d'une voix sombre.

Elise ne mit que quelques secondes à réagir.

— Mathilde, murmura-t-elle.

La pâleur subite de Lucien la renseigna mieux qu'un long discours.

— Vous... comment êtes-vous au courant ? C'est ma femme qui vous en a parlé ?

Elise dut avouer sa visite à Jean Marek et les confidences que lui avait faites le rebouteux.

Puis, d'une voix égale, elle dit :

— J'aimerais vous accompagner !

Ils achetèrent des fleurs et une boîte de chocolats.

Etait-ce pour la rassurer, Lucien expliqua que la durée des visites était limitée à un quart d'heure, et que, de toute façon, il leur faudrait rentrer avant la nuit.

L'établissement, tenu par des religieuses du Sacré-Cœur, se trouvait à quelques kilomètres de Nantes, sur les bords de l'Erdre. On pouvait y accéder après un quart d'heure de trajet en bateau à vapeur.

C'était un endroit calme et agréable. D'anciens bâtiments du dix-huitième siècle, que cernaient de vastes jardins plantés d'ormes, y abritaient un hôpital réservé aux malades mentaux.

Dès qu'elle fut à l'intérieur, Elise sentit pourtant comme une chape de plomb s'abattre sur ses épaules. Un ballet silencieux et triste de religieuses et de médecins coiffés de calots blancs donnait à l'atmosphère qui régnait dans ses couloirs un aspect conventuel irrespirable.

— Elle croit toujours que son enfant est vivant, dit Lucien en chemin. Les médecins jugent qu'il est inutile de l'en dissuader. Laissez-moi lui parler. Surtout, ne dites rien.

Une infirmière les accompagna jusqu'au deuxième étage d'une aile de l'hôpital. Tout, depuis les sols jusqu'au plafond, était d'un blanc cafardeux. Des odeurs d'éther flottaient à travers les couloirs. Ils croisèrent plusieurs malades qu'accompagnaient des religieuses à cornette. Les plus dangereux étaient enfermés à double tour dans leurs chambres. Mathilde de Korzon – elle avait repris son nom de jeune fille lorsque son mari avait obtenu le divorce pour aliénation mentale – faisait partie de ceux-là depuis qu'elle avait à deux reprises attenté à ses jours.

— Elle est calme aujourd'hui, remarqua la religieuse.

Au bout d'un long couloir, elle s'immobilisa enfin devant une porte dans laquelle s'ouvrait un hublot semblable à une pupille dilatée. Elle fit jouer la clé dans la serrure et s'effaça pour leur livrer le passage.

Une femme était assise sur son lit. Elle leur tournait le dos. Lucien s'approcha doucement, puis d'une voix calme prononça :

— Mathilde… C'est moi, Lucien.

La femme ne bougea pas.

Ils contournèrent le lit pour pouvoir se tenir en face d'elle.

— Mathilde...

Lentement, la sœur de Jocelyne de Kervadec releva alors la tête, et ses cheveux blonds ruisselèrent de chaque côté de son visage.

Elise eut un mouvement de recul qui la fit trébucher contre le mur, la stupeur l'empêchant de pousser le moindre cri de surprise.

La femme assise sur le lit était le sosie stupéfiant de Jocelyne de Kervadec.

Une sœur jumelle ! Jean Marek, tout comme Lucien, avait omis de lui préciser ce détail, et durant un long moment, Elise resta sous le choc de cette découverte.

— Mathilde, poursuivit Lucien, je suis venu de la part de Jocelyne...

Il déposa le bouquet de fleurs sur la table de nuit.

— Elle t'embrasse...

Il ne la prit pas dans ses bras, n'eut pas un geste. Il avait dit à Elise qu'elle pouvait très mal réagir à n'importe quel geste. Elle ne faisait plus la différence entre une marque d'affection et ce qu'elle prenait pour de l'agression.

— Pourquoi ?... articula avec peine la jeune femme. Pourquoi n'est-elle pas venue ?

— Elle ne le pouvait pas. Tu sais bien qu'elle s'occupe du bébé...

La jeune femme eut un sourire faible, puis ses

yeux se mirent à verser des larmes qui roulèrent vers les commissures des lèvres.

— Le bébé...

Lucien posa aussi les chocolats à côté d'elle, ouvrit la boîte en prenant soin de ne pas brusquer ses gestes, puis il lui en tendit un enrobé de nougatine.

— Tu les aimes toujours, ces chocolats, n'est-ce pas, Mathilde ?

La jeune femme glissa le chocolat dans sa bouche et se mit à le mastiquer avec une lenteur insupportable. On eût dit qu'elle en savourait chaque bouchée. Puis, son sourire s'épanouit peu à peu.

— Mon bébé, murmura-t-elle...

— Il va bien, dit Lucien. Tout va bien. Jocelyne veille sur lui. Tu le trouveras en bonne santé quand tu reviendras.

Il mentait avec une assurance pathétique, et Elise avait de plus en plus de mal à ne pas se laisser gagner par l'émotion. Elle s'écarta d'un pas et porta la main à ses lèvres.

C'est alors seulement que Mathilde de Korzon posa les yeux sur elle et prit conscience de sa présence. Longuement, elle la regarda, puis tout à coup son visage se referma et ses yeux roulèrent dans leurs orbites à une allure effrayante.

— Qui est-elle ?

Sa voix avait changé, elle était devenue rauque, presque masculine.

— C'est elle qui a tué mon bébé, n'est-ce pas ?

— Mais non, voyons, intervint Lucien.

— Tu mens, il est mort. Il est mort !

Elle avait crié si fort que l'infirmière fit irruption dans la chambre, armée d'une seringue.

— Il est mort ! répéta la jeune femme.

Elle s'était levée, et Elise crut qu'elle allait se jeter sur elle, mais elle s'élança contre le mur et se frappa la tête contre le crépi. Du sang se mit à couler de son front, laissant deux longues traces le long des joues.

— Aidez-moi ! s'écria l'infirmière.

Lucien lui prêta main-forte, et Elise vit la seringue s'enfoncer dans l'avant-bras veiné de bleu.

Mathilde se calma presque aussitôt, son regard redevint vague, léthargique.

— Sortez maintenant, dit la religieuse... Sortez, je vous en prie !

Elise quitta la pièce la première, bientôt suivie par Lucien. Dans le couloir, elle éclata en sanglots. Lucien la prit dans ses bras.

— Je suis désolé, soupira-t-il, je n'aurais jamais dû vous emmener ici. Elle ne savait pas ce qu'elle disait. Pardonnez-lui.

Il était prêt à fondre en larmes lui aussi.

Il la soutint malgré tout jusque dans les jardins, où Elise commença à respirer un peu mieux. Une ambulance entrait en trombe. La neige s'était mise à tomber et, le long des parterres qui précédaient l'entrée de l'hôpital, elle formait à présent de petits bourrelets laiteux.

— Le mieux serait que nous rentrions, dit-il. Vous devez avoir envie de vous reposer. De toute façon, nous ne pouvons pas manquer le dernier bateau.

Il était sept heures du soir quand ils rentrèrent à l'hôtel. Ils dînèrent dans une salle comble du fait d'un congrès médical, des hommes en habits et des femmes en robes du soir qui parlaient haut et fort sous les lustres. Mais le bruissement des voix et les éclats de rire ne parvinrent pas à arracher Elise à sa mélancolie.

Lucien lui non plus ne parlait guère. Il continuait de se reprocher la légèreté de son comportement. Il n'avait pas pensé un seul instant que la vue d'une étrangère pût provoquer chez sa belle-sœur une telle crise d'hystérie. Il n'avait vu que la satisfaction qu'éprouverait Elise de cette marque de confiance qu'il lui témoignait. Il avait pensé à eux, mais pas à la jeune femme à la raison si fragile.

Ils mangèrent à peine. A la fin du repas, il trouva tout de même la force d'expliquer.

— Vous comprenez mieux maintenant pourquoi la maladie de ma femme est devenue pour moi une obsession. Je n'aimerais pas devoir la faire interner elle aussi, et à chaque instant penser qu'elles sont là, toutes les deux... à attendre dans cet établissement, plongées dans leur folie, dans un monde où nul ne peut plus les rejoindre, que la mort vienne les surprendre.

Elise hocha la tête, les traits décomposés.

— Je n'aurais jamais accepté que vous m'accompagniez auprès d'elle si...

Elle dit qu'elle comprenait, qu'elle ne croyait pas un instant qu'il lui avait parlé de cette visite avec le secret espoir qu'elle l'accompagne.

Après quoi un silence désarmé retomba entre eux.

Dix minutes plus tard, Elise réussit même à parler de Maurice Barrès et de son dernier roman, *La Colline inspirée.* Tout en se demandant si Kervadec faisait partie de ces lieux où souffle le malheur plutôt que l'esprit.

32

C'est ce soir-là qu'il la rejoignit dans sa chambre et qu'ils firent l'amour pour la première fois. Ce soir-là que, par désespoir autant que par désir, Elise se donna à lui comme jamais elle ne s'était donnée. Comme sur les champs de bataille la perspective soudaine de la mort décuple le sentiment de la fragilité de l'existence, cette visite à Mathilde de Korzon leur avait inspiré une sorte de désir fou de se sentir vivants et de l'éprouver jusqu'au plus profond de leur chair d'une manière quasi organique.

Quand il entra en elle pour la première fois, elle eut un crépitement derrière la nuque et des milliers d'étoiles se mirent à scintiller sous ses paupières. C'était doux et chaud à la fois. Jamais elle n'avait connu pareille sensation avec un homme. Et puis, cette odeur… Mon Dieu, cette odeur entêtante, ce parfum qui collait à sa peau, si subtil, si différent des odeurs d'étable, de sueur ou d'écurie qui accompagnaient la plupart des hommes venant au château. Elle sentit son corps s'évanouir entre les bras de Lucien, disparaître au creux du lit. Tout n'était plus en elle que douceur et ivresse.

Ils ne parlèrent guère cette nuit-là, emportés par une fièvre que rien ne semblait pouvoir apaiser, serrés l'un contre l'autre, fondus dans la même incandescence.

Lorsqu'ils se séparèrent au petit matin, Elise se sentait pleine d'allégresse et d'énergie malgré le manque de sommeil. Pourtant, la perspective de voir cesser leur relation dès leur retour à Kervadec la renvoyait à une réalité plus sombre : à peine une vie nouvelle s'ouvrait-elle sous ses pas qu'elle la voyait se refermer comme se referme la lourde porte d'un cachot.

Durant les minutes qui suivirent son réveil, elle eut le sentiment de basculer dans un abîme. Jamais elle n'avait pris autant conscience du vide de son existence depuis sept ans. Elle s'était noyée dans un travail mécanique, changeant sans cesse de place et d'identité pour ne s'attacher à rien ni personne. Mais nul n'était assez riche pour racheter son passé. Elle le mesurait aujourd'hui. Sa vie n'avait pas de sens, et Lucien, en quelques heures, venait de lui en donner un.

Lorsqu'il s'éveilla à son tour, un sourire flottait sur son visage.

— Tu sais, observa-t-il, que nue, tu es plus belle encore qu'habillée.

Elle rit :

— Ce n'est pas le cas de toutes les femmes ?

Il secoua la tête pour dire non, non, pas toutes, toi seulement. Et c'était bon à entendre, bon comme la caresse de l'eau.

Il enfouit son visage entre ses seins, et s'en dégagea seulement pour dire :

— Elise, je crois que... Je crois que je t'aime.

Elle sentit quelque chose de mouillé sur sa poitrine. Il pleurait. Troublée, elle posa une main sur son épaule. Elle ne savait comment réagir à cet aveu. Elle aurait voulu conserver le contrôle d'elle-même. Mais ni son cœur ni ses lèvres ne lui obéissaient plus. Elle murmura :

— Moi aussi je vous aime.

Et ce fut comme une porte qu'elle entrouvrait sur l'inconnu.

Dès le lendemain, Lucien téléphona à Kervadec pour annoncer à sa femme qu'il ne rentrerait pas au château. Maître Guépin avait dû quitter Nantes de manière impromptue pour un voyage de trois ou quatre jours et il avait décidé de l'attendre sur place. Jocelyne ne fit aucun commentaire. Il eut seulement le sentiment que, à la fin de leur brève conversation, sa voix était devenue plus sourde, et il ne douta pas alors qu'elle eût compris la véritable raison de son retard.

Il y eut ainsi d'autres nuits d'ivresse. Suivies de matinées ensoleillées par la tendresse et les confidences. Lucien parlait abondamment de son passé, de sa famille, du mariage que celle-ci avait arrangé avec Jocelyne, mais évitait toute allusion à l'enfant disparu, à Marie Leguenec ou à Mathilde. Elise quant à elle ne parlait de rien qui la concernât vraiment, ou presque.

— Pourquoi ne parles-tu jamais de toi ? lui avait-il d'ailleurs demandé l'après-midi qu'ils prenaient le chemin de la gare d'Orléans pour rentrer à Audierne. Et pourquoi toutes ces identités que tu as adoptées ces dernières années ?... Aurais-tu quelque chose à te reprocher ?

— Parce qu'une vie de domestique est une vie en ombres chinoises, avait-elle répondu.

L'heure n'était pas venue des explications.

Il avait aimé la comparaison, mais Elise avait remarqué ensuite que, durant tout le voyage, il n'avait plus beaucoup parlé.

A la question qu'elle lui avait posée sur les risques de conflit entre la France et l'Allemagne, Lucien avait seulement répondu :

— Personne ne peut savoir, mais je veux croire que les hommes ne seront pas assez fous pour cela.

Elise avait alors songé qu'eux-mêmes avaient été assez fous pour franchir un pas décisif en l'espace d'une nuit. La brutalité d'un tel passage à l'acte, avec toutes les conséquences que cela pouvait entraîner, n'était-elle pas la preuve que Lucien péchait par excès d'optimisme ?

33

Du jour de leur retour à Kervadec, rien ne fut plus comme avant. La longueur inhabituelle de leur séjour à Nantes avait déjà frappé les imaginations, lesquelles s'étaient mises à battre la campagne. La Fileuse comme le Trognon faisaient des gorges chaudes de ce voyage où la Fiérote avait probablement payé de sa personne pour s'attacher les bonnes « grâces » du comte de Kervadec, et mettre la main sur le « magot » tandis que, se morfondant dans sa chambre, la comtesse se mourait de langueurs sans doute provoquées par « moyens de sorcellerie ».

Seule Jocelyne de Kervadec manifesta une joie simple en les voyant de retour, et Lucien ne parut pas affecté de se retrouver en sa présence.

Elise, elle, fuyait désormais son regard comme celui de Lucien lorsqu'elle le croisait en présence de la comtesse, et c'est le ventre noué, le cœur fébrile, qu'elle accomplissait les tâches qui lui incombaient.

Les mois de mars et d'avril passèrent ainsi

dans une sorte d'ambiance trouble où le calcul, semblait-il, le disputait à l'hypocrisie.

Excepté qu'Elise était bien incapable de renoncer à Lucien. Presque chaque jour, elle le rejoignait dans une petite maison de maître située au bord d'un étang, que les Kervadec possédaient à quelques centaines de mètres du château, où Lucien avait entreposé des souvenirs de famille et qui servait parfois à héberger des parents ou des amis de passage.

Elle apprit ainsi qu'Irène de Limoelan y avait séjourné plusieurs fois, et l'idée de faire l'amour dans le lit où celle-ci avait dormi avec son mari procura à Elise une sorte de joie qui tenait autant du divertissement que de la vengeance rétrospective.

Le printemps s'installa sans que Jocelyne de Kervadec eût fait la moindre allusion à une liaison dont – Elise ne pouvait en douter – elle n'ignorait rien. C'était comme si elle jouissait secrètement de voir un plan mûrement réfléchi se mettre peu à peu en place, et Elise, tout en ayant pitié d'elle, avait fini par la haïr pour cela. Elle avait le sentiment détestable de vivre une sorte de « ménage à trois » qui refusait de dire son nom et que personne d'ailleurs ne souhaitait nommer.

Depuis son retour de Nantes, les autres domestiques avaient cessé de lui adresser la parole. Muets au point de ne plus même ricaner dans son dos ni de faire la plus petite allusion graveleuse sur son passage. Un consensus s'était établi sur le silence à observer en sa présence. Seul Martin Le Braz bavardait encore un peu avec elle lorsqu'elle venait aux écuries, mais sans doute était-ce autant par respect pour le comte de Kervadec dont il avait toujours été proche que par crainte que le nouveau « statut » d'Elise ne lui suscitât d'éventuels ennuis. Pour les autres, il lui semblait être devenue transparente. Bientôt, on ne parlerait plus d'elle comme de la « putain du comte » mais comme d'une maîtresse attitrée à laquelle on ne prête plus guère attention.

Cette nouvelle attitude ne satisfaisait guère plus Elise que l'ancienne. Aussi ne vivait-elle plus que pour les heures passées avec Lucien. Prisonnière de Kervadec, elle s'enfermait dans un amour fiévreux et irrationnel, incapable de prendre la décision de mettre un terme à cette liaison comme de lui envisager un quelconque avenir.

Les soirs de tourment, il lui arrivait cependant de souhaiter la mort de Jocelyne de Kervadec. Ainsi, les choses seraient plus simples. L'un des protagonistes une fois disparu, partir ou rester deviendrait un choix auquel il faudrait fatalement trouver une réponse.

Le silence de Lucien ne l'aidait guère à échapper à cette confusion.

Lorsque vint le temps des moissons à l'été

1914, ils se rejoignirent moins souvent dans la maison de l'étang, et Lucien eut beau protester, Elise interpréta cet éloignement comme symbolique. Les nombreuses occupations qui étaient les siennes, une vie mondaine un peu plus soutenue, quelques sorties en mer en compagnie du baron de Kerlleano, ainsi que la gestion d'un portefeuille boursier plus instable, justifiaient selon lui des absences qu'elle imputait à un attiédissement de leurs relations.

Cet éloignement la rejetait fatalement vers Jocelyne de Kervadec, et Elise n'en trouvait la situation que plus insupportable. En quelques semaines, elle avait retrouvé la sensation d'étouffement qui lui avait donné une première fois l'envie de fuir le château. L'air n'y circulait plus. Lucien absent, l'amour qu'elle lui vouait, loin de décliner, ne faisait cependant qu'augmenter tout en se teintant d'amertume. Son désir y gagnait en excitation ce que l'amour y perdait en pureté.

Au mois de juillet, le visage amaigri, les yeux cernés, Elise prit ainsi brusquement conscience qu'elle se consumait. Une fois de plus, elle vivait à travers un « autre » au lieu de vivre sa propre vie.

En dépit de tous ses efforts, elle n'était jamais parvenue à se délivrer de ce travers. Chaque fois qu'elle était tombée réellement amoureuse, elle avait abandonné tout libre arbitre, s'était remise entre des mains étrangères au lieu de garder ses distances. Elle en avait souffert d'autant.

C'était à se demander si elle ne préférait pas la jalousie et la rancœur à cette attente, à cette dépendance cruelle et vaine. Elle en avait même fait son miel lorsqu'on avait prétendu qu'elle était devenue la maîtresse de Jacques de Margonne. Sauf que Jacques de Margonne n'avait jamais été son amant. Il avait bien un peu essayé de l'approcher, mais il était trop peu sûr de lui pour aller au bout de ses entreprises. Il avait l'impulsion hasardeuse des timides, une sorte de gentillesse qui inspirait davantage de compassion que de désir malgré la beauté de ses mains et la candeur de ses traits féminins. Souvent, Elise lui avait vu une sorte de souffrance affleurer sur le visage, celle d'un homme qui, toujours, hésite entre l'accomplissement et le renoncement. Elle avait fini par se rendre compte qu'elle ne ressentait pour lui que de la pitié et c'était cette pitié qui l'avait décidée à demander son congé.

Mais Elise n'éprouvait aucune pitié envers Lucien de Kervadec. Elle sentait seulement tout le flux de sa vie couler vers lui, et ce flux ne pouvait tarir.

34

L'été 1914 fut brûlant. A travers tout le pays d'Audierne, les activités agricoles avaient repris avec leurs routines habituelles mais aussi leurs joies singulières : celles du labeur en commun, de la peine partagée, des rires à l'ombre des chênes et des ormes au bord des champs et des talus. Toujours aussi gaillards, les saisonniers étaient revenus à Kervadec pour jouer de la faucille de l'aube jusqu'à la nuit et chahuter les filles qui leur servaient de grandes bolées de cidre sous les arbres. Une chaleur à peine atténuée par un léger, trop léger, vent d'ouest pesait sur la lande et rendait la mer étale dans la baie des Trépassés, desséchait les ajoncs et exaltait les parfums des genêts. On aurait dit malgré tout un petit paradis sur terre, un paradis où s'activaient des anges heureux de célébrer, par leur travail et leur communion avec la nature, une sorte de messe païenne. Certains soirs, plutôt que des harpes, on entendait d'ailleurs un sonneur de bombarde ou de biniou invoquer des puissances chtoniennes aux accents d'une musique que d'aucuns auraient jugée criarde, mais qui avait le pouvoir étrange de permettre aux hommes d'entrer en relation avec l'autre monde : celui des esprits de la nature et des âmes anciennes.

Elise ne participait que de loin à cette fièvre. Chaque après-midi, elle faisait la lecture à Jocelyne de Kervadec au fond du parc, toutes deux étendues sur une chaise longue au bord de la rivière qui coulait sans bruit, toutes deux à bout de chaleur et d'attente.

Parfois, Lucien venait les voir, descendait en sueur du cheval noir avec lequel il avait longuement parcouru ses terres écrasées de soleil, avalait une gorgée de thé refroidi, prononçait quelques mots, puis repartait, les laissant toutes deux sur leur faim. Comme s'il ne parvenait pas à briser le silence qu'il avait laissé s'installer entre eux, comme si lui-même redoutait quelque chose de cet été trop chaud, trop mou, trop immobile pour ne pas receler quelque piège.

Car, depuis que le 28 juin l'archiduc François-Ferdinand avait été assassiné à Sarajevo, nul dans les chancelleries n'eût parié sur l'avenir. Le sol vacillait sous les pieds des chefs d'Etat comme des diplomates. Tout était devenu trouble et incertain. Même l'adoption de l'impôt général sur le revenu, le 15 juillet, par le Sénat et la Chambre des députés, n'avait suscité aucun émoi particulier à Kervadec. L'essentiel était ailleurs.

Lorsque Jean Jaurès fut assassiné à Paris le

31 juillet, au café du Croissant, Lucien se permit seulement un jeu de mots qui ne fit rire personne :

— L'Humanité[1], dit-il, est entrée dans une phase décisive de son histoire !

Le docteur Clouet, qui l'accompagnait, observa alors d'une voix morne :

— J'ai bien peur qu'il ne vous faille changer bientôt d'avis, et que ce soit l'inhumanité qui triomphe...

Les deux hommes en restèrent là. Ils n'étaient pas du même avis, mais ils partageaient la même idée de la fraternité.

Dans l'après-midi du 1er août 1914, les cloches des églises se mirent à sonner dans tout le pays, annonçant la mobilisation générale. L'Allemagne venait de déclarer la guerre à la Russie. Deux jours plus tard, elle déclara la guerre à la France. La veille, les troupes allemandes avaient envahi le grand-duché du Luxembourg. L'horizon si bleu de cet été 1914 s'était obscurci d'un seul coup à la stupeur quasi générale.

Ce soir-là, Elise fut la seule domestique présente au château. Les autres avaient obtenu leur soirée pour rejoindre leurs familles, chacune comptant un ou plusieurs mobilisés : un père, un frère, un oncle, un fils, sans mentionner les cousins qui, de Douarnenez à Quimper ou Pont-l'Abbé,

1. *L'Humanité* était alors le journal dirigé par Jean Jaurès.

allaient partir eux aussi pour une guerre que chacun imaginait courte et forcément victorieuse puisque les « Boches n'avaient qu'à bien se tenir ».

Malgré une atmosphère tendue, Jocelyne de Kervadec demanda à Elise de dîner en leur compagnie dans le petit salon bleu qui donnait sur l'arrière du château.

— Cette fois, c'est la guerre, annonça Lucien dès le début du repas.

Il avait dit cela d'un ton si naturel que Jocelyne de Kervadec, livide, déglutit avec peine.

— On dirait que ça ne vous surprend guère, dit-elle. Et même que ça ne vous déplaît pas…

Lucien alluma un cigare dont les volutes s'évanouirent aux moulures du plafond.

— Je suis surpris comme tout le monde. Personne ne pouvait prévoir que tout irait si vite. Mais puisqu'il le faut…

Sa voix avait des accents de fatalisme insupportable et Elise sursauta en croisant son regard. Il était fixe, dénué de toute chaleur, comme s'il se voyait déjà en barbare venu des plaines arides d'Asie centrale et montant à l'assaut des murailles de Rome.

— Vous n'allez tout de même pas me dire que vous comptez…

Lucien se raidit.

— Quoi ?… Me battre ?… Mais bien sûr,

croyez-vous que je vais rester planté là pendant que mon pays a besoin de moi !...

— Vous pourriez..., bafouilla la comtesse. Enfin, avec nos relations...

— Echapper à la mobilisation ?

Lucien de Kervadec se mit à ricaner, et son ironie sembla blesser sa femme, plus pâle qu'une cariatide.

— Vous n'y pensez pas ! Voulez-vous que je passe pour un lâche le reste de ma vie ... Pensez-vous qu'un Kervadec ne sache pas aussi bien mourir qu'un métayer ?

— Et que vais-je devenir, que va devenir Kervadec si la guerre se prolonge ?

— Elle ne durera pas. Dans deux ou trois mois tout au plus, tout sera fini.

— Et s'il vous arrivait...

La fourchette qu'Elise laissa tomber à cet instant sur le parquet résonna comme un ténébreux présage dans le silence du salon.

— Eh bien, Elise, observa nerveusement Jocelyne de Kervadec, dites quelque chose !... Ou trouvez-vous judicieux de ne faire de confidences à mon mari que sur l'oreiller ?

Est-ce qu'elle voulait la rabaisser aux yeux de Lucien ? Sa voix était devenue criarde, presque hargneuse.

— Jocelyne !... intervint sèchement Lucien. Rien ne vous autorise à lui parler comme ça. Après tout, qui a souhaité cette situation sinon vous ? Depuis des années, vous voulez un enfant à toute force, un enfant de n'importe qui pourvu qu'il soit au moins de moi. Vous le voulez pour vous, pas pour moi, pas pour Marie ou même pour Elise, pour vous !... Pour effacer ceux que nous avons perdus, pour venger la folie de votre sœur, pour triompher de cette prétendue malédiction qui frapperait les Kervadec... J'ai bien peur que vous ne soyez tout bonnement en train de sombrer dans la même folie que Mathilde !

Elise ne disait rien. Elle se sentait aussi perdue qu'un minuscule îlot au milieu de l'océan. C'était la première fois qu'elle entendait Lucien parler de malédiction, la première fois aussi qu'elle éprouvait la certitude d'être au centre d'un drame qui ne la concernait pas. Entre Jocelyne et Lucien de Kervadec, elle n'était pas même une arbitre, seulement l'instrument d'une possible revanche, un tampon d'ouate entre deux rancœurs, une équilibriste dansant sur la corde raide de leurs désirs refoulés et de leurs vanités exaltées.

Lucien s'était tourné vers elle avec une sorte de compassion muette. Longuement, il l'observa tandis que sa femme pleurait à chaudes larmes.

— Je suis désolé, Elise. J'ai été sincère envers vous, je vous ai aimée. Mais je ne veux pas que vous soyez une seconde Marie Leguenec. J'ai eu tort de laisser ma femme jouer de votre sensibilité pour vous attendrir et vous garder auprès d'elle. Moi aussi, je suis tombé dans le piège. Vous aviez raison, vous feriez mieux de partir d'ici au plus vite. Je vous trouverai une bonne place ailleurs. Où vous voulez, j'ai assez de relations pour cela. Même à Paris !

Il parlait déjà de leur amour au passé, comme s'il se fût agi d'une troisième et ultime fausse couche de sa femme. Pitoyable, il mettait une fois de plus sa fortune en avant dans l'espoir d'adoucir la brutalité de son revirement.

Elise s'était levée, et se dit qu'elle ne ferait rien de plus ce soir-là. Une ardeur sombre bouillonnait au fond d'elle. Elle dit d'une voix abrupte :

— Je ne veux pas de votre charité, je saurai bien me débrouiller toute seule. Quant à vous, partez pour la guerre si vous voulez, allez vous faire tuer, fuyez !... Mais surtout, surtout... ne parlez plus d'amour, ne prononcez plus ce mot. En réalité, vous êtes faits du même métal tous les deux, et comme je plains Marie d'avoir eu à supporter le poids de tout cet orgueil qui vous écrase. Même s'il n'y avait pas eu René Kémeneur, elle serait morte de votre égoïsme. Elle n'avait pas les épaules pour supporter ça, moi si. Je partirai demain matin.

La comtesse esquissa un geste pour la retenir, mais elle en devina aussitôt l'inanité et se remit à pleurer à longs sanglots. Cette fois, elle pouvait simuler ou non une crise d'hystérie, Elise ne reviendrait pas sur sa décision. Jocelyne de

Kervadec mourrait seule de sa folie, et Lucien tomberait peut-être au champ d'honneur, mais cela ne la concernait plus, cela ne l'avait jamais concernée en réalité. Pendant plus d'un an, elle avait mis son existence entre parenthèses, vécu dans un monde parallèle avec lequel le pays bigouden n'avait que de très lointains rapports, à moins qu'il ne fût un décor en trompe-l'œil. Pendant plus d'un an, elle s'était laissé manipuler par un homme et une femme qui cherchaient désespérément à combler leurs frustrations et à « racheter leur passé » au détriment d'une âme droite. Le mot « vampirisme » lui vint à l'esprit.

Jean Marek avait raison : trop d'ombres hantaient Kervadec, et ses deux derniers propriétaires finiraient par rejoindre leur triste cohorte.

Mais sans elle !

Elle monta à l'étage et rassembla ses affaires, puis décida d'aller passer sa dernière nuit dans la chambre de Marie Leguenec. Elle était toujours inoccupée et Elise se dit qu'à tout prendre elle y dormirait mieux ou tout aussi mal que dans le voisinage de la comtesse de Kervadec.

Lorsqu'elle souffla sa chandelle et qu'on frappa discrètement à la porte, il était minuit largement passé.

Le cœur battant, elle hésita à aller ouvrir. Il lui était facile de faire croire qu'elle dormait. Les nerfs tendus, elle écouta le silence du dehors.

Elle avait chaud et dormait nue. Elle enfila une chemise de nuit. On frappa deux nouveaux coups.

Elle ouvrit, tremblante à l'idée de se retrouver en face de l'évidence.

Lucien de Kervadec se tenait sur le seuil. Sans attendre d'y être invité, il entra dans la chambre et la prit doucement par les épaules.

— Mais...

— Ne dis rien, murmura-t-il. Ou demande-moi de m'en aller.

Puis, d'une voix grave :

— Je pars demain rejoindre mon régiment à Rennes. C'est peut-être la dernière fois que nous nous voyons, je t'en prie...

Il la tutoyait à nouveau, comme lors de leur merveilleux séjour à Nantes. Son regard lui-même avait changé. Il avait retrouvé toute l'extraordinaire douceur dont Lucien était capable lorsqu'il s'abandonnait, et non plus l'éclat métallique de l'acier qu'elle lui avait vu quelques heures plus tôt.

Elle se laissa enlacer. Il l'embrassa, et elle retrouva toute la science qu'il mettait à lui faire sentir à quel point le désir qu'il éprouvait pour elle outrepassait les limites ordinaires de la passion.

Ils ne prirent pas même le temps de se dévêtir.

Elle ne demanda plus rien.

Le lendemain, l'aube se leva sur leurs corps moites. Mais si Elise était encore étendue sur le lit, Lucien se tenait dans l'encadrement de la fenêtre. Il était nu, indifférent au fait qu'on pût l'apercevoir du dehors, et dans la lumière son corps fin et musclé ressemblait à celui d'un jeune Espagnol prêt à revêtir son habit de lumière pour affronter le taureau dans l'arène.

Lorsqu'il vit qu'elle était réveillée, il lui sourit avec douceur et revint s'habiller près du lit. Elise se souleva sur un coude et le drap glissa sur la courbe de ses seins lourds aux pointes fines, aux aréoles pâles. Il en cueillit un comme on cueille un fruit.

— Ne serait-ce que pour te contempler nue au réveil, dit-il, je reviendrai vivant.

Elle se blottit contre lui, ferma les yeux. Des larmes roulèrent sous ses paupières, qu'elle essuya avant qu'il ne les voie humecter ses lèvres. La perspective de ne jamais le revoir, de ne plus vivre ces heures incandescentes, effaçait les pensées morbides qu'elle avait nourries la veille. Toute l'ambiguïté venait de ce que Lucien de Kervadec était un homme à deux visages. Elle aimait l'un sans connaître vraiment l'autre et doutait toujours que le second fût l'exact contraire du premier, semblable à ce dieu romain, Janus, doté d'un double visage, masculin et féminin, les deux regardant dans des directions opposées.

Elle n'aurait peut-être plus jamais la possibilité

d'en apprendre davantage. Elle se serra un peu plus contre lui, mais ce fut Lucien qui se dégagea en soupirant.

Déjà, il se levait et entrouvrait la porte, comme pour laisser entrer un peu d'air dans cette étuve où tout, du désordre vestimentaire aux parfums, évoquait la violence de l'amour partagé.

— S'il m'arrivait..., commença-t-il... Enfin, je voudrais savoir... ton vrai nom ?...

— Elise, dit-elle... Elise d'Engremont.

— Tu n'as donc pas toujours été... domestique ?

Elise secoua la tête avec un sourire pâle.

— Tu as vraiment ton certificat d'études ?

— J'ai aussi mon baccalauréat, et même quelques petites choses en plus...

Cette fois, ce fut lui qui hocha la tête et se mit à sourire.

— Ma femme avait donc raison depuis le début... Tu avais bien ce quelque chose de différent des autres qu'elle n'arrivait pas à définir.

Puis, d'une voix sourde :

— Il y a sans doute beaucoup trop d'ombres à Kervadec, j'ignore si elles se dissiperont un jour, mais les tiennes... il me semble que tu es la seule à pouvoir t'en délivrer.

Il détourna les yeux, incapable de supporter ceux d'Elise, trop bleus, trop lumineux. Au moment où il franchissait le seuil, il l'entendit prononcer d'une voix forte :

— Reviens vivant !

Deux heures plus tard, Elise aperçut Martin Le Braz en uniforme bleu horizon et tête nue qui, au volant de la De Dion-Bouton, attendait Lucien de Kervadec en bas du perron. Celui-ci jeta une valise à l'arrière de la voiture et y grimpa avec des gestes lents, comme s'il cherchait inconsciemment à retarder son départ.

Il était vêtu d'un costume gris, d'une chemise de flanelle, et portait des mocassins élégants. Ainsi habillé, on aurait pu croire qu'il se rendait à la messe du dimanche ou même à un rendez-vous galant, et Elise ne put s'empêcher de songer qu'il avait plus probablement rendez-vous avec la mort.

Elle regarda démarrer la voiture, les yeux embués de larmes, puis la vit s'éloigner dans la brume de chaleur qui montait de la terre détrempée, disparaître au détour de l'allée.

Alors, et alors seulement, elle réalisa que toute son existence basculait à nouveau.

Lucien ne se retourna pas. Tout juste adressa-t-il un pauvre geste du bras à sa femme qui, dans sa robe mauve, semblait un long glaïeul planté sur le haut du perron.

Puis la vision disparut comme s'efface un songe.

Ce ne fut qu'ensuite qu'Elise s'autorisa à pleurer.

35

Durant toute cette journée, Elise erra entre deux mondes, incapable d'organiser une pensée cohérente, et encore moins de prendre ses distances avec cette nuit magique passée entre les bras de Lucien, cette nuit unique durant laquelle il lui avait semblé que l'imminence de leur séparation donnait enfin à chaque geste, à chaque parole, un poids qui leur était propre.

Combien de fois s'était-elle repassé les images dans sa tête ? Elle se revoyait encore hésiter, ouvrir la porte, l'accueillir dans sa chambre, puis au plus profond de son intimité. Le reste, ensuite, devenait flou tout en conservant au fond de sa mémoire une énergie invincible.

L'espoir de le revoir vivant un jour prochain allait désormais l'habiter, constituer l'axe de son existence, la colonne vertébrale autour de laquelle tourneraient ses pensées. Une fois de plus, elle allait vivre par amour et par procuration.

Il ne le fallait pas. Mais elle pressentait que le piège, une fois de plus, se refermerait sur elle.

Rien, en revanche, ne l'obligeait à demeurer

plus longtemps à Kervadec. Aussi fit-elle part dès le début de l'après-midi à la comtesse de son intention de quitter son emploi.

Le visage défait, les yeux rougis par les larmes, Jocelyne de Kervadec n'esquissa même pas une objection. Elise refusa les gages du mois d'août qu'elle voulait lui donner « en dédommagement de toute sa peine et des humiliations endurées » et dit que ces humiliations avaient été, hélas, partagées, qu'elle n'en voyait donc pas la nécessité. Là encore, la comtesse n'insista pas.

Jocelyne de Kervadec lui demanda toutefois de retarder son départ d'une ou deux journées. Les trains, de toute façon, seraient bondés, et elle la priait de l'accompagner à la messe exceptionnelle qui serait dite à Audierne le soir même pour la victoire de la France et la fin rapide de la guerre avec l'Allemagne. Elise accepta.

C'est en début de soirée qu'Elise fut prise d'un premier malaise. Elle attendait l'heure de partir pour Audierne en lisant dans la chambre de Marie Leguenec lorsqu'elle éprouva tout à coup une sensation de vertige et dut s'allonger. Les murs autour d'elle avaient perdu de leur solidité et son corps lui-même était comme animé de soubresauts. Elle ferma les yeux et s'efforça de respirer calmement. Mais tout lui semblait étrangement poreux, à l'intérieur de son corps comme à l'extérieur.

Cette sensation dura quelques minutes avant qu'elle pût se lever. Elle remarqua cependant que ses gestes manquaient de coordination. Elle s'habilla avec effort : robe grise, chemisier blanc, gilet et fichu noir sur la tête. Puis elle sortit dans la cour où s'attardait encore l'épaisse chaleur de la journée.

Le peu d'air qui caressait les ormes du parc lui fit cependant du bien. Noémie, Louise et Marion attendaient déjà sous le porche du château. Elise passa à côté d'elles sans prononcer un mot. Leurs visages étaient aussi sombres que les tenues qu'elles avaient revêtues, à l'exception des hautes coiffes blanches du dimanche sorties pour la circonstance.

La comtesse apparut sur le perron au même moment, et Elise l'attendit, puis toutes se mirent en marche en direction d'Audierne. Il faudrait y aller à pied, en espérant que quelqu'un pourrait les ramener avec la voiture laissée probablement à la gare par Martin Le Braz.

Cinq kilomètres de marche silencieuse.

En passant devant chaque calvaire, les femmes se signaient. Par solidarité plus que par conviction, Elise fit de même.

Parvenues à Audierne, elles gravirent la ruelle en escalier qui menait à l'église du quinzième siècle construite au sommet d'un coteau. Des dizaines de femmes, de vieillards et d'enfants convergeaient vers elle, animés d'une même foi ardente et naïve pour solliciter du ciel la fin de la guerre. Et en pénétrant dans l'édifice, Elise eut la sensation pour la première fois depuis longtemps d'accomplir un acte de soumission à la volonté divine sans que son orgueil eût à en souffrir, sans que les souvenirs non plus ne viennent entraver la spontanéité de ses gestes.

Longuement, le prêtre – un petit homme replet au visage de lune et aux mouvements gauches – s'étendit sur les événements en cours et l'horreur de toute guerre. Il parla de courage, de solidarité, d'espérance, mais aussi de châtiment divin et de l'absence de pitié que Dieu manifesterait envers l'Allemagne pour avoir déclaré la guerre et mis le feu au monde. Il alla même jusqu'à évoquer les cavaliers de l'Apocalypse et les supplices de la géhenne. Elise se dit alors que la vie sur terre était déjà l'occasion d'assez grandes souffrances pour qu'on se dispensât d'en imaginer d'éternelles après la mort.

— Beaucoup d'hommes vont mourir pour que nous puissions continuer à vivre, conclut-il. D'autres en réchapperont. Mais, pour ceux qui mourront, mieux vaudra cette mort-là qu'une vie indigne. Mieux vaudra le sacrifice que la lâcheté… Beaucoup mourront, et devront donner la mort avant, mais tous n'y perdront pas leur âme, car Dieu saura exercer son jugement et sauver du péché ceux qui appartiendront au camp des justes !

Le rituel de la communion venait à peine de commencer dans l'église remplie de fidèles lorsque Elise fut prise d'un second malaise.

Jocelyne de Kervadec le remarqua aussitôt car elle lui suggéra de s'asseoir. Elle lui murmura aussi qu'elle était pâle, si pâle que la cire des cierges ne pouvait lui faire concurrence. Elise sourit et répondit que tout allait bien, mais la voix de la comtesse lui parvenait déjà à travers un brouillard, une sorte de ouate qui atténuait même le bruit des chaises raclant les dalles, la voix du prêtre et les toux des fidèles.

Lors de l'élévation, elle s'effondra dans la travée. Elle s'affaissa sur elle-même et se cogna violemment la tête sur le rebord du prie-Dieu. Noémie et Marion l'aidèrent à se rasseoir, mais elle eut tout de même quelques secondes de totale inconscience.

Lorsqu'elle rouvrit les yeux, elle eut à peine le temps d'apercevoir un sourire sur les lèvres de la Fileuse et de l'inquiétude dans le regard dur de Jocelyne de Kervadec avant de sombrer à nouveau.

36

— Je crois, hélas, qu'il n'y a guère de doute possible, dit le docteur Clouet.

— Pourquoi, hélas ? intervint sèchement Jocelyne de Kervadec.

Le docteur Clouet eut un haussement d'épaules fataliste.

— Vous voulez dire que je suis enceinte ? demanda Elise.

Etendue sur le canapé du salon, elle se redressa sur son avant-bras, mais le docteur Clouet lui fit signe de demeurer tranquille. La transpiration noyait son visage sous un voile liquide qui se cristallisait autour des pommettes. Elle n'avait repris conscience qu'une fois de retour à Kervadec. Le docteur Clouet les avait ramenées avec la voiture de Lucien, puis était demeuré auprès d'elles après un examen rapide. Elle n'apercevait aucune des autres domestiques, sans doute condamnées à regagner le château à pied par sa faute.

— Il va vous falloir du repos. Les débuts d'une grossesse sont très importants, inutile de prendre des risques. Je suppose que vous savez qui est le père...

— Anselme !

La voix de Jocelyne de Kervadec avait jailli avec force.

Mais le « bon docteur » Clouet se tourna vers elle avec une énergie et une détermination plus absolues encore.

— Quoi, Anselme ?... Vous croyez que je n'ai pas compris. Vous savez que je suis de vos amis, et que la morale est pour moi une affaire privée. Je n'ai aucune leçon à donner.

Puis, observant Elise d'un air radouci :

— Elise, regardez-moi...Vous voulez garder cet enfant ?

— Bien sûr qu'elle le veut ! s'écria la comtesse.

— Ce n'est pas à vous de le décider.

Le regard d'Elise se porta successivement sur les deux visages penchés vers elle. Tous deux reflétaient l'attente, mais une attente d'une nature bien différente. Celle d'Anselme Clouet reflétait la compassion, celle de la comtesse une sorte de fièvre intérieure qu'elle ne maîtrisait plus.

— Je n'ai nullement l'intention de commettre un infanticide, dit Elise, mais... enfin, vous comprenez ce que cela signifie pour moi ?

— Vous craignez pour votre avenir ou pour votre réputation ?

— Ma réputation n'est plus à faire.

— Alors, pensez plutôt à votre vie et à celle de votre enfant. J'ai mis au monde dans ce pays plus d'un... bâtard, comme le disent certaines bigotes pleines de charité. On vous le pardonnera. A moins que vous ne préfériez quitter le pays pour aller accoucher en ville. Mais cela ne résoudra pas le problème sur le fond. Il vous faudra l'élever et...

— Merci, docteur, coupa Jocelyne de Kervadec, je crois que cela suffira pour ce soir. Mieux vaudrait qu'Elise puisse dormir à présent.

Le docteur Clouet eut un sourire attendri à l'adresse d'Elise, et un autre, plus sévère, pour la comtesse. Il referma sa sacoche, remit son chapeau sur sa tête et prit congé.

— Nous en reparlerons plus tard, promit-il.

La comtesse le raccompagna néanmoins jusque sur le perron.

— Vous savez ce que vous faites, Jocelyne, dit-il avant de la saluer.

— Je crois que Lucien voudrait la même chose.

— Qui vous l'affirme ? Ce n'est pas votre enfant, c'est celui d'Elise.

— Il me suffit qu'il soit de Lucien.

Anselme Clouet secoua la tête. L'obstination de la comtesse le laissait sans voix ni arguments. Il savait à quel point elle avait souffert de cette absence de maternité, à quel point la folie de sa sœur l'avait désespérée, à quel point aussi elle redoutait en son for intérieur d'être victime du même mal. Mais un tel acharnement !... Une force supérieure dont il n'aurait su dire la nature la poussait malgré elle dans cette voie : accepter l'enfant d'une autre pour que Lucien devienne enfin père, pour que Kervadec vive enfin des heures lumineuses et que s'effacent les ombres du passé.

— N'oubliez pas que c'est elle qui décidera en dernier ressort, conclut-il. Et que ce n'est pas par la contrainte que vous la ferez plier. Cette fille-là n'est peut-être pas du pays, mais elle a une force de caractère qui l'honore. Ne gâchez pas sa vie par votre obstination.

Le visage de la comtesse s'était apaisé. Il avait perdu, en dépit de sa pâleur, toute aridité, et même ses yeux exprimaient une sorte de tendresse qu'on leur voyait rarement.

— Croyez-vous, dit-elle, que je souhaite son malheur et celui de son enfant ? Je n'ai nullement l'intention d'en faire un bâtard. Je sais que Lucien l'aime et qu'il l'épousera à son retour... quand je ne serai plus là. Quant à l'enfant, il aura tout ce que je serai en mesure de lui donner.

Le docteur Clouet, cette fois, ne put s'empêcher d'émettre un rire sarcastique :

— Et si Lucien ne revenait pas ?... Pour le

coup, je crois bien, Jocelyne, que la folie vous gagne.

— Peut-être bien, mais n'oubliez jamais que ce qui passe pour folie aux yeux des hommes peut être sagesse aux yeux de Dieu.

Le docteur Clouet s'éloigna sur ces mots, lui qui ne croyait pas en Dieu.

Lorsque Jocelyne de Kervadec revint au salon, Elise s'était endormie. Sur son front, juste à la racine des cheveux, la sueur avait laissé une petite nappe qui refusait de s'étendre.

37

A la demande de la comtesse de Kervadec, Elise avait réintégré sa chambre au château. La nouvelle ne tarda pas dès lors à se répandre au sujet d'une grossesse datant d'à peine trois mois et sur laquelle Jocelyne de Kervadec avait décidé de veiller personnellement. Pour faire taire les ragots, celle-ci fit savoir qu'elle serait la marraine de l'enfant en raison des soins qu'Elise avait apportés à sa propre santé depuis plusieurs mois. D'ici là, Elise n'effectuerait auprès d'elle qu'un service réduit pour ne pas mettre la vie de l'enfant en danger.

Cette prudence, hélas, ne suffit pas, et Elise sut très vite ce que l'on rapportait dans le pays d'Audierne. La Fiérote venue de Paris était grosse du comte de Kervadec, tout comme l'avait été sans doute Marie Leguenec, et cette grossesse représentait l'ultime manœuvre d'une ambitieuse décidée à tout pour parvenir à ses fins. La comtesse, l'esprit de plus en plus embrumé par ses divagations, ne pouvait naturellement s'en rendre compte. Manipulée, elle se dévouait corps et âme au salut d'un futur bâtard qui, sans doute, mourrait comme les autres et précipiterait un peu plus les Kervadec dans la voie du malheur.

Au fil des semaines, Elise apprit ainsi que des paris s'étaient ouverts sur les chances de survie de l'enfant et sur l'attitude qu'aurait le comte de Kervadec à son retour du front.

Selon certaines langues particulièrement affûtées, elle n'était plus que « Elise la catin », et le docteur Clouet peinait à lui faire admettre qu'une telle vision des choses n'était le fait que d'une minorité, et non du pays d'Audierne tout entier.

Mais même les propos amicaux du docteur Clouet ne la consolaient pas.

Elise la catin !... Le mot ne cessait de résonner dans son esprit assombri par la colère. Qu'avait-elle fait pour mériter cela ? Elle était différente, simplement différente. Ni par la richesse ni par les manières, mais par l'être. Elle n'aspirait pas à épouser un domestique et à passer le restant de ses jours au service des autres. Elle ne voyait pas dans la fête du village l'ultime distraction d'une vie. Elle ne cédait pas à l'attrait de la médiocrité. En un mot, elle ne renonçait pas à la part d'elle-même qui refusait l'enfermement dans les limites étroites d'un destin tout tracé.

Oui, c'était ça qu'on lui reprochait. D'être simplement différente. Alors, il fallait la rabaisser, la salir, l'éliminer comme on élimine un obstacle à ce qui semble être l'ordre juste des choses.

C'était pourtant Lucien qui avait franchi le pas, lui qui avait parlé d'amour le premier, lui dont elle portait aujourd'hui l'enfant. De même était-ce Jocelyne de Kervadec qui n'avait cessé de jouer sur sa corde sensible pour la retenir à Kervadec, s'appuyant sur sa maladie, sur ses souffrances de mère frustrée, elle qui avait évoqué cet enfant possible, elle qui, en vérité, l'avait poussée dans les bras de Lucien.

Plus Elise se débattait au creux de sa conscience, et plus sa situation lui semblait inextricable. L'envie de quitter Kervadec la tenaillait chaque jour un peu plus, et l'absurdité de cette décision lui paraissait chaque jour plus évidente. Elle n'avait aucun recours, nul endroit où aller, plus aucune famille, pas d'argent et il lui serait difficile de trouver un emploi dans sa situation. Elle n'avait d'autre solution que d'attendre et voir ce que l'avenir lui réservait. Attendre la naissance de l'enfant et le retour de Lucien. Attendre une éclaircie ou un miracle.

38

Les premières lettres de Lucien parvinrent au château à la mi-septembre. La bataille de la Marne venait d'être remportée par les troupes alliées où se côtoyaient régiments français, divisions anglaises et belges. Lucien de Kervadec parlait de la ténacité de Foch et de la bravoure des hommes. Il disait mieux comprendre le pacifisme de Jaurès depuis qu'il était au front. Il parlait d'une guerre terrible, mais que chacun espérait de courte durée.

Le ton changea dès le mois de novembre. La guerre de mouvement cessa et les troupes s'enterrèrent dans les tranchées pour se livrer des combats meurtriers et inutiles. Le style même de Lucien lui aussi avait changé, plus sombre et plus technique. Il décrivait l'atmosphère de la tranchée avant l'assaut, la puissance des tirs d'artillerie, les liquides enflammés, la boue dans laquelle il faut patauger jour et nuit, le froid qui mord et les rats qui guettent dans l'obscurité des casemates, les cadavres des compagnons d'armes auxquels on ne prête même plus attention et dont la mort fige les visages hallucinés.

Ces lettres, c'était Jocelyne de Kervadec qui en donnait le plus souvent la lecture.

Elise la soupçonnait de lui épargner les passages les plus pénibles, et lui en faisait le reproche. Les deux femmes parvenaient, aux meilleurs jours, à en plaisanter. La comtesse prétextait alors l'état d'Elise, laquelle répondait qu'une grossesse n'était pas une maladie et même qu'une femme qui attendait un enfant devait être forte pour deux.

Jocelyne répondait aux lettres de son mari, mais incitait Elise à lui écrire de son côté. Deux lettres de femmes, lorsqu'on côtoie la mort à chaque instant, c'était deux fois plus de bonheur.

Mais Lucien, s'il écrivait à sa femme, ne répondait qu'une fois sur trois aux lettres d'Elise.

Lorsqu'il avait appris qu'elle était enceinte, il n'avait même fait aucun commentaire, et Elise en avait souffert sans se plaindre. Jocelyne de Kervadec avait alors cherché à l'excuser en évoquant sa pudeur, et sans doute sa crainte de ne jamais connaître l'enfant qu'elle portait. Elise n'en avait pas cru un mot. Malgré les attentions journalières dont l'entourait Jocelyne de Kervadec, elle avait interprété ce silence comme un désaveu.

Tandis que s'arrondissait le ventre d'Elise, tout

le pays d'Audierne ne retentissait plus désormais que du fracas des armes et du nom des soldats morts qui étaient chaque jour rapatriés vers l'arrière. Au maire était dévolue la macabre tâche d'identifier les corps à leur arrivée en gare. Accompagné du recteur et de la famille, il venait en prendre « livraison » dans un wagon scellé.

C'est ainsi que Martin Le Braz fut ramené à Audierne pour y être enterré, et que Louise Marek prit le deuil.

Heureusement, la gare était aussi le lieu des joies les plus grandes, lorsqu'un permissionnaire revenait du front sans blessures graves et qu'il pouvait passer quelques jours parmi les siens.

Elise attendit ainsi jusqu'au mois de décembre une lettre de Lucien lui annonçant son retour, mais aucun courrier ne vint lui donner d'espoir.

Depuis le départ de son mari pour la guerre, Jocelyne de Kervadec avait pris en main la gestion du domaine. Elle avait conservé auprès d'elle ses domestiques et embauché quelques hommes plus âgés mais encore valides restés au pays pour accomplir des travaux de première nécessité.

Désireuse d'associer Elise à cette tâche, elle lui enseigna les rudiments indispensables pour diriger un domaine agricole qui associait cultures céréalières et élevage. Elise apprit ainsi quelles étaient précisément les terres, les fermes et les métairies qui relevaient du château de Kervadec, quelles étaient les productions moyennes de sarrasin, de seigle ou de lait, combien rapportait une « tuerie de cochons » et de quelle manière gérer les employés du domaine comme tout ce qui appartenait à l'économie domestique. La comtesse mentionna même les spéculations boursières dont Lucien était coutumier, ainsi que les parts que possédaient les Kervadec dans l'industrie sardinière du pays.

Réticente au début, Elise s'était bientôt passionnée pour ces longues conversations qui lui donnaient le sentiment retrouvé d'apprendre, d'acquérir ces connaissances qu'elle avait dû laisser de côté depuis qu'à Paris, quelques années plus tôt, elle avait passé son baccalauréat.

Elise en était venue ainsi à évoquer la famille d'Engremont et son père, Matthieu, qui par sa passion des femmes et la grande vie qu'il menait à Paris avait ruiné une famille jusque-là prospère grâce à l'industrie textile. Elle avait parlé aussi de la mort de sa mère, qui n'avait supporté ni le déshonneur ni la trahison, et de sa tante Antoinette qui l'avait ensuite élevée comme sa propre fille. Jusqu'à ce qu'elle apprenne...

— Qu'elle apprenne quoi ? avait demandé Jocelyne de Kervadec.

— Que j'attendais un enfant, avait répondu Elise à voix basse.

La comtesse avait pâli.

— Je n'avais que quinze ans, c'était une erreur. Ma tante, en dépit de ses convictions religieuses, a voulu me faire avorter. Je ne lui ai jamais pardonné. J'ai tenu à terminer mes études et je suis partie m'engager comme domestique sous des noms d'emprunt. De toute façon, les d'Engremont étaient ruinés. Voilà pourquoi la religion n'est sans doute pas mon point fort.

Elise avait éclaté de rire pour détendre l'atmosphère et passé une main sur son ventre comme pour se rassurer.

Elles n'en avaient plus jamais reparlé.

Dix jours après cette conversation, Jocelyne de Kervadec reçut au château un notaire de Nantes, maître Vassard, avec lequel elle s'entretint longuement. Rien ne filtra de leur conversation. La comtesse avait pris la précaution d'envoyer Elise à Audierne chercher une nouvelle commande de fils pour ses tapisseries.

En rentrant, Elise croisa seulement Noémie qui sortait du château, le visage fermé, plus blanche qu'un linceul.

Ce fut ce même jour qu'Elise choisit pour ressentir les premières douleurs de l'enfantement. Le 23 janvier 1915, le docteur Clouet, appelé en hâte, l'aida à mettre au monde un enfant de sexe masculin qu'elle prénomma Antoine.

Kervadec, pour la première fois depuis

longtemps, retentit à nouveau des cris d'un nouveau-né.

Au vu des circonstances, l'enfant fut baptisé le jour même au château, et les noms des parrain et marraine furent dûment enregistrés. Le docteur Clouet accepta de servir de parrain par amitié pour Lucien et par indifférence au qu'en-dira-t-on.

Ce qu'Elise ignorait, c'est que ce même jour Lucien de Kervadec était tombé quelque part sur le front de l'Artois.

39

Aussi attentive qu'attendrie, Jocelyne de Kervadec se tenait penchée au-dessus du berceau où, les yeux grands ouverts, le fils de Lucien et d'Elise commençait d'ouvrir les yeux sur le monde. Elise venait de l'allaiter et l'enfant reposait, souriant, emmailloté dans ses langes.

Elles ne parlaient pas. Elles se contentaient d'observer cette vie naissante, et de communier dans une même sensation de bonheur paisible.

Les premiers jours, Elise avait pourtant redouté que la comtesse n'accapare l'enfant et se comporte comme une mère de substitution, mais c'était tout le contraire qui s'était produit. Elle avait manifesté de la retenue, de la pudeur et même une certaine distance dans ses paroles comme dans ses gestes.

Elise en avait éprouvé de la gratitude et s'était dit qu'elle avait eu tort de la juger trop sévèrement. C'était le comportement de Lucien qu'elle appréhendait à présent. Jocelyne l'avait informé de la naissance de son fils, mais pour la première fois il n'avait pas répondu à sa lettre.

— Peut-être ne l'a-t-il pas reçue, avait dit Elise pour se rassurer.

Mais la comtesse avait eu une sorte de moue désagréable qui lui avait glacé le sang.

Une semaine plus tard, elles apprirent que Lucien de Kervadec avait été grièvement blessé à la poitrine et à l'épaule dans un assaut contre les troupes allemandes le jour même de la naissance d'Antoine.

La coïncidence les troubla durant plusieurs jours, puis le sourire d'Antoine effaça leurs craintes. Lucien blessé, mais sain et sauf, c'était l'assurance d'une longue permission sinon d'un retour définitif au pays. Elles décidèrent plutôt de s'en réjouir.

La guerre aidant, l'atmosphère au château, paradoxalement, s'était détendue depuis la naissance de l'enfant. L'existence était devenue un bien plus précieux encore qu'à l'ordinaire, une chose précaire que chacun s'efforçait de préserver, ne fût-ce que par respect pour les vies que donnaient chaque jour au front ceux qu'on appelait désormais les « poilus ». Si Noémie se montrait encore méfiante et amère, Marion et Louise Marek avaient fait taire leurs rancœurs et prenaient plaisir à venir voir l'enfant d'Elise et même à échanger quelques mots avec elle. Louise lui apporta de petits sabots de la taille d'un jouet que Martin Le Braz avait confectionnés autrefois à ses heures perdues.

— Je suis convaincue qu'il aurait aimé que je te les donne, assura-t-elle. Il t'aimait bien, le Martin, tu sais. Même mon père, je crois, il t'aime bien.

Elise l'en remercia d'autant plus qu'elle avait attendu de leur part à toutes une parole d'apaisement, un signe de bonne volonté. Elle dit aussi qu'elle n'avait jamais cherché querelle à quiconque, que l'on s'était mépris sur ses intentions, et qu'elle n'en voulait plus à personne. Mais si Louise Marek et le Trognon, en guise de réponse, l'embrassèrent sur le front, la Fileuse se contenta d'un sourire crispé.

Le bonheur se partageait, et le temps, Elise en était désormais convaincue, finirait par cicatriser toutes les meurtrissures de sa conscience. Si les ombres avaient trop longtemps régné sur Kervadec, le sourire d'Antoine allait les dissiper sans plus tarder.

40

Journal d'Elise

28 février 1915

J'ai repris mon journal.

Cela fait maintenant près de deux ans que je suis arrivée à Kervadec, et je me demande encore si j'ai compris quelque chose à l'âme de ce pays. Pourtant, je sais que je l'aime déjà, ce pays, qu'il a une âme à laquelle la mienne peut s'accorder, et cela me rassure pour l'avenir. Je ne le quitterai que s'il ne veut plus de moi, ou si Lucien, de retour de la guerre, nous refuse à Antoine et moi un quelconque avenir. Et d'ailleurs, comment parler d'avenir lorsque l'on se trouve dans une situation aussi ambiguë que la mienne ?

J'ai l'impression d'avoir tellement changé que je ne sais plus si je saurai ou non faire face à ce qui m'attend. Comment les autres me voient-ils d'ailleurs depuis que je suis devenue mère ? Noémie me bat toujours froid, Marion prend les choses à la légère, Louise me fait confiance, et Jocelyne se montre toujours aussi prévenante, compréhensive et tendre. Mais l'expérience m'a appris la prudence et je ne peux me départir d'une certaine réserve. Pourtant, je veux y croire. Je veux croire à cette sérénité retrouvée, à une sorte de proximité. Je ne sais pas si je suis capable de les aimer, mais j'ai envie de faire mon possible si elles m'en laissent l'occasion.

Comment puis-je me sentir plus proche d'elles cependant que je ne le suis déjà ? Comment leur dire que je peux lire Cicéron en latin ou la Bible en grec ? Comment leur expliquer les raisons pour lesquelles j'ai échoué dans ce château à l'autre bout de la Bretagne, à mille lieues de mes racines ? Comment leur faire comprendre que cette distance qu'elles m'ont reprochée, je la porte en moi depuis toujours. Par mon éducation, comme par ce que ma tante Antoinette appelait mon « péché ». Ce « péché » que j'aurai porté pendant de si longues années et que je viens pourtant de renouveler.

Parfois, j'ai l'impression que mon âme est aussi claire que celle d'Antoine, et parfois au contraire que la boue qui l'encombre est aussi épaisse que celle dans laquelle devait patauger Lucien au moment où il a été blessé.

Je vais avoir vingt-neuf ans cette année. Je ne suis plus tout à fait jeune, mais je sens encore en moi une vie inaccomplie, une énergie qui ne demande qu'à s'exprimer. Antoine me semble être le premier jalon sur une route qui me mènera Dieu sait où.

Ma plus grande incertitude au fond demeure l'attitude de Lucien. Il me manque et je redoute son retour. Je l'aime et je ne parviens pas toujours à voir au fond de ses yeux ce qu'il désire vraiment. Il est encore attaché à sa femme, je le sais. Il disait m'aimer, j'aimerais le croire. Mais son silence ne laisse de m'inquiéter. Cet enfant, c'est Jocelyne qui l'a voulu, beaucoup plus que lui. Va-t-il nous rapprocher ou nous éloigner ? Et s'il n'acceptait pas de le reconnaître ? S'il ne souhaitait que reprendre sa vie à Kervadec, comme par le passé ? Je suis sûre qu'il n'abandonnera jamais sa femme, et je me vois mal me satisfaire d'une vie clandestine ou d'un faux ménage à trois qui ne ferait qu'attirer à nouveau sur moi les pires humiliations.

Hier, nous avons reçu de lui une lettre annonçant qu'il allait être placé dans une maison de Versailles pour soldats en convalescence, et que sa sœur, madame de Limoelan, viendrait le voir prochainement.

Il ne parle toujours pas, en revanche, de son retour au château.

L'hiver s'est installé. Hier, nous avons eu encore de nombreux flocons, mais ce sont surtout des pluies glaciales et les tempêtes d'ouest qui nous font trembler.

41

— Elise !... Elise...

Elise était au salon lorsqu'elle entendit l'appel de Jocelyne de Kervadec, ou plutôt comme l'écho affaibli d'un appel.

Elle grimpa aussitôt à l'étage et entra dans la chambre de la comtesse, où régnait une bonne chaleur. Jocelyne de Kervadec transpirait pourtant sous l'édredon. Dehors, sur le sombre manteau de la nuit, la neige tombait à gros flocons, dessinant sur les carreaux de molles virgules claires. Ses lèvres tremblaient. La fièvre qui avait envahi son visage d'ordinaire si terne mettait des taches rouges sur ses pommettes et sa gorge.

— Venez, dit-elle, venez tout près de moi.

Elise s'assit à côté d'elle et lui prit la main. Elle était brûlante.

Elise lui trouva un air défait, semblable à celui qui précédait l'une de ses crises. Mais Jocelyne de Kervadec semblait d'une lucidité totale, et la profondeur de son regard démentait toute possibilité d'égarement.

— Je vais appeler le docteur Clouet, annonça-t-elle. Vous avez de la fièvre, beaucoup trop...

— Non, ce ne sera pas nécessaire.

Elise lui posa une main sur le front.

— Vous ne parviendrez pas non plus à me sauver cette fois-ci.

Puis, après un bref claquement de dents :

— Je vous ai parfois mal jugée, murmura la comtesse. Pardonnez-moi.

— Il ne faut pas parler, dit Elise.

— Laissez-moi, je n'ai plus beaucoup de temps, je le sais.

— Madame...

— Laissez-moi parler. J'ai toujours aimé mon mari, mais je veux que vous sachiez : quoi qu'il ait pu se passer, quoi qu'il puisse arriver, je vous pardonne à tous les deux... Car je sais que vous l'aimez. Sans doute avez-vous su lui donner ce dont je n'ai jamais été capable... Dans le tiroir de la table de nuit, il y a une lettre pour lui, vous la lui remettrez quand il rentrera du front. Epousez-le, et soyez heureux avec Antoine.

Elle avait de plus en plus de mal à s'exprimer, mais c'était comme si une volonté étrangère à la sienne lui insufflait le surcroît d'énergie dont elle avait besoin.

— J'ai également vu mon notaire. Je n'ai pas pu avoir d'enfants, hélas. Je vous laisse donc tout ce que je possède, à vous et à votre fils. Faites-en bon usage...

— Mais…

— Je me suis souvent trompée, Elise, mais j'ai cru bien faire. Je ne crois plus que Dieu attende de nous la sainteté ni les privations, tout cela ne mène qu'à l'amertume et à la sécheresse du cœur ; il attend de nous que nous soyons vivants… Soyez vivante, Elise, riez, chantez, faites l'amour et, si vous le pouvez, donnez un peu de bonheur autour de vous. Rendez heureux Lucien, et Antoine surtout. Qu'il grandisse à Kervadec…

Un silence, puis :

— Il y a un petit coffret dans cette armoire, je veux que vous le preniez. Toute l'histoire de Kervadec s'y trouve. Vous comprendrez mieux mes craintes et l'envie que j'avais de donner cet enfant à Lucien. Pour le reste, je vous le redis : menez une meilleure vie que moi, ne vous préoccupez pas tant des autres et même d'un Dieu qui ne serait que châtiment et vengeance. Les ombres qui nous accompagnent sont le fait de nos erreurs, pas les siennes. Je ne suis même pas sûre qu'il les connaisse. Choisissez plutôt la lumière et moquez-vous du reste.

Elise sentait l'émotion l'envahir tout doucement. Comment pouvait-on renier ainsi toute une partie de ses croyances à l'approche de la mort, tout ce en quoi on avait espéré, tout ce qu'on avait si chèrement défendu ? Une existence tout entière à remâcher ses rancœurs, vécue à distance sur le mode de la souffrance, un monde tenu pour une « vallée de larmes ». Et aujourd'hui, cette conversion... Tant de sagesse désormais inutile.

Tout à coup, elle fut prise d'un immense amour pour cette femme à laquelle le courage et la lucidité ouvraient peut-être les portes d'un au-delà meilleur pour elle que ne l'avait été l'ici-bas. Elle se pencha vers elle et, abandonnant toute pudeur, déposa un baiser sur son front. Jocelyne de Kervadec eut alors un sourire très doux, puis une légère crispation du visage.

Et ce fut tout.

Elise lui ferma les yeux et laissa quelques instants la paume de sa main sur ses paupières. Sa peau était toujours brûlante. Puis, sa main glissa le long du nez fin et mouillé par les larmes, effleura les lèvres et retomba lourdement sur l'oreiller trempé de sueur.

C'était fini. Tout avait été si rapide qu'elle éclata en sanglots sans savoir s'il s'agissait de tristesse ou de tension nerveuse. Les dernières paroles de Jocelyne de Kervadec résonnaient dans son esprit comme dans un rêve : notaire, Lucien, ce que je possède, Antoine... Qu'avait-elle voulu dire ?

Se souvenant alors de ses dernières paroles, elle ouvrit le tiroir de la table de nuit pour y chercher la lettre qu'elle avait adressée à Lucien.

Mais le tiroir était vide, à l'exception d'un chapelet et d'un missel.

A cet instant, Elise songea aussi que Jocelyne de Kervadec n'avait à aucun moment réclamé les derniers sacrements.

42

Journal d'Elise

5 mars 1915

J'ai appelé l'abbé Meunier qui est arrivé aussitôt à bicyclette malgré l'heure tardive, le froid et le mauvais état des routes.

Pendant de longues minutes, il a récité des prières, puis Noémie, Louise et Marion nous ont rejoints pour prier à leur tour, juste avant que le docteur Clouet ne vienne constater le décès.

J'avoue que je n'ai fait que marmonner, car je n'avais pas le cœur à prier et les dernières paroles de la comtesse de Kervadec m'avaient bouleversée. De pauvres paroles adressées à un Dieu dont elle avait fini elle-même par douter… Comment aurais-je pu ?

Plusieurs personnes viendront, je le sais, pour la veillée mortuaire et je devrai m'effacer.

Je respecte la foi des humbles, mais je ne peux me résoudre à croire qu'un Dieu de bonté ait pu laisser une femme telle que Jocelyne de Kervadec toute sa vie en proie au doute et aux tourments sans jamais apporter de soulagement à sa peine. Et s'il s'agit d'un Dieu de vengeance et de châtiment, alors je n'ai que faire d'un Dieu tel que lui.

Le lendemain matin, j'ai demandé au bon docteur Clouet de faire prévenir Lucien et madame de Limoelan. Je n'en avais pas le courage, et puis l'annoncer moi-même eût été indécent au vu de ma situation. Des scrupules sans doute... Je me demande bien ce que Jocelyne en aurait pensé. Et d'ailleurs, de quelle décence peut-il bien s'agir une fois que la mort a fait son œuvre ?

Je me pose encore bien trop de questions. J'en viens à envier la sagesse à laquelle était parvenue cette femme que l'on va porter en terre. Nous devrions toujours avoir le courage d'affronter la vie sans nous soucier de ces convenances devant lesquelles nous acceptons d'abdiquer notre liberté. La vie est si brève qu'elle ne devrait laisser place ni à la peur ni aux calculs mesquins. Mais un monde sans hypocrisie serait-il supportable ?

A présent, il va falloir organiser les obsèques. Je sais qu'elle avait tout prévu, mais là encore j'ai quelques scrupules et j'espère qu'Irène de Limoelan, en l'absence de Lucien, sera là pour s'en charger.

8 mars 1915

L'enterrement a été plus éprouvant que je ne le pensais. Mais Irène de Limoelan était là, avec son benêt de mari, trônant en haut de l'église comme une matrone, servante d'un office funèbre qui, à ses yeux, n'est probablement qu'une cérémonie toute superficielle dont seule jouit sa conscience étroite.

Je me suis faite discrète, et j'ai suivi l'office en latin avec indifférence debout au fond de l'église qui était pleine à craquer. Au Dies Irae, j'ai tout de même cru que Noémie allait s'évanouir. Cela m'a étonnée de sa part, elle qui est si dure. Mais Pierre Loustal m'avait dit qu'elle vouait une affection singulière à la défunte. Il faut croire qu'il avait raison et que c'est pour cela qu'elle est toujours jalouse de moi.

Ensuite, il a fallu suivre le long cortège funèbre jusqu'au cimetière où sont enterrées plusieurs générations de Kervadec. Le cortège était composé de nombreuses femmes, et de quelques hommes. La plupart sont partis à la guerre et seuls une poignée de vieux étaient là. Ils avaient revêtu leurs habits du dimanche, et même les plus pauvres, venus en sabots, ont visiblement fait un effort vestimentaire.

Je n'ai vu personne pleurer, à l'exception d'Irène de Limoelan qui a versé quelques larmes de circonstance, comme s'il fallait absolument que Lucien, absent, pleure par procuration. C'est ça qui me touche dans ce pays bigouden pourtant si replié sur lui-même, si peu accessible encore à ce que l'on appelle le « modernisme » : la foi simple, la droiture de ses habitants. Même démunis, ils demeurent dignes, ne se plaignent jamais et se tiennent droits face à la vie.

Je n'ai guère vu ça ailleurs, du moins poussé à un tel degré. Ici, la vie est rude, la terre ingrate, la mer dangereuse, mais la bonté et la générosité ne se dissimulent pas parmi les ajoncs et les bruyères, elles se cachent au fond des cœurs et, de temps à autre, au moment où l'on s'y attend le moins, affleurent dans un sourire.

De retour au château, j'ai demandé à Louise de bien vouloir préparer un dîner pour les Limoelan, mais je me suis bien gardée d'y paraître. Noémie leur a préparé une chambre, puis Marion m'a aidée à me réinstaller avec Antoine dans mon ancienne chambre, celle de Marie Leguenec. Elle a paru contente, comme si je revenais tout à coup à ma place, comme si j'acceptais mon sort qui est d'être une simple domestique. J'ai seulement emporté le berceau que m'avait offert Jocelyne de Kervadec. Pour la sécurité et le confort d'Antoine.

Antoine…

En découvrant son existence, en me voyant passer avec mon enfant dans mes bras, Irène de Limoelan a pâli de manière visible. A-t-elle décelé une ressemblance avec Lucien ? Lucien l'a-t-il mise au courant ? Je sais que la comtesse de Kervadec ne l'avait pas fait. Du moins me l'a-t-elle affirmé.

Dans le vestibule, comme je m'apprêtais à sortir, Irène de Limoelan s'est contentée de dire :

— J'espère que vous aurez la décence de quitter le château sous quelques jours... D'ailleurs, mon frère sera là dans moins d'une semaine, il y mettra bon ordre.

Je ne sais alors ce qui m'a fait le plus de mal : son mépris ou la crainte de revoir bientôt Lucien et, qui sait, d'affronter son regard.

11 mars 1915

Une offensive a été déclenchée en Champagne. Personne ne croit plus désormais que la guerre va finir rapidement. Des dizaines de milliers d'hommes sont déjà morts, et leur liste s'allonge chaque jour. Une boucherie, dit-on, ou comme on dit par ici, une « tuerie de cochons ». Ceux qui rentrent en permission refusent d'en parler, comme s'ils avaient honte de ce que l'on exige d'eux. On dit même que les Allemands viennent d'utiliser sur le front des gaz asphyxiants et que leur effet sur les hommes est terrible. Je suis heureuse que Lucien puisse échapper à ça.

Cette fois, c'est sûr, il devrait arriver à Kervadec d'ici à trois ou quatre jours.

13 mars 1915

En plus du berceau d'Antoine, j'ai emporté le petit coffret dont Jocelyne de Kervadec m'avait parlé. Je l'ai trouvé enfoui sous une pile de linge dans son armoire. Il y avait aussi d'autres papiers, mais je me suis bien gardée d'y toucher. Pénétrer l'intimité des autres n'est pas dans mon caractère, même si on m'y invite. Alors, celle d'une morte !...

Pourtant, je peux dire que, sur la fin de sa vie, nous étions parvenues à une sorte d'intimité étrange. Accepter l'enfant d'une autre pour le bonheur de son mari, elle le voulait autant que pour guérir ses propres souffrances. Je l'ai compris trop tard. Je la soupçonnais d'une sorte de machiavélisme, voire même de dérèglement mental à cause de cette obsession. En réalité, il lui a fallu une générosité dont la plupart sont incapables. Je dirais même, si le mot n'était si déplaisant, de l'abnégation. Mais peut-être usé-je de ce mot simplement pour ne pas en employer un autre que je n'ai jamais prononcé qu'avec difficulté.

Le coffret contenait divers documents. Des papiers de famille, des actes de naissance et de décès, et même quelques coupures de presse, un mémoire aussi, rédigé à la plume d'une belle écriture qui, de toute évidence, est celle de Lucien.

Il ne m'a fallu que quelques minutes pour

comprendre. Le château date du quinzième siècle, et depuis cette époque, des morts étranges et des drames n'ont cessé de survenir à Kervadec. Un comte François de Kervadec, s'est suicidé en 1675 en s'enfonçant une épée à travers le corps, une épée que, comme le fameux Vatel, il avait appuyée contre une porte. L'un de ses fils est mort noyé dans la rivière qui passe en contrebas du château, un soir d'ivresse. Sous la Révolution, en 1793, un prêtre qui avait refusé de jurer fidélité à la Constitution civile du clergé s'est réfugié au château. Pour épargner sa famille menacée de mort, le comte de Kervadec, qui avait refusé, lui, d'émigrer, a dû le livrer aux soldats républicains. D'où la malédiction qu'a évoquée devant moi Jean Marek. Depuis, il est vrai, les morts se sont succédé à Kervadec. Un comte Athanase de Kervadec s'est pendu à l'espagnolette d'une fenêtre de la chambre où j'ai dormi jusqu'à la mort de Jocelyne. Par dépit, dit-on, de voir Napoléon revenir de l'île d'Elbe et chasser les Bourbons. Un oncle de Lucien, député et qui venait passer tous ses étés au château, s'est suicidé en 1893, suite au scandale de Panamá.

Les femmes non plus n'ont pas été épargnées. Beaucoup ont multiplié les fausses couches. Une comtesse Joséphine de Kervadec est devenue folle en 1784 au point de s'offrir en spectacle, nue, à ses valets. Une autre, en 1848, est morte, écrasée par une charrette près du lavoir. Et pour finir, les enfants de Jocelyne et de Mathilde...

Aucune mort suspecte chez les domestiques, pourtant, ou dans l'entourage amical de la famille.

Une longue litanie de drames invraisemblables qui m'ont fait penser à l'histoire de ces bijoux fabuleux appartenant à de grandes familles et qui portent malheur à leurs possesseurs. Une sorte d'acharnement du destin dont nul ne saurait expliquer la cause.

Lorsque j'ai eu terminé ma lecture, j'ai pensé que, si j'avais connu cette histoire avant la naissance d'Antoine, j'aurais probablement fui. Non par superstition, mais parce qu'il est plus sage parfois de ne pas provoquer inutilement le destin. Comme le dit le docteur Clouet, il y a des choses qui nous échappent et pour lesquelles nous n'avons aucune explication.

Mais à présent ?

Je comprends mieux les craintes de Jocelyne, et son désir obstiné de mettre fin à cette « malédiction ». Sa volonté aussi d'en finir avec ses propres peurs et de se dresser contre un destin qui ne serait, selon la volonté d'un Dieu cruel, qu'une suite de souffrances sans signification. Car pourquoi Kervadec serait-il l'épicentre d'une telle hécatombe ? Pourquoi un domaine prospère, où des hommes et des femmes ont pu vivre heureux, serait-il soudain devenu un endroit maudit, une sorte de bouche des enfers sur la terre ?

J'ai refermé le coffret en attendant de le remettre à sa place. J'espère que Lucien ne m'en voudra pas d'avoir consulté les documents qu'il contient. Ce qui m'ennuie plus que tout est de ne pas avoir retrouvé la lettre dont m'a parlé la comtesse avant de mourir. Je n'ai pas osé fouiller dans ses affaires personnelles, mais peut-être était-elle déjà dans un relatif état de confusion.

Lucien sera là bientôt, et cela seul m'importe.

43

Depuis les débuts de la guerre, seul un train sur trois circulait le long des côtes. A cause du départ des cheminots pour le front et des économies de combustible.

Sur le quai de la gare d'Audierne, il n'y avait pourtant que peu de monde ce matin-là. Une trentaine de femmes tout au plus et deux hommes habillés de costumes sombres et coiffés de chapeaux melon, dont l'allure étrange faisait songer à des policiers ou à des croque-morts.

Il y avait aussi Irène de Limoelan et son mari, et Elise, très en retrait près de la porte qui donnait sur l'intérieur de la station.

Une pluie fine tombait à travers un brouillard insalubre et dense.

Lorsque le train composé seulement de quelques wagons entra en gare dans un grondement sourd, le cœur d'Elise se mit à battre plus fort. Outre les voyageurs ordinaires, elle vit descendre des permissionnaires en uniforme, les traits tirés par la fatigue mais le sourire aux lèvres. Des femmes se jetèrent dans leurs bras, d'autres poursuivirent seuls leur chemin. Il y eut des rires, des embrassades, et même quelques cris fusèrent en dépit de la gravité ambiante.

Seul Lucien de Kervadec ne parvenait pas à sourire.

Elise l'aperçut, un bras en écharpe, le cheveu ras, une cigarette aux lèvres, amaigri mais plus séduisant encore que dans son souvenir. Il était descendu de la queue du train et marchait d'un pas lent, presque hésitant, comme s'il n'éprouvait aucune hâte à revenir au pays. Pourtant, Elise était sûre qu'il l'avait aperçue, tout comme il avait vu immédiatement Irène de Limoelan. Celle-ci se précipita d'ailleurs au-devant de lui, tandis qu'Elise refrénait son élan au point de demeurer clouée sur place, le visage frémissant, aussi gauche qu'une communiante.

Lucien embrassa distraitement sa sœur, tendit la main à son beau-frère, et tous trois s'engouffrèrent dans la gare sans s'arrêter devant elle. Tout au plus Elise eut-elle le temps de saisir au passage une âpre odeur de tabac gris et de constater que Lucien ne portait pas un bras en écharpe. Il lui manquait un bras.

Toute la soirée, Elise demeura confinée dans sa chambre. Louise Marek à qui elle avait confié Antoine vint lui ramener l'enfant, et tandis qu'elle le recouchait dans son berceau, le Chaudron sortit d'un panier un quignon de pain, du lard, quelques galettes de sarrasin et un pot de confiture de rhubarbe qu'elle déposa sur la table de chevet.

— Mange, la Fiérote, dit-elle. Il te faut des forces si tu veux avoir du lait pour ton marmot.

Elise s'effondra en larmes, et Louise Marek eut alors un geste hésitant pour lui caresser les cheveux. Depuis la mort de Martin Le Braz, elle avait retrouvé avec elle la bonhomie qu'Elise lui avait connue à son arrivée à Kervadec.

— Pleure donc pas, dit-elle... A quoi est-ce que tu t'attendais, ma belle ?... Tu vois, moi il ne me reste plus rien depuis la mort de Martin. Toi, t'as le petiot et puis le comte va sûrement s'occuper de lui. Il est brave, il ne te laissera pas.

Elise leva vers elle un regard rempli de souffrance et d'incompréhension.

— Qu'est-ce que tu t'imaginais ? poursuivit Louise Marek. Qu'à son retour il allait te sauter dans les bras... Sa femme vient de mourir, et il n'a même pas pu assister à l'enterrement. Vous êtes pas du même monde... C't enfant, tu te rends compte... Il tombe plutôt mal, et puis tu ne crois tout de même pas qu'il va te demander en mariage d'ici à quelques mois !...

Elise dut se maîtriser pour ne pas s'emporter contre la grosse femme au sourire si plein de commisération. Elle ignorait tout de l'étrange fatalité qui avait présidé à la naissance d'Antoine. Elle ignorait tout autant son vrai nom. Elle ne savait pas que le mariage d'Elise, même ruinée, avec Lucien de Kervadec ne pouvait être, aux yeux de ce « monde » qu'elle détestait pourtant, ce qu'il était convenu d'appeler une mésalliance.

Mais qu'avait-elle besoin de le savoir ? Toute son histoire, depuis la mort de Jocelyne de Kervadec, ne concernait plus qu'elle et Lucien... et Antoine.

— Le Trognon m'a dit de te souhaiter le bonsoir, dit encore Louise Marek. Mais elle donne un coup de main à Noémie pour le service ce soir... La conversation, d'après ce que m'a dit la Fileuse, n'a pas l'air d'être très animée. Il n'y a que l'autre perruche qui cause sans arrêt et la comtesse n'est pas encore arrivée chez le bon Dieu qu'elle parle déjà gros sous. C'est bien malheureux de voir ça...

Tout en parlant, Louise s'était levée et ramassait les galettes auxquelles Elise n'avait pas touché.

— Je te laisse le quignon et le lard, au cas où pour cette nuit...

— C'est inutile, dit Elise, remporte tout.

— Allez, ma belle, te laisse pas aller... Fais-le pour lui. Et garde confiance.

Au moment de partir, elle se pencha cependant une dernière fois vers Elise et lui glissa quelque chose au creux de la main.

C'était un petit morceau de papier plié en

quatre, scellé à la cire et marqué de quatre croix noires aux angles.

— Qu'est-ce que c'est ?

— C'est de la part du Jean, mon père, répondit Louise d'une voix nerveuse. Une protection pour l'enfant... Il voulait en donner une au Martin avant son départ pour la guerre, mais le Martin il a refusé. Il n'est pas revenu.

Elise s'apprêtait à la décacheter quand Louise Marek l'arrêta d'un geste.

— Non, il ne faut pas l'ouvrir ! Il faut juste la mettre dans son berceau et l'y laisser.

Elise fronça les sourcils.

— Je ne l'y mettrai pas si je ne sais pas ce qu'il y a dedans.

— C'est des prières du bon Dieu, dit Louise d'une voix sèche. Le Jean, il a jamais fait de mal à personne. C'est pas un j'teu de sorts, rien qu'un homme droit et qu'a fait le bien toute sa vie.

Elise n'osa pas la contredire.

Il vint sur les onze heures du soir, lorsque les Limoelan eurent gagné leur chambre et que le feu dans la cheminée du salon se fut éteint. La barbe envahissait à nouveau son visage aux joues hâves et aux méplats accusés.

En lui ouvrant la porte, Elise faillit laisser éclater sa joie, mais elle ne put que contenir ses sanglots et donner à son maintien une sorte de raideur qui, en d'autres circonstances, eût passé pour de la dignité.

— Tu es revenu vivant...

Lucien désigna alors son bras et dit seulement :

— Si on veut... Il y en a d'autres qui ont eu moins de chance.

Il s'était assis sur le bord du lit. Il ne parlait pas. Il avait à peine regardé l'enfant qui dormait dans son berceau. Il fixait le sol ou les murs, allumait de temps à autre une cigarette, et Elise ne savait comment rompre cette glace qu'il laissait subsister entre eux.

Elle lui tendit un morceau de pain et le pot de confiture pour ne pas rester bêtement figée à côté de lui. Il fit non de la tête, et laissa passer encore une ou deux minutes avant de demander d'une voix exténuée :

— Comment est-elle morte ?

Elise baissa la tête. Sa question n'avait rien d'humiliant, elle en aurait simplement préféré une autre.

D'une voix sourde, elle lui fit le récit des derniers instants de Jocelyne de Kervadec sans rien omettre. Elle évoqua la lettre qu'elle n'avait pas retrouvée, et le coffret dont elle lui avait demandé d'examiner le contenu. Lucien ne fit aucun commentaire, les yeux hagards. Elle dit aussi la confiance qui s'était établie entre elles, le désir qu'elle avait de les voir heureux à Kervadec, son bonheur discret mais attentif lors de la naissance d'Antoine. Elle sut trouver les mots les plus exacts et les plus simples. Mais elle comprit qu'aucun d'entre eux ne le touchait vraiment. La tête entre les mains, Lucien était comme plongé dans un exil intérieur. Un court instant, il laissa échapper deux larmes qui se perdirent dans sa barbe dure, et ce fut tout.

Durant plusieurs minutes, elle respecta son silence. Puis, n'y tenant plus, elle ajouta :

— Elle est morte dignement et sans trop de souffrances. J'ai été là jusqu'au bout, mais je ne pouvais rien faire de plus... J'avais fini par l'aimer, tu sais...

— Tu n'as rien pu faire, reprit-il en écho. Rien malgré ton fichu don... Tu as cru la guérir plusieurs fois, mais c'était faux, elle voulait simplement que tu restes auprès d'elle et que tu aies cet enfant, c'est tout.

Il était inutile de chercher à l'en dissuader. Pas ce soir. Pas avant longtemps peut-être.

— C'est vrai, dit Elise, elle est morte, mais moi je suis vivante, et Antoine aussi.

Lucien se mit à sourire, puis émit un rire aussi mince qu'un filet d'eau.

— Vivant ?... Tu ignores jusqu'à la signification de ce mot... J'ai vu tant de cadavres que je ne sais même plus aujourd'hui qui est mort et qui est vivant. Pas même ce que, moi, je suis !

Il y avait bien plus que de la colère dans sa voix : une sorte de violence, presque de sauvagerie, au point qu'elle se demanda un court instant s'il serait capable de la frapper. Mais il sortit sans un mot, sans un regard pour l'enfant.

Quelques minutes plus tard, Elise aperçut de la lumière à la fenêtre de sa chambre, puis plus rien. C'était la nuit.

44

Pendant plusieurs jours, Elise se demanda si elle devait persister dans sa volonté de rester au château. Mais le refroidissement qui saisit Antoine à la fin du mois de mars la dissuada de partir sur-le-champ. La maladie semblant s'aggraver, et en dépit de ses préventions, elle plaça le talisman de Jean Marek sous son oreiller. Sa fièvre tomba et l'enfant guérit dans les trois jours.

Depuis le retour de Lucien, elle n'avait pas osé reparaître au château, et il n'était pas venu la voir, ni elle ni son fils. Pour ne pas donner prise aux critiques, elle prêta main-forte à Louise Marek en cuisine et remplaça Marion pour les corvées de linge et de repassage.

Même Noémie parut s'en réjouir, mais ce que devinait Elise dans le regard trop aigu de la Fileuse, c'était une sorte de froide satisfaction : celle de la voir d'un coup redescendue du piédestal où l'avait placée Jocelyne de Kervadec pendant quelques mois, et revenir en quelque sorte à sa condition première, celle qu'elle n'aurait jamais dû quitter, celle de domestique.

Les Limoelan, en revanche, semblaient prendre racine, comme s'ils attendaient quelque chose, et Elise imaginait sans peine les conversations qui devaient se dérouler au château. Son sort allait se régler de toute façon entre Lucien et sa sœur. Et elle pouvait compter sur Irène de Limoelan pour dresser d'elle le portrait le plus noir, expliquer à son frère le danger qu'elle représentait pour sa réputation, insister sur l'indignité de sa position, la bâtardise de l'enfant, et pour couronner le tout invoquer la responsabilité de Jocelyne de Kervadec dans l'extravagante position qu'elle lui avait accordée au château en son absence.

Rien, en réalité, ne dépendait plus d'elle. Depuis des années, elle s'était battue pour ou contre quelque chose. Mais aujourd'hui, en donnant un enfant à l'homme qu'elle avait peut-être aimé à tort, elle avait livré son dernier combat.

Au mois d'avril 1915, tandis que les gaz asphyxiants des troupes allemandes ravageaient la Flandre, Elise avait ainsi abdiqué toute volonté propre, toute ambition comme toute rancœur. Elle attendait simplement un signe, une lueur qui lui indiquât la direction nouvelle vers laquelle elle devrait se mettre en marche. Demeurer ou non à Kervadec n'était plus de son ressort. Si Lucien lui demandait de partir, elle accepterait sa décision. S'il lui demandait de rester, elle ne se réjouirait ni ne refuserait. Elle s'en remettrait à la providence, et c'était un soulagement infini de déposer brusquement ce fardeau qui consistait à assumer un destin.

Elle avait même cessé de tenir son journal. Depuis le retour de Lucien, elle ne voyait rien qui fût de nature à y être consigné. Les moindres progrès d'Antoine, elle les vivait au jour le jour. Ils étaient son bien et son bonheur, et les noter dans un journal ne lui paraissait guère indispensable. L'émerveillement tenait tout entier dans l'observation. Le voir se développer normalement, sourire, l'allaiter, veiller sur la régularité de sa respiration durant son sommeil, tout cela relevait du mode spontané de l'existence. C'était l'instant qui devait être vécu, cet instant insaisissable qui ne reviendrait jamais plus. S'efforcer de le traduire en mots revenait à tenter de ranimer des cendres froides.

Seul l'avenir d'Antoine pouvait désormais l'inciter à l'action.

Réunis dans le bureau-bibliothèque qui jouxtait la salle de billard, Lucien, Irène et Etienne de Limoelan se tenaient face à un petit homme barbichu et au regard noir derrière ses lunettes cerclées d'acier lorsque Elise entra dans la pièce. L'homme, vêtu d'un costume trop étroit, s'était installé au bureau de Lucien et conversait à voix basse avec la sœur de ce dernier sur le ton calme et déférent dont on use ordinairement dans un parloir ou une sacristie.

En l'apercevant, il se leva et s'inclina.

— Maître Vassard, notaire. Vous êtes mademoiselle d'Engremont ?

A l'énoncé de son nom, Irène de Limoelan eut un haut-le-corps.

— C'est bien moi...

— Je vous en prie, asseyez-vous, mademoiselle.

La belle-sœur de Jocelyne de Kervadec ne fit aucun commentaire, mais à son attitude, Elise comprit quel incompréhensible outrage représentait sa seule présence dans ce bureau.

Il y eut alors un moment de flottement, car il n'y avait pas de chaise pour Elise. Puis, Lucien, cigarette aux lèvres, se leva enfin en poussant un soupir et alla en chercher une dans la salle de billard.

Lorsqu'elle fut assise, juste derrière la silhouette voûtée d'Etienne de Limoelan, le notaire reprit place derrière le bureau, puis, après un léger toussotement de circonstance, ouvrit un épais dossier.

— Bien, dit-il, comme vous le savez, nous sommes là pour prendre connaissance du testament de madame la comtesse de Kervadec, dont la mort m'a été signifiée voilà peu par son mari ici présent. Je passerai donc sur les formalités d'usage qui n'auront d'intérêt que lors de la matérialisation définitive de ses dernières volontés.

Dans le bureau où la fumée mettait un brouillard bleuté, le notaire commença alors à lire à voix haute :

— Moi, Jocelyne de Kervadec, née de Korzon, en pleine possession de mes facultés mentales...

La suite était une longue énumération de biens immobiliers et mobiliers. Des terres, des fermes qui faisaient partie du domaine de Kervadec mais lui appartenaient en propre, plusieurs immeubles à Audierne et Pont-l'Abbé, un hôtel particulier en cours de rénovation à Nantes, trois appartements à Paris hérités des Korzon, des parts dans plusieurs dizaines d'usines sardinières de Douarnenez à Concarneau, des meubles de famille, et même des titres pour une valeur de six cent mille francs. Une fortune !... A quoi s'ajoutaient les biens presque équivalents de Mathilde et dont Jocelyne assurait la gestion depuis l'enfermement de sa sœur chez les religieuses du Sacré-Cœur à Nantes.

Lucien de Kervadec pouvait se vanter d'avoir fait un « beau mariage ».

Méticuleuse, Jocelyne de Kervadec n'avait rien omis. Dans les moindres détails, elle avait fait inventorier et estimer ses biens peu avant sa mort.

Durant cette longue et pénible lecture, nul ne jeta un regard à Elise. Etrangère, transparente, désincarnée, voilà ce qu'elle était, plantée au beau milieu de ce bureau où elle cherchait vainement les raisons de sa présence. Chacun, à l'exception du notaire, devait d'ailleurs s'interroger à ce sujet.

La lecture se poursuivit encore durant une vingtaine de minutes, puis le notaire marqua une pause. En retrait, Elise pouvait observer les frémissements qui agitaient le profil dédaigneux d'Irène de Limoelan. Assise très droite sur sa chaise, elle ressemblait à un rapace perché sur une branche et qui guette un mulot courant dans les hautes herbes. Elle semblait jouir de ce cérémonial, comme si elle allait hériter de cette fortune qui revenait de droit à Lucien, attentive aux fruits amers de la mort mais indifférente à la mort elle-même. Et Elise, en cet instant même, plutôt que d'éprouver du mépris pour son avidité, eut pitié d'elle, de sa mesquinerie, de son âme froide, de son cœur sec. Jocelyne de Kervadec, en dépit de ses failles et de ses souffrances – ou peut-être à cause d'elles –, était à cent coudées au-dessus de cette femme à l'esprit étriqué.

— Nous en arrivons maintenant à la lecture du testament proprement dit, observa maître Vassard.

Lucien semblait ailleurs et fumait sans discontinuer, comme s'il cherchait à abriter son absence derrière la fumée de ses cigarettes. Mais le regard d'Irène de Limoelan s'était fait soudain plus aigu.

— Dieu ne m'ayant pas donné la grâce d'avoir un enfant, je lègue la totalité de mes biens... à mademoiselle Elise d'Engremont, à charge pour elle d'en assumer la gestion et la prospérité jusqu'à la majorité de son fils Antoine, qui est mon filleul. Cette gestion, si les deux parties en sont convenues, pourra être exercée conjointement avec mon mari, Lucien de Kervadec, dont je n'ignore pas qu'il est le père de l'enfant de mademoiselle d'Engremont. Car outre le fait que je suis informée de cette paternité, je forme même des vœux pour que mon mari, s'il le désire, épouse en secondes noces après ma mort mademoiselle Elise d'Engremont et reconnaisse leur enfant pour légitime.

Irène de Limoelan avait blêmi, puis le sang afflua de nouveau massivement à son visage, donnant à ses traits une vulgarité en contraste total avec la raideur compassée de son maintien.

— Ce n'est pas possible, pas possible, dit-elle à voix basse.

Puis d'une voix qui enflait :

— C'est insensé, je te l'avais bien dit, Lucien, Jocelyne était devenue folle, et cette... cette fille en a profité. Et en plus, il y a cet enfant à présent. Comment as-tu pu te laisser berner toi aussi ?... Mais dis quelque chose !... Tu m'écoutes ?... Lucien !

Elle avait presque hurlé.

— Madame, calmez-vous ! intervint maître Vassard.

Mais Lucien ne disait rien. Un sourire étrange flotta un moment sur ses lèvres, puis il se leva et sortit par la salle de billard, laissant la porte ouverte derrière lui.

Irène de Limoelan avait bondi de sa chaise pour lui emboîter le pas. Avant de sortir à son tour, elle se retourna vers Elise et son mari, qui ne trouvait rien à dire, engoncé dans sa couardise comme un chien mouillé.

— Si vous croyez que je vais vous laisser dépouiller mon frère, vous vous trompez. Je connais assez d'avocats et de magistrats pour vous faire rendre gorge, ma fille. Non seulement vous mais votre...

Elle s'abstint de prononcer le mot qui lui était venu à l'esprit, comme s'il risquait de lui écorcher les lèvres :

— Non seulement vous n'aurez rien, mais je me fais fort de vous faire condamner pour escroquerie et abus de confiance. Vous irez moisir en prison !

Elise demeura seule avec le notaire, interdite. Des phrases se pressaient dans sa mémoire, puis de ce magma informe finirent par émerger les mots de Jocelyne de Kervadec : « Je vous laisse donc tout ce que je possède, à vous et à votre fils. Faites-en bon usage... »

Elle ne l'avait pas prise au sérieux. Sa mémoire avait seulement enregistré la phrase, mais sans y accorder l'attention qu'elle méritait.

— Vous voilà riche, mademoiselle d'Engremont, dit le notaire, car d'après mes informations, votre famille, de si noble ascendance soit-elle, a été ruinée, et vous en êtes la seule descendante, n'est-ce pas ?

— Oui, murmura Elise, je suis seule de ma famille.

Sans avoir conscience de l'absurdité de ses paroles.

Riche !... Il n'y avait rien à répondre. Car cela ne représentait rien en cet instant à ses yeux. Sa seule richesse tenait dans un sourire et quelques gazouillis d'enfant.

Au dernier moment, elle eut cependant la présence d'esprit de demander :

— Madame de Kervadec n'a pas laissé de lettre pour son mari avec son testament ?

Le notaire secoua négativement sa tête blanche.

— Je pense que madame de Kervadec m'en aurait informé si ç'avait été le cas, mais je ne sais rien à ce sujet.

45

— Vous voilà satisfaite, vous avez gagné ?

Il ne la tutoyait plus. Il la regardait avec une dureté minérale, et Elise se dit qu'il devait avoir le même regard avant de se jeter hors de la tranchée pour monter à l'assaut. Un regard qui trahit la volonté de dominer sa peur, mais en refuse toute l'absurdité.

Il l'avait attendue dans le vestibule et regardait s'éloigner Irène et Etienne de Limoelan sous le soleil blanc de ce début de printemps. Ceux-ci, à n'en pas douter, n'allaient pas tarder à regagner Paris et à mettre sur pied leur plan de bataille.

— Qu'ai-je gagné ? demanda Elise.

— Tout ! L'argent, la plupart des terres autour de Kervadec, la possibilité d'élever votre fils et de lui construire un avenir.

— Tout, sauf vous ?

Lucien ne répondit pas.

— Sans doute pensez-vous, comme votre sœur, que j'ai manipulé votre femme pour gagner sa confiance tandis qu'elle était malade, peut-être même pensez-vous à du chantage. Votre femme a pris ses décisions en toute connaissance de cause et elle ne m'en a pas informée. Je viens d'apprendre ses dernières volontés en même temps que vous.

— Je ne pense rien. Mais je sais que vous avez un pouvoir étrange sur les gens et sur les choses. Vous savez aussi bien vous faire aimer que détester.

— Je n'ai rien fait de mal. Seule votre sœur en est persuadée parce que la jalousie la dévore, et qu'elle voudrait diriger votre vie maintenant que Jocelyne est morte. Elle ne l'a jamais aimée. A ses yeux, votre femme était une rivale. Et moi, j'en suis une autre, une rivale qu'il faut éliminer par tous les moyens. Etes-vous aveugle à ce point pour ne pas vous en rendre compte ?

— Laissez Irène tranquille, elle ne fait que défendre mes intérêts.

— Vos intérêts… Et Antoine ? Oubliez-vous qu'il est votre fils ?

— Qui me l'assure ?… Vous ?

— Vous étiez pourtant bien persuadé que le fils de Marie Leguenec était le vôtre alors que vous saviez pour René Kémeneur… Je vous entends encore dire que vous lui auriez bâti un avenir, qu'il aurait hérité de tout, que c'était votre petit garçon… Pourquoi Antoine n'aurait-il pas droit à votre amour ?

— J'aimais Marie, dit alors Lucien de Kervadec.

— Et vous ne m'aimez pas...

— Jocelyne n'était pas au courant au début de notre liaison, alors que vous... elle vous a poussée dans mes bras ! Elle le voulait pour l'enfant... En réalité, nous avons été ses jouets. Voilà pourquoi aussi je n'arrive pas à vous en vouloir. Ne me forcez pas maintenant à vous détester.

Elise dut se contenir pour ne pas laisser exploser sa rage. Tout eût mieux valu que cette humiliation. D'une voix blanche, elle réussit toutefois à articuler :

— Alors, je n'étais qu'une passade, rien d'autre...

— Il me faut du temps, réfléchir... D'ici là, vous pouvez rester au château et même reprendre votre chambre. D'ailleurs, vous êtes un peu chez vous désormais... Et puis, vous vous en sortez apparemment très bien pour ce qui est de la gestion du domaine. Mais ne vous méprenez pas, nous cohabiterons... Pour le moment du moins.

Elise eut le sentiment de recevoir une gifle.

Mais Lucien ne lui laissa pas le temps de commenter ses dernières paroles. Il s'éloigna, traversa la cour du château d'un pas traînant, puis Elise le vit disparaître sous le porche, s'engager dans l'allée. Elle le perdit de vue.

Elle l'avait perdu de toute façon.

46

La guerre l'avait changé. Ce n'était pas seulement d'un bras que Lucien avait été amputé, mais d'une partie de son âme. Il ne repartirait plus au front, mais Elise se dit qu'il eût peut-être mieux valu pour lui mourir sous les obus allemands que de contempler chaque jour son infirmité, et de se croire devenu une « moitié d'homme ». Il n'avait plus aucun goût pour la vie, ne montait plus à cheval, se reposait sur Elise pour la direction de Kervadec sans jamais lui demander de comptes, partait seul pour de longues promenades à travers la lande. Il lisait seulement les journaux dès son lever, de plus en plus tardif. Il suivait l'évolution des hostilités, mais jamais il n'en parlait. Les nouvelles étaient d'ailleurs mauvaises. Au mois de mai, l'Italie était entrée en guerre au côté des Alliés, mais la Bulgarie avait opté au mois d'octobre pour les puissances centrales, et l'ennemi tenait bon sur ses positions. La guerre, devenue purement statique, était toujours plus meurtrière, et les pertes toujours plus vertigineuses. Entre mai et octobre 1915, les Russes à eux seuls, après avoir perdu la Pologne et s'être retrouvés acculés sur le front de la Berezina par les troupes allemandes, avaient perdu près de cent cinquante mille hommes et comptaient dans leurs rangs près de sept cent mille blessés.

La guerre était une gigantesque hécatombe dont personne n'aurait pris le risque de prévoir le terme. Le temps était venu du rationnement et des réquisitions, de la « vie chère » et de l'effort de guerre massif auquel tous les Français étaient appelés. La propagande, au moyen de livres, d'affiches, de cartes postales, de jeux pour enfants, de films d'actualité, s'efforçait d'entretenir la flamme. Mais chacun s'évertuait surtout à poursuivre une vie presque normale, rythmée par les travaux agricoles, les récoltes et l'entretien des bêtes. Dans les champs, les femmes, les enfants, et jusqu'aux vieillards avaient remplacé la plupart des hommes valides en état de combattre. Les usines d'armement tournaient à plein régime. Dans les villes et les villages, nombreuses étaient les femmes qui avaient pris la couleur du deuil.

Mais, de tout cela, Lucien de Kervadec semblait se moquer éperdument.

Il s'était mis à boire, beaucoup. A l'hiver 1915, il fut retrouvé ivre sur le bas-côté de la route d'Audierne par le docteur Clouet. Il était tombé dans un fossé, et son visage commençait à bleuir, ses doigts à geler. On le crut mort. Le lendemain, il quittait le château à pied pour deux jours de soûlerie.

Dès la fin du mois d'avril 1915, Irène de Limoelan avait contesté devant la justice le testament de Jocelyne de Kervadec avec l'accord de Lucien, ou plutôt avec son consentement tacite, car il n'avait manifesté aucune envie de participer à cette attaque en règle en l'aidant à constituer un dossier solide contre les dispositions prises par sa femme en faveur d'Elise, aucun désir de se mêler à cette curée que sa sœur appelait de tous ses vœux.

Il en eût été d'ailleurs incapable. Toute volonté propre semblait l'avoir déserté. Il était mort quelque part en Artois. Il se survivait. Il ne parlait jamais de la guerre, mais elle vivait en lui à chaque instant.

Chaque jour, il prenait ainsi sa voiture et allait traîner du côté de la Maison du Bateau ou dans quelques autres cafés d'Audierne. Parfois, il poussait jusqu'à Douarnenez ou Quimper. Il offrait des tournées à des inconnus. Il parlait du pays bigouden ou restait silencieux à boire son vin blanc, perdu dans un long rêve immobile. On abusait de sa générosité. Quelques-uns riaient sous cape, les autres se désolaient de voir un homme de cette stature « descendre la pente à Julot », comme ils disaient. Bientôt, la rumeur se répandit que le comte de Kervadec serait réduit à la déchéance. Et naturellement, d'aucuns en faisaient porter la responsabilité à la « Parisienne » qui l'avait « amputé » de sa fortune au profit de son bâtard !

Après avoir vainement essayé de lui parler, après s'être morfondue des nuits entières en sachant que l'homme qu'elle continuait d'aimer se détruisait avec une conscience méthodique sans qu'elle pût réveiller en lui un amour salvateur, Elise s'était résignée. Elle s'efforçait de veiller dans la mesure du possible sur ses affaires autant que sur les siennes, et surtout elle veillait sur Antoine.

L'instruction du procès traînait cependant en longueur, au désespoir d'Irène de Limoelan qui ne comprenait pas pourquoi Lucien tolérait encore la présence d'Elise au château. Désormais accusée d'abus de confiance et d'escroquerie, Elise s'était vue contrainte de solliciter l'aide d'un avocat de Quimper, maître Chasseigne. Le docteur Clouet, secrètement, lui avait avancé un peu d'argent pour régler les premiers frais. L'ayant appris, Lucien rompit toutes relations avec le médecin.

Elise en éprouva autant de remords que de peine. Lucien et Anselme Clouet se connaissaient depuis quinze ans, et elle n'avait jamais souhaité devenir un ferment de discorde entre eux. Mais le « bon docteur Clouet », comme l'appelait Jocelyne de Kervadec, l'avait rassurée :

— Ce n'est rien, avait-il dit en posant une main paternelle sur son épaule. La guerre... ça vous change un homme. Moi non plus je ne le reconnais plus. Comme vous, j'ai essayé de lui parler, mais il n'écoute plus personne. De toute façon, je sais que Jocelyne vous aimait et qu'elle n'a pas rédigé ce testament sous la contrainte. Lucien ferait bien de se réveiller et de suivre ses conseils. Vous êtes une femme peu commune, Elise, et je sais que si j'avais quelques années de moins...

Il avait suspendu sa phrase, les yeux brillants d'une drôle de lumière qui hésitait entre celle d'une aube emplie de brumes et le miroitement d'un lac. Puis, il avait ajouté :

— Je témoignerai en votre faveur. Un avis médical ne sera pas de trop pour vous aider à écraser cette punaise d'Irène.

Elise avait aimé le mot « punaise ». Elle n'y avait jamais songé auparavant, mais il correspondait bien au personnage. Comme cet insecte, Irène de Limoelan était un parasite à l'âme nauséabonde et qui se nourrissait du sang des autres.

Bien que la nouvelle de l'héritage et du procès se fût répandue comme une traînée de poudre à l'intérieur et à l'extérieur du château, l'atmosphère à Kervadec était demeurée la même, dominée par les soucis du quotidien et les angoisses que la guerre faisait peser sur les consciences. A côté d'eux, les démêlés de la famille Kervadec paraissaient bien dérisoires et l'adversité qui était le lot commun, loin d'exalter les rancœurs, semblait au contraire les apaiser. Ni Louise Marek, ni Marion Leroch, ni Noémie Legoulvic ne semblaient plus attacher d'importance aux différends qui les avaient opposées.

Au soir du 23 janvier 1916, Lucien n'étant toujours pas rentré de Concarneau où il avait prétendu avoir un rendez-vous d'affaires, Elise fêta donc les un an d'Antoine aux cuisines du château en leur compagnie. Louise avait préparé un repas de fête en ces temps de restriction : soupe de pommes de terre au lard, andouille, fromage roux et galettes au beurre salé. Le tout arrosé d'un pichet de vin, une fois n'était pas coutume. Vacillant sur ses jambes, Antoine, dont la blondeur s'accentuait au fil des mois, se tenait à la table, picorant ici ou là un morceau de pain noir ou une bouchée de galette. Un feu vif flambait dans la cheminée, réchauffant le chaudron où mijotait l'épaisse soupe d'hiver, et son crépitement accompagnait les rires des quatre femmes que l'alcool rendait euphoriques.

A la fin du repas, Louise sortit même d'une armoire une bouteille d'eau-de-vie de prune et en servit quatre petits verres avant de trinquer, les larmes aux yeux

— A Martin qui doit nous regarder de là-haut, tout près du bon Dieu, et à tous les nôtres qui doivent peler de froid dans leurs tranchées !

Chacune d'entre elles vida son verre cul sec. Puis, Louise resservit une tournée.

Elise but à nouveau, les joues en feu. Pour la première fois depuis le retour de Lucien, elle se sentait à nouveau capable de rire et de s'abandonner à des plaisirs simples.

— Allez, un p'tit dernier ! dit Noémie en tendant son verre.

Elise refusa.

— Allez, la Fiérote, fais pas d'histoires, renchérit Marion. Comme disent les hommes, ça tue les vers et ça fait péter la voix !

Elise se laissa faire. Le sourire d'Antoine lui parut un aval suffisant.

La porte s'ouvrit brutalement au moment où Louise allait porter un toast.

Lucien apparut sur le seuil, le visage blanc de givre. Il tenait à peine sur ses jambes. Il entra et se laissa tomber sur un banc à côté de Marion sans enlever sa veste. Puis, il s'empara de la bouteille d'eau-de-vie et, négligeant de prendre un verre ou un gobelet, il porta la bouteille à ses lèvres pour en avaler de longues rasades. Ses yeux étaient injectés de sang, et les veines de son cou, sous la chaleur de l'alcool, se gonflèrent comme des varices.

Un silence écrasant était tombé sur les cuisines. Comme par instinct de protection, Elise prit Antoine sur ses genoux. L'enfant se mit à pleurer.

Lucien reposa la bouteille. Vide. Puis, ses yeux se posèrent tour à tour sur les quatre femmes, avant de s'arrêter sur son fils.

— Quatre figures de carême, dit-il, et un marmot braillard... Le beau régiment que voilà...

Il se leva et tituba jusqu'à la porte qu'il ouvrit en grand d'un geste involontairement théâtral. Un vent glacial s'engouffra dans les cuisines, faisant vaciller les flammes de l'âtre.

Le silence retomba avec le loquet de la porte.

Les trois domestiques baissaient la tête, partagées entre la honte et la compassion.

— C'est-y pas malheureux, grommela enfin Noémie, heureusement que Madame n'est plus là pour voir une pitié pareille...

Les mâchoires d'Elise se crispèrent. La phrase de la Fileuse résonnait comme une condamnation. Serrant son enfant contre elle, elle emprunta le passage qui menait jusqu'à l'intérieur du château.

Avachi sur un canapé du salon, sa veste jetée négligemment sur son épaule, Lucien s'était servi un grand cognac et regardait le liquide ambré frémir dans son verre avec la fascination d'un bouilleur de cru surveillant les pulsations de son alambic.

— Je vous en prie, dit-il avant qu'elle eût ouvert la bouche, pas de leçon de morale !...

Il souriait béatement, le front en sueur à présent, les yeux hagards. Elise l'observa longuement. Antoine avait fini par s'endormir dans ses bras, mais lasse de le porter, elle s'assit près de Lucien en espérant qu'il ait enfin le courage de la regarder en face. Sa poitrine était oppressée. Elle attendait un geste, un mot tendre. Mais l'homme qui était auprès d'elle était-il encore celui qu'elle avait connu avant son départ pour la guerre ? Ou n'était-ce qu'un fantôme, une ombre, l'ombre de l'homme qu'elle avait aimé et qui, dans la chambre d'hôtel de Nantes ou dans la maison de l'étang, lui murmurait des mots d'amour en effleurant sa peau de ses lèvres soyeuses.

— Je n'ai pas de leçons à vous donner, dit-elle. Je me demandais seulement combien de temps cette comédie allait durer.

— Le temps que la justice en finisse avec cette histoire d'héritage. Ensuite, nous y verrons plus clair.

Le cœur d'Elise avait bondi dans sa poitrine.

— Je sais que vous ne me faites pas confiance, je sais que vous ne voulez pas de notre enfant, mais moi c'est pour lui que je me bats. Pas pour moi, pour lui. Je n'ai jamais demandé cette fortune que votre femme a mise dans son berceau, mais pourquoi accepterais-je que vous n'assumiez aucune de vos responsabilités. C'est pour vous que je suis restée à Kervadec, par compassion et par amitié que j'ai assisté votre femme en votre absence. Devrais-je en rougir ?...

— Il ne fallait pas. Tout est de votre faute. Vous auriez dû partir il y a longtemps, et j'aurais dû moi aussi vous laisser partir.

— Il est un peu tard pour vous en apercevoir.

Silence. Lucien avala une longue gorgée de cognac d'un trait, et Elise le regarda effectuer ce geste devenu routinier sans le moindre plaisir visible. Il buvait mécaniquement. Il buvait pour combattre les souvenirs qui hantaient sa mémoire dévastée.

— Ce n'est pas ça qui vous aidera à y voir clair, dit Elise.

— Qu'en savez-vous ?

Puis, d'une voix sourde :

— J'ai pris de mauvaises habitudes là-bas. Quand vous vivez chaque jour, chaque heure, chaque minute en enfer, la gnôle est encore le meilleur remède pour combattre la peur. Parce que là-bas, ce n'est pas la guerre, c'est l'enfer...

Il avait dit « là-bas » comme s'il s'agissait d'un

autre monde, d'un univers parallèle auquel lui seul et ses semblables avaient accès. C'était la première fois qu'Elise l'entendait faire allusion à la guerre, mais elle se garda bien d'insister.

— J'ai eu tort de vous aimer, dit-elle, j'étais sincère. Mais Antoine, lui, n'y est pour rien, il n'a pas à payer le prix de nos erreurs.

Elle n'avait plus qu'à l'abandonner à sa peur. Elle se leva et monta à l'étage pour coucher son enfant terrassé de fatigue.

Lorsque des pas s'arrêtèrent quelques minutes devant sa porte restée entrouverte, elle crut deviner un regard qui l'épiait dans l'entrebâillement tandis qu'elle se déshabillait.

Elle en eut la certitude lorsqu'elle entendit la voix de Lucien qui criait :

— Allez au diable !

47

Journal d'Elise

24 février 1916

Je n'en peux plus. Chaque jour apporte son lot de mauvaises nouvelles. On dit qu'une grande offensive s'est déclenchée du côté de Verdun et que la guerre est devenue atroce, au point que, malgré les lettres qui parviennent tous les jours du front, on a peine à imaginer l'ampleur des tueries.

Je me rappelle qu'au tout début de la guerre on ne voulait pas croire à certains récits que l'on attribuait à la propagande. On parlait de massacres en Belgique et dans le nord de la France, en Prusse orientale, en Russie, en Serbie. Mais aujourd'hui, nous savons que ces récits étaient authentiques. Allemands en Belgique et dans le nord de notre pays, Russes en Prusse orientale et en Galicie, Autrichiens en Serbie, tous se sont livrés à des pillages, des exécutions sommaires, des destructions, des viols. La guerre ravale l'homme à l'état de bête sauvage, et lorsqu'il a goûté au sang, il semble presque impossible de le lui faire oublier.

Qu'ont fait les nôtres, qu'a fait Lucien, pour qu'ils aient tant de difficultés à en parler lorsqu'ils regagnent leur foyer ? Est-ce parce qu'il pense avoir perdu sa dignité d'homme qu'il se comporte ainsi ? Comme la plupart des femmes qui connaissent ce drame je suppose, j'aimerais soulager sa souffrance, mais je ne sais comment m'y prendre et je ne peux l'aider contre lui-même. J'aimerais aujourd'hui avoir ce « don »-là si c'est un don... Alors que j'ai toujours l'impression d'être gauche, impuissante, de ne pas trouver spontanément les mots qui pourraient le sortir de ce cauchemar éveillé dans lequel je le vois s'enfoncer chaque jour un peu plus.

Hier, il est encore rentré ivre. Ses habits étaient couverts de boue. Il avait dû tomber, car il était parti à pied pour Audierne dans la soirée. Je n'ai pas pu m'empêcher de lui poser la question, il m'a simplement répondu :

— Les filles de joie, ici, sont encore plus crottées que les poilus !

Puis, il a éclaté d'un rire mauvais.

Bien sûr, je n'en ai pas cru un mot.

3 mars 1916

Ce matin, j'ai reçu une longue lettre de maître Chasseigne, mon avocat. Et j'ai dû prendre sur moi pour ne pas pleurer. Je l'ai relue à deux reprises. Des copies de témoignages joints au dossier y figuraient.

J'avais cru que le bon sens et la guerre avaient fini par effacer les ressentiments des autres domestiques envers moi. Or, si Irène de Limoelan a tracé de moi un portrait à charge, corroboré par son pleutre de mari, si Lucien n'a écrit qu'une vague lettre prêtant à confusion sur mon rôle de « guérisseuse », Marion a laissé entendre que je voulais depuis le début entretenir une liaison avec Lucien et que je nourrissais des arrière-pensées à son égard depuis qu'elle m'avait raconté l'histoire de Marie Leguenec. Noémie, elle, est allée encore plus loin. Non seulement elle a nié la tentative de viol de René Kémeneur et affirmé que j'avais essayé de le séduire pour me rapprocher de Lucien, mais elle a invoqué ses « relations privilégiées » avec Jocelyne de Kervadec et des confidences que lui aurait faites celle-ci peu avant sa mort. Selon elle, et sous la foi du serment, elle a déclaré que Jocelyne avait peur de moi et de mes « pouvoirs », que je m'étais arrogé le droit de la soigner, ignorant les prescriptions du docteur Clouet. Pire encore, elle a prétendu que Jocelyne de Kervadec lui avait affirmé que je l'avais obligée à rédiger un testament en ma faveur, et que, le jour où maître Vassard était venu au château, « tout était déjà décidé entre nous », qu'elle n'avait cédé que parce qu'elle était malade et que mes soins la rendaient chaque jour un peu plus dépendante de moi. En bref, que je me servais de ses « crises » dans mon propre intérêt et dans celui de mon enfant.

Louise Marek, elle, est restée neutre.

Le seul témoignage véritablement à décharge est celui du bon docteur Clouet. Si vibrant, si sincère que j'en ai eu les larmes aux yeux.

Mais la faillite de ma famille ne plaide guère en ma faveur, et la donation de Jocelyne de Kervadec est si importante qu'elle laisse planer le doute de toute façon. Cela ne faisait même pas deux ans que je servais au château. Comment expliquer une telle situation sans immédiatement invoquer la manipulation, le vice, la corruption d'une âme basse et seulement cupide ?

Il me semble être devenue soudain bien plus qu'« Elise la catin », une « lune noire » semblable à Hécate qui, chez les Grecs, représentait la face obscure de la lune, celle qui régnait sur les enfers, leurs fantômes et leurs démons, celle que l'on associait aux cimetières, aux tombeaux et à la magie, à l'amour physique aussi. Je suis devenue une sorte de sorcière aux pouvoirs incontrôlables, un être vil, quelque chose de vaguement dégoûtant et dont n'importe quel humain sensé refuserait de s'approcher.

Si la situation n'était aussi grave, je finirais par en rire. Mais ces calomnies répétées n'ont plus rien d'un jeu aujourd'hui. On ne risque plus guère de me brûler sur un bûcher, mais elles n'ont cessé de me nuire depuis que je suis arrivée ici, et aujourd'hui elles visent à me faire perdre l'amour de Lucien comme elles peuvent nuire gravement à l'avenir d'Antoine.

Pas plus que je ne sais arracher Lucien à ses cauchemars, je ne sais cependant comment me défendre. Un jour, mon père m'a dit qu'il n'y avait rien de plus maladroit qu'un innocent devant un tribunal. Il s'apprêtait à nous quitter, mais j'ai retenu cette phrase, j'ignore pourquoi. Je hais le mensonge délibéré. D'ailleurs, je ne sais pas mentir. Quels arguments trouverai-je le jour venu ? Je n'aurai aucun défenseur, et ce n'est pas le témoignage du docteur Clouet qui suffira à convaincre les juges de ma bonne foi. Seul Lucien le pourrait.

En attendant, j'ai décidé de ne rien dire à Marion ou à Noémie.

21 mars 1916

Quand aura lieu cet invraisemblable procès ? La guerre rend tout difficile, retarde tout : les déplacements, l'approvisionnement, l'expédition des marchandises, et même la justice.

D'après le docteur Clouet, qui est le seul à venir me voir encore spontanément, on parle maintenant de l'utilisation de chars d'assaut et de bateaux sous-marins dans cette guerre qui a déjà fait des centaines de milliers de morts. Pour lui, nul doute que les côtes bretonnes ne soient touchées. Le nitrate servant à la fabrication de la poudre arrivant du Chili à Brest, la marine allemande sera sur le qui-vive et cela ne peut que nous apporter de nouveaux tourments.

Ici, hormis le travail quotidien, il ne reste plus que l'église et la prière, les pardons et les sermons patriotiques du curé.

Parfois, j'ai le sentiment de sombrer dans un égoïsme stérile en ruminant mes difficultés. Que sont-elles en comparaison des affrontements titanesques qui se déroulent en ce moment même dans toute l'Europe ? Mais n'est-ce pas non plus le propre de l'être humain que de n'envisager l'existence qu'à travers le prisme déformant de ses propres désirs et de ses peurs ? Nous voyons la vie à travers une petite lucarne quand une vision juste des choses exigerait un espace immense et aucun centre pour en limiter l'étendue.

L'atmosphère à Kervadec s'est encore assombrie. Je suis de plus en plus seule. Je ne vois presque plus Lucien. Je l'aperçois. J'entrevois une silhouette. Il continue à boire et à passer ses journées je ne sais où. Il ne voit plus le docteur Clouet ni même le baron de Kerlleano, dont la femme tient d'ailleurs tant aux apparences qu'elle refuse aujourd'hui que son nom soit encore associé à celui des Kervadec. D'après Anselme – il m'a permis de l'appeler par son prénom –

elle a peur d'être éclaboussée par le scandale de nos « affaires ». A-t-elle seulement réalisé que le « scandale » qu'elle redoute ne sera jamais circonscrit qu'aux limites étroites du pays d'Audierne ?

Seul Antoine m'apporte autant de joies qu'un enfant de cet âge peut en donner à une mère.

23 mars 1916

Souvent, je repense aux dernières paroles de Jocelyne de Kervadec, à son extraordinaire lucidité sur son lit de mort : « Soyez vivante, Elise, riez, chantez, faites l'amour et, si vous le pouvez, donnez un peu de bonheur autour de vous. Rendez heureux Lucien, et Antoine surtout. Qu'il grandisse à Kervadec et que les ombres qui ont peuplé ce château s'éloignent à tout jamais ! »

Elles sont restées gravées dans ma mémoire.

Comme je voudrais suivre ses conseils ! Comme je voudrais que ses paroles soient prophétiques !

Je vais bientôt avoir trente ans et j'ai envie de rire, de chanter, de danser, de faire l'amour avec un homme qui saurait accepter mes différences et mes failles.

Depuis quelque temps, il m'arrive de repenser à Pierre Loustal. Lui aussi est parti à la guerre et ne m'a plus donné signe de vie. Peut-être aurais-je dû lui donner ce qu'il attendait. Je ne l'ai pas fait par amour pour Lucien et cet amour est devenu aujourd'hui stérile. Comme si la vie s'ingéniait parfois, par une mécanique qui lui est propre et dont on chercherait vainement le sens, à vous entraîner dans des voies opposées à votre bonheur.

24 mars 1916

Reçu lettre de maître Chasseigne ce matin. La date du procès est fixée au 29 mai.

48

Ce fut par hasard, lors d'une permission, qu'Elise revit Pierre Loustal à la fin du mois d'avril 1916.

Le visage un peu plus marqué, le regard plus distant, il n'en conservait pas moins cette force paisible, cette aisance, cette maîtrise de soi qui l'avaient frappée lors de leur première rencontre.

Comme Lucien, le sardinier ne lui parla pas de la guerre, mais, au contraire du comte de Kervadec, il lui parut animé d'un formidable appétit de vivre. Il était visiblement heureux de retrouver son pays, le pays bigouden, et surtout cette mer toujours changeante, l'air du large, cet horizon qui s'étendait encore bien au-delà des rêves qu'il avait entretenus pendant des mois au milieu de la boue et des rats.

— Là-bas, confia-t-il seulement au cours du dîner qu'ils partagèrent à la Maison du Bateau, on ne voit parfois pas à dix mètres à cause de la terre et de la poussière soulevées par les obus. Et quand l'horizon s'éclaircit, c'est juste pour apercevoir des barbelés et la tranchée d'en face où sont les Boches. Comment peut-on envoyer un marin dans une galère pareille...

Elise avait préféré en rire et ne pas poser de questions.

Tout en dînant, Pierre Loustal lui dit qu'il était au courant de la naissance d'Antoine par Noémie. Il lui demanda si elle était heureuse. Elise sourit et ne répondit pas.

Loustal ignorait en revanche que Lucien était rentré du front à la suite de son amputation.

— Perdre un bras, c'est pas de chance, mais au moins il retournera pas au casse-pipe, conclut-il. Maintenant, avec les gaz, il y en a qui deviennent aveugles.

— Il n'y a pas qu'un bras qu'il a laissé là-bas..., comme vous dites.

Aux quelques mots qu'ajouta Elise, Pierre Loustal comprit aussitôt quel calvaire elle endurait depuis son retour, et cette fois ce fut lui qui ne posa pas de questions. Il se contenta de lui prendre la main et de la sentir s'attendrir comme de la crème glacée entre ses paumes crevassées.

Emue, Elise hésita à la retirer, mais en voyant la lumière tendre qui embrasait les yeux du sardinier, elle se dit qu'elle ne pouvait commettre deux fois la même erreur.

— Vous voulez venir chez moi ? demanda-t-il.

Il avait posé la question sans plus de précautions. Elle répondit avec la même franchise :

— Oui.

Elle savait qu'elle pouvait compter sur Louise Marek.

Pierre Loustal habitait sur les hauteurs d'Audierne. Une petite maison en pierre de granit aux volets bleus, cernée par un sage jardin de curé. La maison était froide. Ils montèrent dans la chambre, et Loustal fit aussitôt un feu dans la cheminée pour réchauffer l'atmosphère et chasser l'humidité. Puis, il descendit à la cuisine pour en rapporter un peu d'eau-de-vie.

— Aucune femme n'est venue là depuis bien longtemps, dit-il en remontant l'escalier.

Lorsqu'il releva la tête après avoir déposé la bouteille et deux verres près de la cheminée, Elise était déjà en train de se dévêtir. Il la regarda faire, le souffle coupé.

Une fois nue, elle se glissa sans un mot sous les draps rêches et glacés.

A cet instant, elle pensa à tout le mal qu'on pourrait dire d'elle dans le pays d'Audierne : qu'elle méritait bien le surnom d'« Elise la catin », qu'elle n'était qu'une petite « traînée » venue de Paris pour semer le malheur et le désordre à Kervadec. Mais elle s'en moquait. Elle avait besoin de la chaleur d'un homme, d'un peu d'amour, et elle savait que Pierre Loustal saurait le lui donner sans rien exiger d'autre en contre-partie.

Elle se donna à lui avec une fièvre froide. Une fièvre qui n'engageait que ses sens, mais nullement son cœur et encore moins son esprit. Elle accomplit les mêmes gestes qu'elle aurait accomplis avec Lucien, mais cette gymnastique des corps n'avait pas le même sens. Il n'y avait rien de vulgaire ni de sale, mais ça n'était pas du même ordre, voilà tout. Elle se regardait faire l'amour de l'extérieur, comme si elle avait été située sur un point surélevé et qu'elle eût regardé un beau paysage, mais à distance, sans vraiment communier avec sa beauté.

Pierre Loustal se révéla ardent et passionné, mais l'émotion d'Elise demeurait comme enclose dans une cage à l'intérieur de son cœur.

Lorsqu'ils consentirent à prendre du repos, tard dans la nuit, le sardinier ne put s'empêcher de demander :

— Tu regrettes ?

— Non !

— Je ne me fais pas d'illusions, tu sais...

— Quelles illusions ?

— Je sais que ce n'est pas moi que tu aimes, c'est Lucien que tu veux.

— Je ne sais plus ce que je veux, dit Elise. Je ne fais plus guère de projets à présent. Tu vois, la guerre m'a transformée moi aussi.

— Je vais repartir demain, et lui va rester. Il a beaucoup de chance, et il ne le sait pas.

— Et tu penses que c'est injuste ?

— Ce qui est injuste, c'est qu'il se comporte comme ça envers son fils. Le fils que tu lui as donné.

Il avait posé la tête sur son ventre, et d'une main distraite, très calme, il caressait ses seins encore gonflés de désir.

— A sa place, reprit-il, je t'épouserais et je me ferais une belle vie. Quand on a vu ce que nous avons vu, lui et moi, on sait que chaque instant est important, qu'il n'y a pas une minute à perdre dans cette chienne de vie. Mais chaque homme a ses limites et peut-être qu'il ne pourra plus jamais t'aimer.

Elise détourna les yeux vers la fenêtre. Une sensation immense de solitude l'envahit. Dans le ciel noir, des étoiles brillaient, solitaires elles aussi, inaccessibles au drame qui se jouait sur la planète des hommes. L'amour n'était-il donc que l'ultime remède qu'avaient trouvé ces derniers contre le désespoir de vivre dans un monde absurde ? Mais alors, de quel amour s'agissait-il ?... Ni d'un don ni d'un partage, mais d'une simple compensation.

Elle se mit à lui caresser les cheveux et sentit sous sa main une petite bosse qui roula entre ses doigts. Ses cheveux étaient secs, tout comme sa peau. Loustal appartenait à la race des hommes qui ne transpirent guère, qui brûlent de l'intérieur les scories que rejettent leur corps comme leur âme.

— Fais-moi l'amour, murmura-t-elle.

Le sardinier remonta jusqu'à ses lèvres et l'embrassa avec fougue. Puis, après l'avoir longuement caressée de la nuque jusqu'au bas des chevilles avec la même précaution que l'on met à caresser un bibelot précieux, il se glissa en elle très doucement, comme par effraction.

Elise ferma les yeux et creusa les reins pour l'accueillir. Son sexe était dur, aussi dur que l'une des armes avec lesquelles il avait peut-être l'habitude de tuer désormais, mais ses gestes avaient une sorte de candeur déconcertante pour un homme de sa force. Et tout en lui serrant les épaules pour l'inviter à s'enfoncer au plus profond d'elle, Elise se dit que c'était peut-être la dernière fois que Pierre Loustal aurait l'occasion de faire l'amour, qu'elle était peut-être en ce moment sa dernière femme sur la terre comme Eve avait été la première, et qu'ils étaient en train de refaire à eux deux le paradis terrestre le temps d'une nuit.

Il y eut un soir, il y eut un matin, et ce fut l'unique jour.

Lorsqu'ils se quittèrent sous le soleil de midi sur le quai de la gare, ils ne se dirent pas adieu par superstition.

Elise le regarda monter dans le train et rentra aussitôt dans la gare avant que retentît le premier sifflement de la locomotive.

Il faisait ce jour-là un temps clair et presque doux. Des hommes ne verraient pas la prochaine aube se lever, des femmes allaient pleurer leurs morts et des enfants gémiraient à la mamelle. Mais Elise se dit qu'elle avait joui, et cela seul comptait.

Elle ne devait jamais revoir Pierre Loustal, tombé dans la Somme le 18 novembre 1916 lors d'un ultime bombardement.

49

— Où étais-tu ?

Il avait posé la question dès qu'elle avait longé le couloir menant à la chambre où elle dormait avec Antoine, dès que la silhouette épaisse de Louise Marek avait disparu en haut de l'escalier.

Il la tutoyait de nouveau. Mais la colère qui flambait dans ses yeux noyés d'alcool n'avait rien de tendre ni d'anodin.

— C'est la question que je me pose chaque jour, répliqua Elise.

Elle était calme en dépit de la fatigue. D'avoir fait l'amour avec Pierre Loustal avait dissipé toutes ses tensions et elle se sentait prête à affronter n'importe quelle situation sans rien perdre de sa tranquillité intérieure.

— Alors, je répète ma question : avec qui étais-tu ?

Elise ne répondit pas. Elle pénétra dans sa chambre. Comme l'en avait avisée Louise Marek, Antoine dormait paisiblement dans son berceau. Depuis qu'il avait plus d'un an, elle ne l'attachait plus. Beaucoup ligotaient encore les enfants comme des ballots de linge sale, mais cette habitude semblait barbare à Elise.

Pendant quelques secondes, attendrie, elle observa la respiration régulière de son fils endormi. Mais, au moment où elle allait glisser un doigt le long de sa joue, elle se sentit brutalement tirée en arrière.

Lucien l'avait saisie par le bras et la ramenait à lui. Son haleine empestait l'eau-de-vie.

— Réponds-moi, Elise !

— Lâche-moi ! Tu es devenu fou ?

Mais Lucien de Kervadec n'en démordait pas.

— Tu as passé la nuit avec un homme, je veux savoir qui...

— Ça suffit, tu as encore bu, Lucien. J'en ai assez. Qu'est-ce que tu cherches ? Que je quitte Kervadec et renonce à tous mes droits avant le procès ? Pourquoi n'as-tu pas le courage de me le demander plutôt que de te comporter comme...

Elle chercha un nom et le premier qui lui vint à l'esprit fut celui qu'elle n'aurait jamais dû prononcer :

— Comme un René Kémeneur !

Un silence brutal retomba, et ils restèrent quelques secondes face à face, les yeux dans les yeux. Puis, sans qu'elle pût anticiper son geste,

Elise vit Lucien lever la main à hauteur de son épaule.

Elle n'entendit que le claquement sec et sonore.

La gifle ne la fit pas vaciller ni même pousser un cri. Mais, au même instant, Antoine se mit à gémir, puis à pleurer doucement.

— Tu es content, tu l'as réveillé…

Les mâchoires de Lucien se refermèrent sur un sourire carnassier.

— Il n'y a vraiment que lui qui compte, siffla-t-il entre ses dents.

Elise ne répondit pas, exaspérante de sérénité. La joue en feu, elle berça l'enfant pendant quelques instants puis, dès qu'il se fut rendormi, elle entra dans la salle de bains.

Elle était toujours aussi calme et elle devinait que c'était ce calme qui mettait Lucien de Kervadec hors de lui.

Avait-il jamais frappé Marie Leguenec de cette façon ? Elle en doutait à présent. Mais à l'époque, Lucien était un autre homme. Aujourd'hui, il n'était plus que la caricature de lui-même, l'ombre portée de ce qu'il avait été autrefois.

Avec des gestes maîtrisés, elle commença d'ôter ses vêtements. Debout sur le seuil, Lucien la contemplait en silence. Lorsqu'elle fut en jupon et caraco cependant, il amorça un geste vers son visage, mais Elise se rétracta aussitôt, puis elle se mit à retirer une à une les épingles à cheveux qui maintenaient son chignon.

— Tu ne veux toujours pas me dire où tu étais ?

— Je n'ai rien à dire.

— Rien ?... Vraiment ?

Il l'avait saisie par l'épaule et la secouait au point qu'Elise sentit son chignon se dénouer et ses cheveux venir balayer son visage.

— Vraiment ?

Lucien de Kervadec avait totalement perdu le contrôle de lui-même. Des mouvements spasmodiques agitaient son visage, déformaient ses traits, et l'alcool donnait à son regard une expression fébrile où Elise crut reconnaître cette même énergie folle qui avait déclenché la crise de Mathilde de Korzon lors de leur visite à l'hôpital.

Ses cris avaient à nouveau réveillé Antoine et à présent l'enfant, assis dans son berceau, pleurait à chaudes larmes.

— Assez ! cria Elise. Tu ne vois pas que tu lui fais peur.

Elise se dirigea alors vers le berceau pour prendre l'enfant dans ses bras, mais Lucien voulut la retenir, et dans son élan il trébucha contre le pied du lit tandis que le mouvement de torsion imprimé à sa cheville le faisait basculer dans le vide.

Déséquilibré, il se raccrocha alors par réflexe

de son seul bras valide à l'extrémité du berceau d'Antoine qui, en se renversant, projeta violemment l'enfant contre le mur.

Un craquement sinistre se fit entendre, interrompant net les pleurs de l'enfant.

— Antoine !...

Le hurlement strident d'Elise dut s'entendre jusque dans les écuries du château. Folle de terreur, elle se précipita vers le berceau. La tête de l'enfant avait heurté le mur. Inconscient, il gisait sur le côté, les yeux fermés. La violence du choc lui avait entaillé le front, et du sang coulait le long de ses tempes.

Tremblante de peur, Elise le prit dans ses bras et le porta sur le lit tandis que Lucien se relevait avec peine, le front en sueur et l'air hagard d'un homme qu'on vient de repêcher in extremis de la noyade.

— Antoine...

De stridente, la voix d'Elise était devenue mourante, à peine audible.

Avec de pauvres gestes, elle essaya de ranimer l'enfant. Puis, elle le serra contre elle pour le couvrir de baisers et de larmes.

Derrière elle, Lucien de Kervadec semblait se réveiller d'un long cauchemar. Titubant, il jeta un regard vide autour de lui.

— Qu'est-ce qui s'est passé... Qu'est-ce que j'ai fait ?...

Puis, apercevant la trace de sang au front

d'Antoine, ce fut à son tour de pousser un cri inhumain, un de ces cris comme peut-être il en avait entendu lorsqu'un camarade était retrouvé mort, souriant sous son casque, frappé au-delà du vacarme des bombardements par le silence rapide de la mort.

— Non !...

Elise l'entendit dévaler l'escalier. Puis, le silence retomba, insupportable. Elle était seule. Seule avec son fils blessé dans ses bras.

Tout autour d'elle, le décor était devenu flou, noyé derrière un rideau opaque sur lequel glissaient des perles incolores et mouillées. Des larmes... Elle ne parvenait pas à les retenir, pas plus qu'elle n'arrivait à juguler ces tremblements qui la parcouraient des pieds jusqu'au bas des reins.

Retrouver son sang-froid, c'était tout ce dont elle avait besoin. Ainsi pourrait-elle agir au mieux. Reprendre haleine, calmer les battements de son cœur.

Lentement, elle écarta son fils de sa poitrine pour voir s'il respirait toujours et contempler son visage. Et c'est en cherchant à travers le brouillard de ses larmes qu'elle se retrouva brutalement confrontée au cauchemar qui la hantait depuis des années.

La face de l'enfant était bleue... Bleue !... L'image de sa mère mourante lui revint dans un flash... La face noire !... Il était en train d'étouffer.

Ses yeux étaient entrouverts, mais ses joues étaient gonflées comme de petits soufflets de forge qui ne parvenaient pas à expulser l'air comprimé dans ses poumons.

Elise, dans un geste réflexe, le bascula sur ses genoux et se mit à lui administrer de petites claques dans le dos. Comme il ne réagissait pas, elle lui appuya également sur le thorax par légères compressions. Enfin, l'enfant se mit à tousser, puis au bout de quelques secondes, il vomit un peu de sang sur le sol.

Lorsqu'elle le retourna, Antoine avait ouvert les yeux et son visage était aussi blanc que de la ouate. Entourant sa mère de ses petits bras sans force, il se mit alors à hoqueter et à pleurer.

Ne sachant si elle devait rire ou continuer de verser des larmes, Elise le serra contre sa poitrine. Sur son cœur, la vie battait à nouveau.

Le docteur Clouet était accouru quelques minutes plus tard. Le temps que Lucien, brusquement dégrisé, coure à perdre haleine pour le ramener à Kervadec. Longuement, il avait examiné Antoine, et le bandage qu'Elise avait appliqué sur son front pour arrêter les saignements.

Lorsqu'il eut terminé son examen, il se tourna vers Elise :

— Ne vous inquiétez pas, dit-il d'un ton rassurant, tout va bien. Le choc a été violent, mais ce gamin est plus costaud que vous et moi. Il a une vraie tête de Bigouden… Il faudra juste le surveiller pendant quelques jours au cas où il aurait des vomissements…

Puis, tout en rangeant son stéthoscope dans sa sacoche :

— En tout cas, vous avez eu d'excellents réflexes. Si vous n'aviez pas réagi comme vous l'avez fait, je ne suis pas sûr que…

Il s'interrompit.

— Enfin… n'y pensez plus.

Appuyé contre un mur de la chambre, Lucien écoutait sans rien dire. Ses yeux étaient toujours aussi rouges et gonflés, mais ne filtrait plus à travers leur éclat terne qu'un sentiment de honte et d'incompréhension.

En passant devant lui, le docteur Clouet lui jeta un regard sans aménité mais sans colère non plus. Il n'avait jamais été doué pour formuler des jugements ou des reproches. Aussi se contenta-t-il d'une rapide poignée de main.

— Je reviendrai demain matin, dit-il, mais s'il y a le moindre souci d'ici là, je serai à mon cabinet.

Au moment de quitter la chambre, il fit cependant un pas en arrière et se baissa pour ramasser quelque chose.

Elise le vit examiner ce qui, de loin, lui sembla un bout de papier ou de carton.

— C'est à vous ? demanda-t-il.

Elise s'approcha pour s'emparer de l'objet qu'il lui tendait.

Le talisman de Jean Marek !... Il avait dû glisser hors du berceau lors de la chute de Lucien.

Pourtant, en l'examinant de plus près, Elise fut frappée par un détail. Si le scellé à la cire semblait identique, l'autre face était différente. Au lieu des quatre croix aux angles, il n'y en avait qu'une, tracée à l'encre rouge et enfermée dans un cercle noir.

— Etrange, non ? fit le docteur Clouet... On dirait un...

— Un talisman, coupa Elise.

— Ce qu'on raconte est donc vrai, ironisa le médecin, vous donnez dans la sorcellerie de campagne vous aussi.

— Pas moi, mais d'autres assurément...

Ce qu'elle tenait dans la main n'était pas le talisman de Jean Marek.

50

Journal d'Elise

10 mai 1916

Je suis allée porter des fleurs sur la tombe de Jocelyne de Kervadec. Sans doute est-ce ridicule, mais j'ai eu l'impression qu'elle était à mes côtés quand c'est arrivé. Peut-être est-ce même elle qui m'a soufflé les gestes à accomplir.

Je ne dors plus guère depuis l'accident. Plusieurs fois par nuit, je me réveille pour vérifier qu'Antoine respire normalement dans son sommeil. J'ai peur, constamment.

Le seul point positif de cette histoire est que Lucien a changé. Il ne sort plus, et j'ai remarqué qu'il buvait beaucoup moins. Hier, en rentrant de la poste d'Audierne, je l'ai surpris en train de discuter avec Louise auprès d'Antoine. J'aurais aimé qu'il le prenne dans ses bras, mais peut-être aurais-je eu peur à nouveau.

Il est venu me présenter des excuses pour son geste. Il avait l'air sincèrement désolé. Il souffrait. Il ne voulait pas le montrer. Il s'est efforcé de conserver jusqu'au bout la dignité qui sied à un homme de son rang ou simplement à un homme, mais je sais qu'il souffrait. Lorsqu'il a eu terminé, j'ai failli lui dire que sa dignité avait été bien mise à mal ces dernières semaines, que tout cela aurait pu être évité s'il n'avait pas adopté depuis son retour du front un comportement égoïste et irresponsable, mais je n'ai rien dit. J'ai pensé au docteur Clouet et à sa volonté de ne faire la morale à personne, à cette sorte d'humanité profonde qui l'habite et qui l'incline spontanément à la bonté. Un jour, il m'a dit :

— Il peut y avoir des erreurs de diagnostic, mais il n'y a pas d'erreurs de jugement, c'est le jugement qui est une erreur.

Je me suis promis d'y penser.

Aujourd'hui, je suis persuadée qu'il a raison.

Lucien n'a rien prémédité. Il n'a jamais rien voulu faire de mal. Ni à moi ni à Antoine. D'ailleurs, quelqu'un fait-il le mal ? Chacun a sa propre notion du bien et du mal, et chacun fait le bien tel qu'il l'entend. Ce sont des notions floues, et dont la religion n'est jamais parvenue à me convaincre.

Tout est arrivé à cause de cette souffrance qui dévore Lucien depuis qu'il est revenu de la guerre.

Pour la première fois, hier, après m'avoir présenté ses excuses, il m'en a parlé. S'il se montrait pudique dans ses lettres, il a su trouver les mots, des mots terribles, pour évoquer l'enfer que vivent les hommes au front. La mitraille, les assauts meurtriers et inutiles, le fracas assourdissant des obus, les geysers de terre et de boue qu'ils soulèvent, les cadavres qui s'entassent, les corps déchiquetés, les visages figés par le froid et la mort, et chaque jour la tranchée dans laquelle il faut vivre avec les rats, les poux et la boue, les longs boyaux où l'eau, parfois, monte jusqu'à la ceinture. Et la peur, cette peur qui ne vous quitte pas, cette peur qu'on essaie d'apprivoiser sans y parvenir, cette peur qui pousse les hommes à uriner ou déféquer sur eux, ou au contraire, soûlés au vin et au mauvais alcool, à se jeter sur l'ennemi en se disant que la mort sera de toute façon préférable à cette attente insupportable. Lucien m'a même confié avoir vu un jeune garçon se masturber avant l'assaut. Simplement pour dériver sa peur…

Je l'ai laissé parler sans l'interrompre. Qu'aurais-je pu dire de toute manière qui fût à la hauteur de ces atrocités ? Quelles paroles de consolation aurais-je pu prononcer ? La seule chose que j'aurais pu faire eût été de le prendre dans mes bras, mais je n'en ai pas eu le courage ni la force. L'image de mon petit garçon évanoui dans mes bras est encore trop présente à mon esprit.

11 mai 1916

J'ai continué à chercher le talisman protecteur de Jean Marek, celui qui avait permis à Antoine de guérir de ses fièvres. Je ne l'ai pas trouvé. J'ai interrogé Louise, elle ne savait rien, et je n'ai aucune raison de ne pas la croire. Elle m'a seulement conseillé de retourner voir son père.

J'ai ouvert celui qu'on a mis à la place. Il contenait un texte court que je n'ai pas pu déchiffrer, assorti de signes géométriques. Je n'ai jamais cru à la sorcellerie, mais j'avoue que cela m'a laissé une sensation de malaise, à cause aussi de l'odeur étrange qui y reste attachée. Comment, sans verser dans la superstition la plus ridicule, ne pas s'interroger en effet sur la présence de cet objet précisément au moment où est survenue l'altercation avec Lucien ? Comment ne pas envisager un lien possible avec l'accident d'Antoine ?

Parfois, quand je pense à cela, j'ai l'impression d'être en plein délire. Mais il y avait déjà eu la chouette clouée sur ma porte en guise d'avertissement. Et puis, je pense au docteur Clouet qui a été assez intelligent pour ne pas prendre mon « don » à la légère, à Jean Marek aussi et à ces choses étranges qu'il m'a dit avoir vues depuis des années en pays bigouden. Le monde est sans doute plus mystérieux que nous ne le pensons, et la haine peut pousser les hommes à toutes les extrémités.

J'ai donc décidé de suivre le conseil de Louise et de retourner voir son père.

Je n'en ai pas parlé à Lucien. Peut-être ai-je eu tort, mais je le crois beaucoup trop rationnel et épris de science exacte pour encourager cette démarche. Et puis, le laisser avec son sentiment de culpabilité en ce moment me paraît la meilleure garantie contre un retour éventuel de ses propres démons.

51

Jean Marek n'avait guère été surpris de voir Elise traverser la cour de sa ferme, pas plus qu'il ne s'était étonné du panier remis à sa femme et dans lequel Elise avait glissé quelques confitures, du lard fumé, un gros pain de seigle et même deux paquets de café. La plupart de ceux qui venaient se faire soigner chez lui ou lui demandaient un « service » le payaient en nature. Excepté que le café était rare et cher, surtout en ces temps de restriction.

Mais à présent qu'Elise avait posé le talisman sur la table, son regard avait changé.

— C'est pas celui que j'ai donné pour vous à Louise, se défendit Jean Marek.

— Je le sais, dit Elise tout en observant la femme du rebouteux, dont les yeux, sous sa haute coiffe, s'étaient agrandis démesurément en voyant les paquets de café.

— Qui vous a donné ça ?

— Je l'ai trouvé.

Elise lui raconta l'incident survenu dans la

chambre d'Antoine, et de quelle manière avait été découvert l'objet qu'il tenait entre les mains.

Jean Marek déplia le papier avec soin.

— La croix enfermée dans un cercle, c'est pas bon, c'est les j'teux de sorts qui font ces saloperies-là.

Puis, avoir parcouru le texte :

— C'est une vieille prière en latin, sauf qu'elle a été écrite à l'envers. Les sorciers font tout à l'envers, parce que le mal, c'est l'envers du bien.

— Vous connaissez le latin ?

— Juste assez pour lire ces prières-là. On emploie les mêmes, mais eux le font pour rendre malades les gens et les bêtes.

Le visage raviné du vieil homme était devenu grave.

— Vous avez eu de la chance, ce sort-là, c'est pour expédier les enfants chez les anges.

Elise avait pâli. Elle avait beau ne pas accorder plus d'importance qu'il ne fallait à ces pratiques d'un autre âge, elle ne comprenait pas qu'on puisse, même en pensée, s'attaquer à un enfant au point de vouloir sa mort.

— Vous savez qui aurait pu faire ça ?

Jean Marek haussa les épaules.

— J'en connais au moins une bonne douzaine dans le pays, mais qui ?... D'ailleurs, ça n'a pas d'importance. Le mal doit être renvoyé, c'est tout.

Elise le vit alors se lever et s'approcher de la cheminée.

— Ce genre de sorts, c'est par le feu qu'il faut s'en débarrasser.

Le rebouteux jeta le talisman dans la cheminée. Ensuite, il se mit à marmonner des prières dans une langue qu'elle supposa être du patois bigouden. Tout d'abord, le talisman refusa de s'enflammer, puis le feu le consuma brusquement en dégageant une odeur nauséabonde.

— Ils ont dû travailler avec des herbes, commenta Jean Marek… Ça pue comme de la charogne !…

Ils gardèrent le silence encore un bref instant, puis Jean Marek eut un sourire de vieux Bigouden rusé :

— Ça devrait aller maintenant. Mais prenez garde à vous et au pétiot. Il n'y a pas assez de cette fichue guerre avec tous ces morts, il faut encore que le diable s'en mêle. Je vous l'avais bien dit, la chouette était un avertissement…

Elise n'insista pas. Elle eût donné n'importe quoi pour se trouver loin, très loin de cette terre où la mentalité magique semblait l'emporter sur la raison, et où la vie d'un enfant pesait moins aux yeux de certains « fous de Dieu ou du diable » que celle d'un porcelet.

— Un dernier avis, la Parisienne, conseilla Jean Marek, faites bien attention, écoutez et regardez ce qui se passe autour de vous… Et si quelqu'un de chez vous tombe malade dans les prochains jours, dites-vous bien que ce sera p't-être pas un hasard.

Jean Marek lui prit la main en guise d'adieu, et, tout en la fixant de ses yeux noirs sous la broussaille des sourcils, il la garda longtemps dans la sienne. Sa paume était chaude, souple et douce malgré l'âge et les travaux des champs.

— Quand j'serai près de partir pour là-haut, dit le vieil homme, j'vous demanderai de venir me voir. J'ai personne d'autre à qui passer le don pour les brûlures et les fièvres... Ça vous dirait ? Sinon, ce sera perdu et le bon Dieu aime pas que les bonnes choses se perdent.

52

Ce fut trois jours plus tard, alors que le printemps faisait éclore les premiers bourgeons sur les arbres du parc de Kervadec, que Noémie Legoulvic fut prise de malaises en remontant sa brouette du lavoir. Tout d'abord, Louise Marek s'en moqua en disant qu'elle était peut-être grosse du gros René qu'elle continuait à voir quelquefois après la messe du dimanche. Puis, à voir la pâleur de la Fileuse, elle comprit qu'il ne s'agissait pas d'une plaisanterie.

A la fin du repas de midi, on dut la porter en hâte dans la chambre de Marie Leguenec, où elle avait emménagé depuis qu'on repassait les murs de sa propre chambre à la chaux.

Prévenue dans la soirée, Elise fit appeler le docteur Clouet en urgence, mais celui-ci réserva son diagnostic. La fièvre de la domestique était forte, elle tremblait de tous ses membres et parfois des paroles incompréhensibles lui échappaient. Elle délirait, la tête roulant sur l'oreiller, incapable de demeurer immobile plus de quelques secondes, le visage congestionné.

Le médecin avait l'air désemparé.

— Aucun organe vital ne semble atteint, et je ne vois aucun signe d'une quelconque maladie épidémique. J'avoue que je ne comprends pas. A part attendre et surveiller l'évolution de la maladie, il n'y a pas grand-chose à faire. A moins de l'évacuer vers un hôpital si les symptômes persistent.

Au moment où il prononçait ces mots, la voix de la Fileuse se fit entendre à l'arrière-plan d'un souffle rauque :

— Non… pas l'hôpital… L'argent… aller chercher l'argent… maudit…

Elle continuait à délirer.

Le docteur Clouet entraîna Elise à l'extérieur.

— Qu'en pensez-vous ? demanda-t-il.

— Ce que je pense de quoi ? s'étonna Elise.

— Mais de sa maladie…

Il lui demandait son avis, comme il eût sollicité celui d'un confrère, avec attention et humilité.

— Mais… je n'ai aucun avis, docteur… Je ne suis pas médecin.

— Vous l'êtes, à votre manière. Je vous ai vue à l'œuvre… Si les préparations que je lui ai données restent sans effet et que la fièvre ne baisse pas, peut-être pourriez-vous… utiliser votre don.

Elise fronça les sourcils.

— Je n'ai jamais su si j'avais le moindre don… Aujourd'hui moins encore qu'hier. Madame de Kervadec…

— ... serait morte de toute façon, enchaîna Clouet. Du moins l'avez-vous soulagée. Croyez-vous que, sans votre aide, elle n'aurait pas fini comme Mathilde ? Vous lui avez épargné la déchéance... Pas moi ni l'un de mes confrères, vous. Même Lucien devrait vous en être reconnaissant.

— Lucien..., murmura Elise, les yeux dans le vague.

— Je lui parlerai à nouveau, dit Clouet. D'ailleurs, il paraît plus disposé à écouter depuis que son fils... enfin, vous me comprenez ?

— J'aurais préféré qu'il change de lui-même... Antoine aurait pu mourir.

Le docteur Clouet eut le sourire amusé de ceux à qui l'expérience a enseigné la relativité des choses.

— Mais il ne lui est rien arrivé... Et puis, vous savez ce qu'on dit : à quelque chose malheur est bon.

Informé du sort de Noémie Legoulvic dès son retour de Nantes où il s'était rendu pour affaires, Lucien promit qu'il prendrait tous les frais à sa charge au cas où sa maladie exigerait des soins plus longs et plus coûteux.

Durant quatre jours et quatre nuits, Louise Marek et Marion Leroch se relayèrent quant à elles au chevet de Noémie.

La fièvre, pourtant, ne baissait pas. La Fileuse

refusait de s'alimenter, et son visage osseux avait pris un aspect parcheminé, légèrement jaunâtre, qui suggéra au docteur Clouet qu'elle pouvait être victime d'une maladie hépatique. Son scepticisme demeurait malgré tout complet.

Dans la nuit du 20 au 21 mai, Noémie fut prise d'une crise de nerfs qui fit penser à celles que traversait Jocelyne de Kervadec. Elle se mit à pleurer, puis à rire, pour finir par s'enfoncer dans une torpeur dont elle ne sortit plus jusqu'au matin.

Effrayée par sa léthargie, Louise Marek vint frapper à la porte d'Elise pour lui demander de venir au chevet de la Fileuse. Elise se leva en hâte.

Lorsqu'elle eut fini de s'habiller et qu'elle ressortit de la salle de bains, Lucien se tenait sur le seuil de la chambre. Antoine était dans ses bras. Le cœur d'Elise se mit à tambouriner dans sa poitrine.

— Je vais..., bredouilla-t-elle... Louise vient de m'appeler... Noémie...

— Je m'occupe d'Antoine, dit-il. Je te rejoindrai plus tard si tu as besoin de moi.

— Elle est comme morte, dit Louise Marek en voyant Elise accourir au chevet de la Fileuse. Si on ne fait rien, elle va passer, pour sûr.

Et en effet, la pâleur cireuse du visage de Noémie Legoulvic faisait songer à celle d'une morte. Pourtant, elle respirait toujours faiblement, et ses traits étaient détendus. Seule sa main droite crispée sur le drap exprimait une rigidité cadavérique. En s'approchant d'un peu plus près, Elise trouva sa position étrange. Louise n'avait pas dû la remarquer.

— Elle était comme ça quand tu es venue me chercher ? demanda Elise.

Le Chaudron haussa les épaules.

— J'sais pas...

Elise prit la main osseuse et la tourna légèrement sur le côté.

Les deux femmes eurent alors un mouvement de recul. Les doigts de la Fileuse tenaient le talisman de Jean Marek.

Il y eut un silence de sépulcre, puis Elise le retira des mains de Noémie avec précaution.

— C'était donc elle...

Louise Marek paraissait embarrassée de ne pas l'avoir remarqué auparavant.

— Elle l'a peut-être trouvé, dit-elle, on en sait rien après tout...

Mais Elise ne l'écoutait plus. Une rage sourde remontait des profondeurs de sa conscience. En un éclair, elle revit toutes les situations où elle avait senti la haine de Noémie rôder autour d'elle. Elle n'aurait jamais soupçonné cependant qu'elle irait jusque-là, jusqu'à projeter de faire mourir Antoine. Quel esprit de vengeance l'animait et dans quel but ?

Frémissante de colère, Elise considéra la chair trop fine sur laquelle la maladie posait un masque exsangue. Le destin, malgré tout, la rattrapait en cet instant où la vie, lentement, l'abandonnait.

— Tu peux mourir à présent, murmura-t-elle entre ses dents.

Brusquement, elle sortit dans la cour, et Louise Marek eut tout juste le temps de la rejoindre avant qu'elle eût dépassé le pigeonnier.

— Qu'est-ce que tu fais ? demanda-t-elle. Tu ne vas tout de même pas la laisser mourir ?... Je t'en prie, la Fiérote... Il y a des années que je la connais, c'est pas une mauvaise fille, tu dois essayer de faire quelque chose... Tu l'as bien fait pour la comtesse.

Elle la suppliait.

La prière arrêta Elise dans sa course.

— Elle a essayé de tuer mon fils !

Sa fureur était telle que Louise Marek la considéra avec un air de pitié insupportable.

— Et même si c'est elle... Mon père la sauverait, lui... Serais-tu plus mauvaise que lui ?...

Elise ferma les yeux quelques secondes, le temps de ravaler les paroles de haine qui montaient à ses lèvres. Puis, se faisant violence, elle posa sa main sur le front bosselé de la malade. Noémie Legoulvic eut un sursaut, comme si on l'avait brûlée au fer rouge, et ses lèvres s'entrouvrirent pour délivrer un gémissement à peine perceptible.

A côté d'Elise, Louise Marek conservait le silence et la rigidité d'un chêne frappé par la foudre. Seule Marion Leroch, qui les avait rejointes, bougeait un peu la tête pour observer ses gestes.

Après le front, Elise avait saisi la tête de la Fileuse entre ses mains, à hauteur des tempes. Puis, elle les laissa glisser le long de la poitrine creuse. Ses mains étaient devenues chaudes, et la tension de ses avant-bras était presque insupportable. Mais, sous ses paumes, Elise sentait tout un fourmillement, la vie qui revenait en force, vibrait à nouveau à travers le corps décharné, comme si cette imposition insufflait à la malade le surcroît d'énergie dont elle disposait.

Au bout de quelques minutes, Elise s'écarta de la Fileuse et se leva lentement, l'abandonnant à son sort.

— Et c'est tout ? s'étonna Marion.

— Il faut la laisser maintenant, dit Elise... Si vous attendiez un miracle, il fallait aller voir l'abbé Meunier.

Lorsqu'elle sortit de la chambre de Marie, elle manqua cependant s'évanouir. La tête lui tournait. Elle s'adossa au mur, et elle ne put s'empêcher de penser que quelque chose d'étranger était entré en elle, l'essence du mal qui habitait Noémie Legoulvic.

— Elle a ouvert les yeux, cria alors la voix du Trognon. Par tous les saints, elle a ouvert les yeux !

53

Le miracle avait eu lieu. Le 23 mai, Noémie Legoulvic put à nouveau s'alimenter, et le docteur Clouet constata avec une émotion non dissimulée qu'il avait eu raison, une fois encore, de douter de la toute-puissance de la science.

Lucien lui-même s'était réjoui avec les autres de ce qu'Elise ait pu intervenir, comme si la guérison de sa domestique le confortait désormais dans l'idée que la présence d'Elise au côté de sa femme avait joué un rôle essentiel dans la sérénité qui avait été la sienne au terme de son existence.

Seule Elise s'était tenue à distance, doutant de tout, de son don comme du bien-fondé de son intervention. Sa rancœur envers Noémie était plus forte que jamais, et quand Lucien avait voulu trouver les mots propres à l'apaiser, elle avait refusé de l'écouter.

Il n'y avait qu'un moyen pour elle de renoncer à sa haine et au désir de vengeance : comprendre. Comprendre pourquoi la Fileuse avait poussé l'acharnement jusqu'à souhaiter la mort d'Antoine, comprendre comment une femme qu'elle connaissait à peine avait pu nourrir pendant des mois autant de ressentiment à son égard, comprendre pourquoi elle avait toujours suscité autour d'elle des sentiments extrêmes. Mais, pour cela, il lui fallait renoncer à toute colère comme à toute émotion.

Dans l'après-midi du 26 mai, restée seule au château, Elise se rendit auprès de Noémie Legoulvic et s'enferma avec elle, résolue à connaître toute la vérité. Le procès aurait lieu trois jours plus tard à Nantes, il n'y avait plus de temps à perdre à présent. L'heure était venue de dissiper toutes les ombres.

On eût dit que Noémie, alitée dans la petite chambre de Marie Leguenec, espérait depuis toujours cette confrontation.

— Je t'attendais, dit-elle en la voyant entrer.

Elise s'assit auprès du lit.

Elle n'eut pas à trouver les mots pour engager la confrontation.

— Si l'Ankou m'a pas emmenée, commença Noémie, c'est que le bon Dieu n'a pas voulu, grâce à toi, la Fiérote. Je crois bien même qu'il m'a pardonnée.

— Dieu peut-être, dit Elise, pas moi.

Noémie la regarda avec une douceur dont ses yeux, profondément enfoncés dans leurs orbites, n'étaient guère coutumiers.

— Je suis au courant pour la prière. Tout ça, c'est la faute à la Parisienne... Oh, je parle pas de toi bien sûr, mais de l'autre.

— Quelle autre ?

— La sœur de Monsieur.

Elise sentit son cœur faire un léger bond dans sa poitrine. Que venait faire là Irène de Limoelan ?

— Tu peux pas savoir à quel point elle la détestait, la comtesse. Je le savais déjà avant que tu débarques au château. Alors, quand tu es devenue sa préférée, elle t'a haïe aussi. Et moi aussi je t'ai bien haïe parce que t'avais pris ma place... C'est madame de Limoelan qui m'a demandé pour la prière... Ça m'a étonnée, mais elle m'a dit qu'elle croyait à tout ça et qu'à Paris elle faisait tourner des tables où les morts lui parlaient. Ce sont eux qui l'ont demandé, qu'elle m'a dit. Sauf que pour faire ça il faut avoir la haine et que la mienne était pas assez forte. Un sort, ça ne marche pas si on a pas la haine, alors j'ai demandé au gros René de faire le nécessaire auprès d'un rebouteux qu'il connaissait... Je regrette bien, tu sais. Oh ça oui...

— Mais un enfant reste un enfant, dit sèchement Elise. Pourquoi...

Noémie Legoulvic avait baissé les yeux.

— Vingt mille francs ! ... Pour le papier et témoigner contre toi... ça m'a tourné la tête... J'avais jamais vu tant de billets devant moi de toute ma vie... J'ai pensé à mes parents qui ont trimé toute leur vie, à la faim qui nous tenait le ventre quand on était huit à la maison et qu'il n'y avait de la soupe que pour quatre. J'ai pensé à toute cette misère que l'on connaît ici au pays, à l'école où j'ai pas pu aller plus de deux ans. J'ai pensé à tout ça et aux années passées à me casser le dos dans les corvées. Jusqu'au jour où Madame m'a prise en amitié et où j'ai pu me la couler douce de temps en temps parce que je venais causer avec elle. Jusqu'à ce que t'arrives... Là, j'ai compris que j'pourrais pas lutter. T'étais trop comme il faut pour ne pas plaire à Madame. Et puis, il y a quelque chose chez toi, la Fiérote, quelque chose de difficile à comprendre. T'es pas comme les autres... On t'aime ou on t'aime pas, tout de suite. Moi, je t'ai pas aimée. Je me suis trompée...

Elle ajouta, des sanglots dans la voix :

— L'argent... ce maudit argent... J'ai pensé aussi à la p'tite maison que je pourrais avoir pour mes vieux jours... Je regrette pour ton p'tit. Je lui voulais pas de mal, juste te faire peur et que tu quittes le château... Mais quand l'autre a appris en plus que tu allais hériter de tout, elle est devenue folle.

En dépit du contrôle qu'elle s'efforçait d'exercer sur elle, Elise se sentait gagnée par l'émotion. Louise Marek avait raison depuis le début : Noémie n'était pas une « mauvaise fille ». Comme

Lucien, c'était la souffrance qui l'avait égarée. Personne ne faisait donc jamais le mal, chacun s'efforçait simplement d'échapper à ses souffrances.

Elise se sentait gagnée par l'émotion, mais aussi par la nausée. Elle n'avait pris jusque-là Irène de Limoelan que pour une femme cupide et orgueilleuse, elle devait ajouter à ses vices la lâcheté et peut-être même une sorte de folie, qui, contrairement aux apparences, avait épargné Jocelyne de Kervadec.

— Mais tout ça est fini maintenant, dit la Fileuse, je vais lui rendre son satané argent, et je vais retirer ma lettre pour le juge... Et puis, tu leur donneras ça aussi...

Elle avait glissé la main sous son oreiller et tendit un papier à Elise.

La lettre que Jocelyne de Kervadec disait avoir laissée dans sa table de nuit pour Lucien !

Elise la parcourut brièvement. La comtesse de Kervadec y rappelait en quelques mots à quel point Elise avait compté pour elle, à quel point son soutien lui avait été précieux. Elle le suppliait également de comprendre pourquoi elle lui abandonnait, à elle et à son enfant, l'héritage des Korzon. Elle l'exhortait enfin à épouser Elise et à prendre soin d'elle comme du petit Antoine.

Les larmes aux yeux, Elise replia la lettre et la glissa dans la manche de son gilet.

— Tu ne me caches plus rien ? demanda-t-elle d'une voix radoucie.

Noémie Legoulvic fit non de la tête.

Elise se leva avec difficulté. Les aveux de la Fileuse l'avaient éprouvée plus qu'elle ne l'aurait imaginé. La femme qui était devant elle n'était plus qu'un serpent sans venin. Irène de Limoelan avait profité de sa faiblesse et de sa jalousie pour, dans l'ombre, chercher à l'évincer. Sans souci du bonheur de son frère, sans souci de la vie d'Antoine, sans scrupules ni conscience de ses actes. Et Elise se surprit à souhaiter que, pour elle et pour elle seulement, il n'y eût aucun pardon.

Noémie ne pleurait plus. Sa conscience enfin soulagée, elle avait reposé sa tête sur l'oreiller et regardait Elise dans l'espoir peut-être d'une parole consolatrice.

Mais Elise dit seulement :

— Si je reste à Kervadec, la Fileuse, tu pourras rester aussi.

54

La lettre de Jocelyne de Kervadec fut le second choc qui rendit Lucien à lui-même, le réveilla définitivement du long cauchemar qu'il avait traversé depuis son retour au château.

Ce soir-là, ils parlèrent longuement au coin de l'âtre, comme s'ils avaient participé à une veillée sur laquelle eût plané l'ombre heureuse et bienveillante de Jocelyne de Kervadec.

Ce soir-là, Elise ne dormit pas seule dans sa chambre, pas plus qu'Antoine.

Ce soir-là, Lucien, en se mettant nu devant Elise, accepta pour la première fois de montrer les séquelles d'une guerre qu'il voulait oublier et qui, pourtant, se poursuivait sur la frontière nord-est du pays, dans la boue des tranchées.

Le surlendemain, veille du procès, sur les onze heures et demie du matin, par une journée douce et ensoleillée, Irène et Etienne de Limoelan arrivèrent à Kervadec pour prendre leurs quartiers durant toute la durée du procès comme ils l'avaient annoncé par un télégramme.

Ils s'attendaient à être reçus par Lucien, mais

ce fut Elise qui les accueillit au salon, où une table avait été dressée avec deux couverts seulement.

Aucune domestique pour prendre leurs vêtements.

La première, Irène de Limoelan devina la singularité de cet accueil. Mais ce fut l'apparition inopinée de Noémie Legoulvic tenant Antoine dans ses bras qui la conforta dans ce sentiment.

— Qu'est-ce que cela signifie ?

Elise ne répondit pas, mais se tourna vers Noémie qui lui tendit une enveloppe.

Elise s'avança alors vers Irène de Limoelan dont le visage avait rosi, dévoilant sa couperose sous le maquillage trop léger. A deux pas derrière elle, son chapeau à la main, Etienne de Limoelan restait figé, les bras ballants.

— Tenez, madame, dit Elise en lui tendant l'enveloppe, je crois que ceci vous appartient.

Muette de saisissement, la sœur du comte de Kervadec esquissa une protestation

— Mais...

— L'argent n'achète pas tout, coupa Elise. Surtout lorsqu'il s'agit de la mort d'un enfant. Il y a des pactes qu'il vaut mieux ne pas signer. Je ne vous retiens pas.

— Nous ne vous retenons pas, dit une voix derrière eux.

Les Limoelan, reconnaissant la voix de Lucien, se retournèrent vivement dans sa direction.

— Mais enfin, Lucien, dis quelque chose, bredouilla sa sœur.

— Je crois que c'est assez clair. Vous pouvez rentrer chez vous, et surtout ne jamais revenir ici. Il n'y aura pas de procès, tout est annulé, j'ai fait le nécessaire auprès des avocats pour cela. Vous recevrez un courrier. Et si jamais l'envie vous prenait de vous obstiner, sachez que je me rangerais au côté d'Elise. Vous n'avez pas la moindre chance. L'héritage de Jocelyne lui revient de plein droit... J'ajouterai qu'Elise va devenir ma femme si elle y consent et que je reconnaîtrai Antoine pour mon fils.

En entendant le mot « femme », Elise ne put réprimer un sursaut. Maîtresse d'elle-même jusqu'au bout, elle s'efforça cependant de conserver le même visage glacial. Puis, elle reprit Antoine des bras de Noémie et dit d'une voix forte :

— Noémie, s'il te plaît, raccompagne monsieur et madame de Limoelan.

— Bien, Madame !

En entendant le mot « Madame », ce fut au tour de la sœur du comte de Kervadec de tressaillir. Mais elle n'osa plus proférer le moindre mot et tourna les talons, suivie comme son ombre par un mari dépité.

Au moment où ils allaient quitter la pièce, Elise l'apostropha une dernière fois :

— Irène... Vous permettez que je vous appelle

Irène ?... Vous avez maigri... J'espère que vous avez consulté assez tôt comme je vous l'avais suggéré.

Irène de Limoelan pressa le pas.

Quelques instants plus tard, sur le perron du château, Elise et Lucien regardèrent Etienne et Irène de Limoelan se diriger vers leur coupé Renault flambant neuf. Antoine s'était niché au creux de l'épaule d'Elise et suçait son pouce avec avidité.

— Je ne savais pas que tu étais allé à Nantes pour tout annuler...Tu n'as donc pas attendu les aveux de Noémie...

— Tu aurais préféré ?

Etienne de Limoelan montait déjà dans la Renault. A aucun moment, Irène ne s'était retournée dans leur direction.

Lucien dut élever la voix pour couvrir le bruit du moteur qui hoquetait.

— Avant de partir à la guerre, j'avais envie de voyages, de soleil... Alors si tu en avais envie toi aussi au lieu de rester à Kervadec...

Mais Elise fit non de la tête et glissa sa main dans celle de Lucien tout en le regardant avec une tendresse retrouvée :

— C'est ton pays, dit-elle, ce sera celui d'Antoine. Je veux rester... Je veux que tu nous apprennes à l'aimer.

ÉPILOGUE

Lucien de Kervadec et Elise d'Engremont se marièrent le 4 juillet 1916 en l'église d'Audierne. Le docteur Clouet et sa femme furent leurs témoins.

Pour éviter de froisser quelques consciences, Lucien ne reconnut officiellement Antoine que quelques semaines seulement après la cérémonie.

Le 12 mai 1918 naquit un second fils prénommé Julien.

Lorsque la guerre prit fin, les Kervadec décidèrent de s'installer chaque hiver dans leur appartement parisien. Mais dès le retour du printemps, ils retrouvaient avec bonheur leur domaine du pays d'Audierne.

Le 25 avril 1921, une petite fille prénommée Louise vint rejoindre Antoine et Julien.

Antoine, pris sous son aile par le docteur Clouet, fit de brillantes études de médecine et devint plus tard un cardiologue réputé qu'un hôpital de Boston, aux Etats-Unis, engagea à prix d'or.

Julien, lui, embrassa la carrière d'avocat et fit la une des journaux à l'occasion de plusieurs procès à scandale dès les lendemains de la Seconde Guerre mondiale.

Quant à Louise, musicienne de formation, non contente d'épouser un chef de maquis qui devait occuper de hautes fonctions au ministère des Affaires étrangères sous la Ve République, elle devint une flûtiste reconnue.

Irène de Limoelan était morte depuis longtemps de ce qu'il fut convenu d'appeler plus tard un cancer du poumon. Son mari lui survécut et se remaria. Jamais, dit-on, on ne le vit plus gai et plus entreprenant qu'après la disparition de sa première femme dont le cynisme étouffait sa vraie nature, débonnaire et somme toute généreuse.

Louise Marek, Marion Leroch et Noémie Legoulvic continuèrent de servir toutes les trois au château. Les Kervadec, reconnaissants, leur assurèrent une existence heureuse et paisible.

On raconte ainsi que, lorsque Noémie Legoulvic sentit sa fin arriver, elle dit à Marion Leroch qu'elle pouvait mourir en paix. Grâce à Elise, elle s'était réconciliée avec la vie.

Avec elle disparaissaient les dernières ombres qui, pendant deux siècles, avaient hanté le château des Kervadec.

Composition et mise en pages réalisées
par Text'oh! - 39100 Dole

Achevé d'imprimer par N.I.I.A.G.
en mars 2010
pour le compte de France Loisirs, Paris

N° d'éditeur : 59247
Dépôt légal : février 2010

Imprimé en Italie